KUWEI
酷威文化
图书 影视

有可能的夜晚

殊娓 著

天津出版传媒集团
百花文艺出版社

图书在版编目（CIP）数据

有可能的夜晚 / 殊娓著 . -- 天津 : 百花文艺出版社 , 2023.11
ISBN 978-7-5306-8628-7

Ⅰ . ①有… Ⅱ . ①殊… Ⅲ . ①长篇小说－中国－当代 Ⅳ . ① I247.5

中国国家版本馆 CIP 数据核字 (2023) 第 169119 号

有可能的夜晚

YOUKENENG DE YEWAN

殊娓　著

出 版 人：薛印胜
选题策划：胡晓童
责任编辑：胡晓童
装帧设计：Recns
出版发行：百花文艺出版社
地址：天津市和平区西康路35号　　**邮编：**300051
电话传真： +86-22-23332651（发行部）
+86-22-23332656（总编室）
+86-22-23332478（邮购部）
网址：http://www.baihuawenyi.com
印刷：天津鑫旭阳印刷有限公司
开本：880毫米×1230毫米　1/32
字数：240千字
印张：11.25
版次：2023年11月第1版
印次：2023年11月第1次印刷
定价：42.80元

如有印装质量问题，请与天津鑫旭阳印刷有限公司联系调换
地址：天津宝坻经济开发区宝中道北侧5号1号楼106室
电话：（022）22458633 邮编：301800

目/录

CONTENTS

SOUL MATE

第一章

–

《有可能的夜晚》

2015.3 西雅图

2015 年这一年，春节来得格外晚，据说是整个 21 世纪以公历衡量最晚的一次。

春节后，狄玥和梁桉一共同出国旅行，途经西雅图，他们决定顺路去见见梁桉一的老友。

说起这件事时，梁桉一穿着咖色双排扣的廓形长款风衣外套，靠在酒店房间的玄关墙壁上，而狄玥正单脚着地在提鞋子，梁桉一则扶着她的腰，帮她站稳，笑着在她的耳侧叮嘱道："我那位朋友，前些天刚失恋，我们两个稍微低调些，别刺激到他。"

狄玥点点头，当时她还不知道，自己会在春花烂漫的异国他乡，发现梁桉一的秘密。

同友人约见的地点，是双桥岛上的一家咖啡店。

他们乘坐摆渡船自西雅图出发，吹了半个多小时的海风，抵达岛上时已经是黄昏了。

这地方多雨水，一年里有三个季度都在下雨。下船后，毫无预兆地，天降清露。

狄玥记得梁桉一曾同她说过，他不喜欢在雨天出门。因此遇上下雨，她的第一反应是偏头去看他，但梁桉一面色如常，只是脱下风衣撑起来，罩在她的头顶，为她遮雨。

“别了吧，衣服要脏了。”

“衣服是身外之物，总不能让人着凉。”

经路人指点，他们找到那家咖啡店，从外面看门面平平无奇，只在一块木牌上用白色油漆手写着“coffee”，此外再无其他赘述。

咖啡浓郁的香气，随轻风细雨飘过来。

狄玥吸吸鼻子，在风衣遮挡下的安全小天地里笑着转头，对梁桉一说：“你朋友很会选店，好香啊！”

他们就这样共同撑起风衣，小跑着进了咖啡店。才进门，一个留着长头发的男人已经迫不及待地起身，匆忙间，他的腿磕上了椅子角，力度大到把椅子推出去了一段距离。

狄玥看着都觉得痛，可那个长头发的男人居然没有停顿，也不管椅子，而是半瘸着腿就冲过来了，神情激动地道：“梁桉一！”

他激动得有些奇怪，比起“老朋友间久别重逢的欢喜”，倒更像是震惊。

经梁桉一介绍，狄玥得知，长头发的男人叫唐良。唐良看上去同梁桉一的年纪相仿，但性格却和梁桉一有天壤之别，非常外向。

他引着梁桉一和狄玥进了咖啡店，落座后点好咖啡，简单地同梁桉一寒暄了几句后，突然拢了拢长发，转头把目光投向狄玥。

狄玥记着梁桉一说过的，他的这位朋友才失恋不久，因此落座时她还刻意地拉开了和梁桉一的距离，也没和梁桉一做任何亲昵的举动，现在她冷不防地被人盯着，有些发怔。

“狄玥，你别怪我没礼貌啊。”唐良搓了搓脸，像刚起床想要迫切清醒过来时的动作，语气梦游般，“我是真的对你好奇，真的。我从来没想过，梁桉一身边会出现女伴。”

狄玥不是那种特别外向的姑娘，本来话也不算多，因初见梁桉一的朋友，话便显得更少，无论对方说什么，她总是微笑着在听。

可是……

“上个月听朋友说他好像谈恋爱了，我还当是我那朋友喝多了和我扯淡！你知道吗？我在越洋电话里和人嚷嚷‘怎么可能’‘逗贫也有点技术含量好吧’。我还以为他是要孤寡一辈子的呢，这话让我说得贼肯定。结果，和人掰扯完还没有一个月，就被啪啪打脸。”

越听越觉得奇怪。她被唐良的言论搞得很迷茫，便忍不住偏头去看梁桉一——

他坐在窗边。窗外汀花细雨，雨珠点点滴滴落在玻璃窗上，一街的华灯初上被水汽模糊掉了，真正如苏轼笔下的诗句一般，“半壕春水一城花”“烟雨暗千家”。

屋檐下躲雨的流浪歌手随意地拨动琴弦，为这个温柔的春日傍晚伴奏。

店里亮着几盏拖着电线垂下来的裸灯泡，梁桉一刚好就坐在光线的正下方，被光照亮了整张脸。他这张脸，骨骼立体、线条好看，相貌足够优越。

她最开始认识梁桉一时，不就是被他这张脸给吸引了吗？至于性子上嘛，梁桉一话虽然不太多，但也不是拒人于千里之外的冷漠类型，看起来并不难接近。

狄玥眨眨眼睛，心想：他这样的男人，身边会有女人出没，难道不是挺正常的吗？还是说，面前这个叫唐良的男人虽然言语诚恳，但其实是个过分圆滑、过分会做人的人，是见梁桉一带了她来，所以才会这样说？

也许只是一种社交场上的破冰手段吧？对朋友带来的女伴说朋友的好话，既能拉进和女伴的距离，又能提高朋友的形象？

在唐良滔滔不绝，说到“真没想到他会带着女伴在外面旅行”时，一直沉默的梁桉一忽然抬了抬手，打断了唐良，他靠在椅子里，牵起狄玥的手，把她中指上那枚精致的钻戒指给唐良看：“纠正一下，不是女伴，是女朋友。”

看着唐良目瞪口呆的样子，狄玥不得不再次看向梁桉一，之前不是说好了低调些的吗……

“丁零”——

咖啡店的老板摇了铃铛。

这是一家挺古老的咖啡店，手磨咖啡做得非常棒。然而，只售卖咖啡，不赠送服务。整间店里不见员工，只有老板在不紧不慢地工作着，磨咖啡粉或者端着小水壶冲咖啡。咖啡做好后，老板就像现在这样，摇一摇手边的黄铜铃铛，叫客人自己去端。

“是我的那份。”狄玥看了一下号码才说。

梁桉一不再理会惊讶的唐良，而是起身对狄玥说：“我去帮你端。”

他走后，唐良又把目光落在狄玥的身上，语气有些犹疑：“是你提议来西雅图的？”

狄玥摇头。

“梁桉一提的？不是吧，这地方阴雨连绵的，不是盛夏他根本不会想着来啊？”

唐良显得很震惊，或者说，他脸上的震惊从他们进门起，就没有停止过。他的目光落在狄玥的钻戒上，看了又看，接着再次看向狄玥本人：“你们两个不会是合起伙来骗我呢吧？是真的在谈？”

这次，狄玥点点头。

“可是狄玥，这个……是你喜欢的吗？”唐良指了指她的钻戒，“你喜欢钻石？”

问完这句话后，唐良可能觉得自己对女孩子这样说话，像是暗指人家奢侈拜金，多显冒昧，因而马上解释起来——他之所以这样问，是因为早些年一位朋友结婚，当时新郎定制了一颗大钻石给未婚妻，说代表永恒的爱。

那位朋友是他们身边第一位结婚的，唐良对什么都好奇，见过钻戒后，更是觉得太浪漫了，于是总和梁桉一提起这茬儿。

结果梁桉一十分不解风情，居然说“A diamond is forever”（钻石恒久远）是 20 世纪三四十年代时，那些资本家和广告商推出来促进消费的骗局。

据唐良的形容，那天梁桉一倚在真皮沙发里，端着香槟杯，淡声地说：“林夕不是都在歌词里写过，‘旷世巨钻，不过是碳’。”

唐良有那么一点戏瘾，还特地学了那时梁桉一的姿势和神情。可无论他怎样模仿，狄玥对唐良口中描述的梁桉一并不熟悉。

她认识的梁桉一有些风流，虽然她没有亲眼见过，但他以前应该是有过不少女伴的。而且梁桉一也并不像唐良说的那样不热衷于浪漫，事实上，她所经历的浪漫，大多是梁桉一给的。

狄玥一度以为，梁桉一是个游刃有余的情场老手。

所以……真的不是哪里搞错了吗？唐良不会是失恋后受了刺激，记忆出现偏差了吧？

唐良不知道狄玥的思索，正说得起劲儿，一抻脖子，好像有很多话要讲。

可就在唐良临开口之际，桌边多了一道颀长的身影，梁桉一端着狄玥的咖啡回来了，放在她的面前，叫她小心烫。

唐良讪讪地缩回脖子，还不忘小声地吐槽："还挺体贴……"

嘟囔完，他像想起什么似的，忽然问梁桉一："说到戒指，我记得我前年年底回国去你那儿，落下一枚戒指在你家。"

梁桉一"嗯"了一声。

"戒指呢，给我带来没？"

戒指？狄玥记忆的角落里闪现出某个微小印象，但此时梁桉一已经贴心地帮她兑好了咖啡，咖啡和牛奶混合的香气扑面而来，那一点点关于戒指的印象，被香气冲散了……

既然挑明了是男女朋友关系，面对友人总是难以免俗，总是会被问到几个固定的问题。

果然，老板再次摇铃时，唐良风风火火地去端了自己的那份回来，他灌了一口咖啡，烫得龇牙咧嘴的，仍然问道："我说，你们两个到底是怎么认识的啊？"

雨不知什么时候停了，那位躲在屋檐下的流浪歌手已经站在了街道中央，拿着吉他边弹边唱。他身边聚拢了几簇人群，有几个金发碧眼的孩童拿着氢气球，嬉笑追逐着跑过去。

屋外的积水映着霓虹，屋内的咖啡香气四溢。

在这样诗意盎然的环境里，狄玥捧着咖啡杯，她想起他们的相识。如果人生可以分为很多很多个章节，她走进梁桉一家门的那晚，应该是一个新章节的开始。

章节名称不算长——一个有可能的夜晚。

SOUL MATE

第二章

–

《深沉的玫瑰》

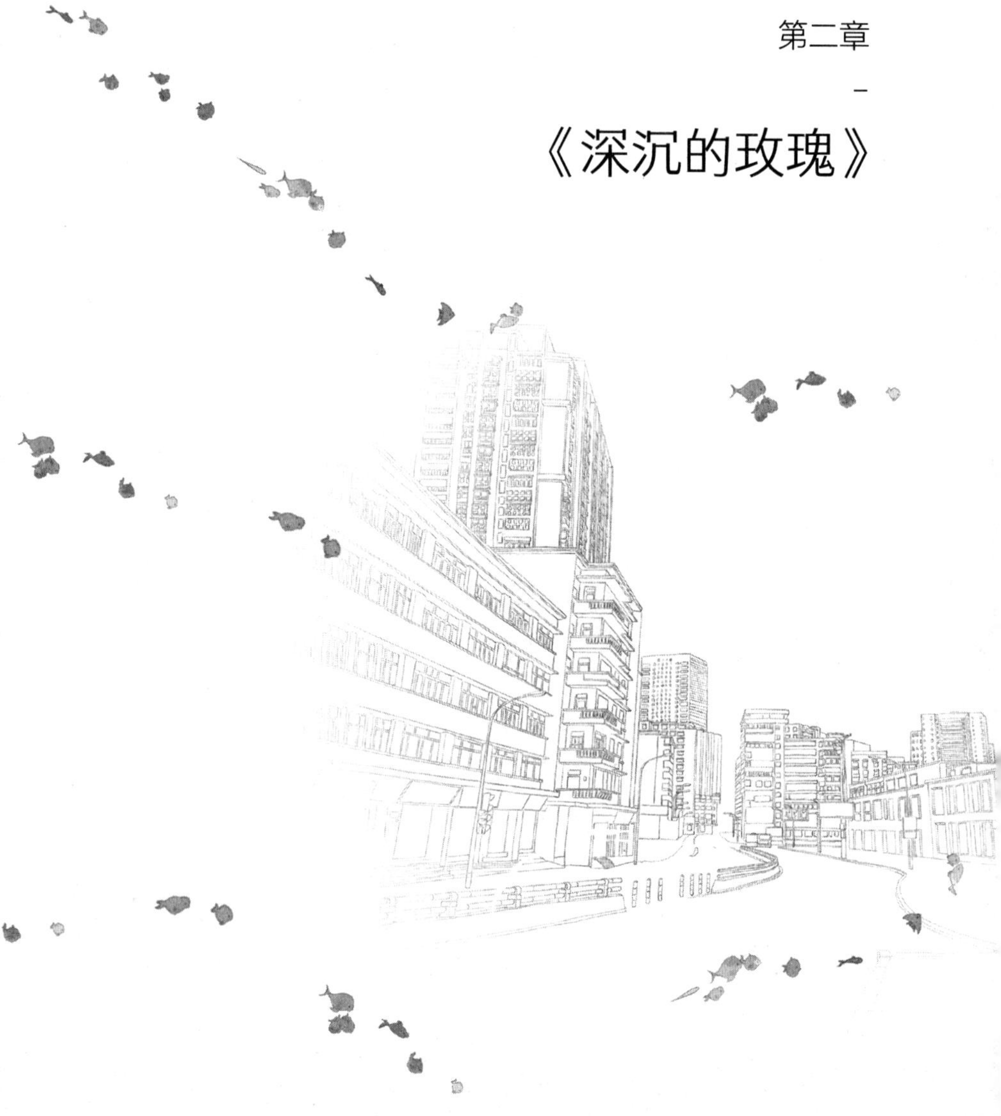

2014.2 燕城

认识梁桉一，是在 2014 年的 2 月份。

仔细想想，日子还挺浪漫，是 2 月 14 日情人节那天。

2014 年。

元旦过后，狄玥的状态实在是算不上好。不知道别人有没有过这样的阶段，整个人突然脆弱敏感到极点。这一年社交媒体上正流行泰国广告，几分钟甚至十几分钟一段，剧情紧凑。狄玥连看这样的广告也会落泪。

狄玥的家庭有一种变态的严苛，他们不允许家庭成员脆弱——

“现在的年轻小孩就是太娇、矫情”“哭是弱者的表现”“什么抑郁，都是现在的生活太好，吃饱穿暖，闲的，才胡思乱想”“被情绪影响效率是不理智的”“哭不能解决问题”……

她是在这样的言语荼毒中长大的，被教育得像是永不能疲惫的机器人，所以最初，当她发现自己变得脆弱敏感时，并没有很在意，还以为是经期的反应，因为天生感性的女孩子们都是这样，也没什么特别的。

直到某天下午，她在图书馆里，无意间翻开博尔赫斯的书籍，薄薄的一本诗集，名字很美:《深沉的玫瑰》。

诗集开篇收录的第一首诗，是《我》:

颅骨、隐秘的心
看不见的血的道路、
梦的隧道、普洛透斯、
脏腑、后颈、骨架。
我就是这些东西，难以置信，
我也是一把剑的回忆，
是弥散成黄金的孤寂的夕阳、
阴影和空虚的缅想。
我是从港口看船头的人;
我是时间耗损的有限的书本，
有限的插图;
我是羡慕死者的人。
更奇怪的是我成了
在屋子里雕砌文字的人。

十几行简短的文字还未读完，确切地说，从“我就是这些东西”开始，狄玥已经泪流满面了。

“那我是什么东西呢？”这样悲凉的念头出现后，她自己也是一怔，这是狄玥第一次注意到自己的精神状态。

她站在高大的书架之间，在安静得翻开书籍都会怕纸张脆响打扰别人的空间里，擦掉眼泪，坚定地判断：我不对劲。

没有任何医学经验和依据。

但也许，人类本身就是聪慧的动物，在濒临危险时，会想到自救，甚至不需要证据就能做出判断。

狄玥从 4 岁开始便被家里规定好了每天的时间安排，并杜绝一切娱乐活动。哪怕她上了大学，读了研究生，她仍然要住在家里，并不自由。她的身边有无数只眼睛，总在盯着她、看着她，她必须优秀，不然会被她现在的家庭所抛弃。

但这天下午，狄玥没有实行那些时间表上的计划，她快步地走出校园，在路边拦了一辆出租车，对司机师傅说出了一条酒吧街的名字。那条街很有名，连外地的游人都知道，但她从未去过。

在那之后，狄玥叛离了自己乖顺地遵循了近 20 年的规矩。

在那条浮华绚丽的街上，狄玥每天一家店地，辗转于各类 Bar（酒吧）、Club（俱乐部）、Live House（小型演出现场）之间。

这期间，她有两个发现，一好一坏。好的是，基于她的听话乖顺，家里那些优秀的人以为她只是跟着导师在学习，所以并没有起疑心。坏的发现非常坏，那就是，没有东西能救她——

驻唱歌手娓娓诉说般的歌声；调试过的、含有糖分的酒精；刻意朦胧以营造故事感的光线；群魔乱舞的频闪射灯；DJ 手指下的旋律、舒缓的琴声……

统统都救不了她。

最可怕的是，当她用“习惯优秀”的思维坐在热闹中，只觉得满眼都是虚无缥缈的挥霍，她无法与这世界上的快乐共情。

可她又凭什么质疑别人的快乐是虚无？这样想时，她和家里那些自命不凡的人，又有什么区别？

日子浑浑噩噩的，直到2014年的2月14日这一天。

这天刚好也是农历的元宵节，多数人都是阖家团圆或是出双入对的，无论过哪一个节日，这一天总不会太过冷清。

但狄家向来没有这样的仪式感，他们认为，花时间精力搞一场聚餐或者庆祝，还不如各自回书房，去读一份文献资料。因为那种沉迷于上进的气氛太过压抑，狄玥和前些天一样，从家里溜了出来。

酒吧街意外地红火，家家爆满，最后狄玥在黄牛手里买了一张入场券，挤进一家Live House。

双节加持，那天的Live House的现场确实用心，狄玥手里攥着高价收购的入场券，她不够老练，不知道凭此可以去领一把透明的雨伞。

后来场馆里飘起人工泡沫仿作的雪，周围一朵朵透明蘑菇“砰砰砰”地撑开，她才恍然察觉。

雪色蹁跹，台上一首歌唱到最高潮处，满眼的热闹。狄玥和这浪漫的热闹格格不入，甚至出神地想起时代悠久的一件小事：

那是她读小学刚升为三年级时。其实早在一年级，狄玥就很羡慕三年级以上的同学，因为学校只允许三年级以上的同学参加课外活动。狄玥所在的那所小学，课外活动时间在每周的星期三和星期五，这两天的下午2点钟之后，操场上和教学楼里分散着不同的课外活动小组。

她被家里束缚得太狠了，期待课外小组已久，在一年级的寒暑假，她自愿用假期时间完成了二年级的课程，跳级到三年级。

三年级开学前一天的晚上，她失眠了。

不是为了跳级，她只是兴奋，兴奋自己终于可以选课外活动小组了。她记得自己辗转反侧，纠结着“自然科学”和“轮滑”这两个小组，到底要参加哪一个。

那晚她大概睡得很好吧，在梦里已经梦到自己拿着放大镜，去学校花园里观察蜜蜂，看它们挂在腿毛上的花粉……

最后她还是选了“自然科学”的活动小组，只是真正到了第一次课外活动那天，老师站在讲台上让学生去跟着各自的小组活动，然后那位年轻的老师看向狄玥:“狄玥，你留一下。”

也许第六感真的存在。

“你留一下”这四个字，让狄玥的心里咯噔一下，她明显感觉到无论是“自然科学”还是“轮滑”，都离她越来越远了。

那天她被老师告知，应她家长的申请，她不必参加课外活动小组。

操场上欢声笑语，她坐在教室里，阅读着祖父指定的书籍。

这件事情小吗？非常小。耿耿于怀这么多年矫情吗？或许有点，可她的记忆太深刻了。

十几年过去了，狄玥至今仍记得那天下午，明媚的阳光铺满整个教室，教室安静得可怕，她的面前摊着一本书。

教室外的走廊里，她的祖父正在和班主任老师交谈，她看见祖父拍了拍班主任老师的肩膀，眉心微拢，说了一句话。

狄玥在年纪稍微大一些后，才想清楚她的祖父说的是什么，他对那位试图帮她争取课外活动时间的老师说：“你，太年轻。”

老师是没有办法和祖父争辩的，祖父是给各个学校校长开会的人，祖父的父亲，名字甚至出现在大学某本教科书上……

“啊——”

身边的尖叫打断了她的回忆，狄玥猛然回过神来。

周围比刚才更热闹了，也许是工作人员对人工造雪没什么经验，也许是机器出现了故障。

那些伪装成雪的泡沫越来越大了，一坨坨足有巴掌大小，从天花板上砸下来，和人打起了“雪仗”。

狄玥没有伞，此刻显得有些狼狈。

台上的歌手还在弹唱，Live House 里的人太多了，眼看着一团泡沫砸过来，左右都是举着伞的人，她无处可躲。

关键时刻，一把透明的伞在她的头顶撑开，挡住了泡沫。

狄玥顺着那只撑伞的手臂回眸，是一个男人，正站在她的身后。

他很高，穿着一件深色长款外套。温情眸，肤色白，黑色口罩没有认真戴好，堆叠在下颌处，挡住了一部分脸。他的长相很吸睛。

在狄玥看他的同时，一坨泡沫正向他砸过去。

男人从容地略略偏头，躲过泡沫，一簇灯光闪过，他被晃得眯了眯眼睛，手里的伞却往狄玥面前送来。

男人说了句什么，环境太热闹太嘈杂，她没听清楚，但他把伞塞给她后，便转身走了。

狄玥握住伞柄，愣了一会儿才反应过来，他说的应该是“拿着吧”。

“等一下！”

狄玥想要追上他道谢，也想和对方说自己马上就要离开，不用把伞给她。

人太多了，摩肩接踵的，恰逢舞台上的歌手和观众互动，人群像疯了一般蹦跳着、尖叫着。

她怎么挤也追不上，只能在几把落着泡沫的透明伞间隙中，看见那男人最终走出了 Live House。

临出门时，男人的肩上落了一坨泡沫，他抬起手，动作轻柔地用手背拂掉。

旁边一个兴奋的大汉正在对着舞台挥手，不小心撞了狄玥，她被撞得肩膀歪斜，却仍然站在原地没动，眼睛盯着大门的方向。狄玥心里是有点遗憾，暗恨自己性格木讷、不够外向，怎么就没和人家说一句谢谢呢。

这时候狄玥并不知晓，那个男人将会于不久后的午夜，俯在她的耳侧，把《深沉的玫瑰》这本诗集中的最后一句，诵给她听。

那把透明的雨伞留在狄玥的手里，她也想过要还。可一连带着雨伞去了酒吧街几天，都没能再遇见他。遇不到，她也没办法。

燕城不仅仅是繁华拥挤的一线城市，也是古都，坐拥名胜古迹不在少数，连这条酒吧街都是国内顶有名的。两三百家酒吧餐厅云集于此，除去本地居民，中外游人也是络绎不绝。

想在这里找人，实在是太难了，像大海捞针一样。狄玥没抱太大的希望，碰不见便算了，索性她也不再带雨伞了。

沤珠槿艳，不必多怀。

从小到大，每一次不能参加的运动会、春游、艺术节，每一顿被用来说教的早餐、午餐、晚餐，每一个不能出书房的周末，每一年寒假和暑假……她回到狄家近 20 年的时光里，失望的、不如意的事情太多太多了，她早就麻木了，大概不会因为想要寻找谁，对方没出现，而再在心里起什么波澜。

可狄玥万万没想到，在她没有带伞的第二天夜里，会再次遇到梁桉一。

那天是 2 月 22 日，星期六。

微风小于三级，雾转霾，天气不怎么好。

傍晚，狄玥在酒吧里小坐，突然收到了导师的信息。

导师要她帮忙补充修改一下研究课题的资料，要得挺急的，于是她捧出平板电脑，开始一点一点地翻看资料，做整理。

在这种娱乐场所里，长相好看的女孩子独自一人，身边又没有其他朋友，总会惹人搭讪。

忙碌期间，有两个男人拎着啤酒来过，同她说了几句类似于“要不要一起喝一杯”之类的话。

具体说了什么，狄玥左耳朵进右耳朵出，根本没认真听。

作为一个在小学和高中各跳过一级，15 周岁参加高考，并以数学单科第一的成绩考入名校的人，哪怕她并不喜欢自己现在的生活，却也不得不承认，在这些年的压抑生活中，自己确实养成了专注的习惯。无论在什么样的嘈杂环境里，她都能认真地做自己的事情，做到心无旁骛。

她太冷漠了，那两个搭讪的男人自觉没趣，便又拿着酒水走开了。

“糖苷键对酸的敏感性”“pH2.8，100℃，1h 可完全去除嘌呤”“转换是同类碱基的置换”……

等狄玥忙完这些事情再看时间，已经超过了十一点半，完美错过了末班地铁的时间。

酒吧外，夜色霾霿。

商肆作坊消失于雾霭之中，连路灯的光线也模糊不清。

狄玥用外套袖子掩着口鼻，因时间太晚，为安全起见，她刻意避过小巷只走大街，打算去前面岔口的路边，打一辆出租车。

手机里停留着几条继母发来的信息，多半又是给她介绍父亲手里带的男研究生，她没看，也没回复。

也许是天气不好，好半天等不来一辆出租车。

狄玥站在街边翘首时，身后有人同她说话：“嗨！又见面了！”

她猛然转头，当看清来人是两个陌生面孔时，她才隐约感觉到，自己好像也不是对任何事都不会再失望的。起码刚才回头去看时，她以为……会是那把伞的主人。

“记得我们吗？”

狄玥摇头。

“美女的忘性很大啊，刚才在酒吧里和你说话你也不爱理人，捧着个平板电脑装忙人，怎么着？这会儿忙完了？”稍矮一些的那个陌生面孔抬起手，指了指身后繁华依旧的酒吧街，“有没有兴趣和我们来个第二场啊？”

她想起来了，是在酒吧里和她搭讪的那两位。

“再和我们喝点？咱走着？”

他旁边的男人也在帮腔搭讪，每说一句，他们都更靠近狄玥一些。

狄玥已经闻到了两个人身上浓重的酒气，明显是喝多了，她不着痕迹地向后撤了半步：“不了，谢谢。”

她不擅长委婉交际，一心只想着拒绝，可喝多了的这两位就像牛皮糖，怎么甩也甩不掉。

“美女，现在才不到 12 点。”

“大周末的，这么早回家多没意思，遇见就是缘分，留下来再玩一会儿多好？”

“就是，来个准话儿，痛快点！”

“走吧走吧，我请客。”

狄玥依旧摇头：“不了。”

她表面上不动声色，其实心里紧张得要命，根本不知道怎么才能摆脱眼下的情况，只能用余光瞄着街道，希望能有出租车经过。

双方都没注意到，在离他们不远处的街边路灯下，一直停着一辆白色的越野车。

霾霭沉沉，哪怕是白色的车子，随着夜色朦胧，也像海市蜃楼一般，并没有多显眼。

两个陌生男人依旧不依不饶的，狄玥有些急了，正不知所措时，一道车灯闪过，白色越野车缓缓地停在他们三个的身边。

车窗降下来，露出一张熟悉的脸。

明明他也算陌生人，但不知道为什么，见到是他，狄玥便松了一口气。这张面孔，她心里是有那么一点惦念的。只不过他今天戴了眼镜，气质比上次见时更斯文些，导致她第一眼有些没认出来。

男人向副驾驶位半降下的车窗这边探身，语气熟稔，居然还带着点迟到后的讨好，显然是在扮演她的男朋友角色："有点事绊住了，等半天了吧？"

说完，他下车，大步走过来拉住狄玥，又帮她拉开副驾驶位的车门。

副驾驶座位上堆了一沓乐谱之类的纸张，最上面的是他的身份证和驾驶证，他分明早已准备好了为她解围，却状似无意地把那堆纸，连同他的证件一起拿起来，都放进狄玥的怀里。

他给足了她安全感。

狄玥会意，顺应他的剧情抱着那沓东西坐进车里，两个醉鬼也就识趣地走开了。

车门关上后，密闭的空间里只剩下他们两个人，车上有淡淡的清香，味道很像有人冲泡了一杯雨前龙井。

狄玥偏头去看他，他像是感知到她未问出口的问题，边发动车子边说，他是停在路边接电话，刚好看见她和那两个醉鬼，感觉对方有些难缠，担心她一个小姑娘难以招架，所以过来帮个小忙。

"谢谢。"她顿了顿，没忍住道，"你已经帮过我一次了，记得吗？"

男人偏头看了她一眼："记得。"

“谢谢。”她又道谢。

狄玥还以为，自己会像个木讷的傻子，憋出两遍“谢谢”之后，便再无他话。后来想想，那天晚上，她坐在梁桉一车里说的那些话，简直是她社交的巅峰。

她甚至要到了梁桉一的联系方式，说是要留着，方便日后还雨伞给他。输好电话号码后，狄玥举起他的证件看上面的名字，夜里的光线不太好，走上长长的一段路，才偶尔经过路灯。

车子里忽明忽暗的，她看了半天，也没看清楚他的名字：“渠？渠什么一……”

“梁桉一。”他说。

其实狄玥很心虚，她的“还伞”本来就是心怀鬼胎。

Live House 入场券兑换的免费雨伞而已，质量相当一般，还不如她们大学旁边超市做活动充卡送的雨伞结实。拍照拗造型也许有用，但长期用肯定是不行的。

当天演出散场后，门外那么大的垃圾桶，雨伞都已经多到塞不下了，有几把伞甚至立在旁边的墙角。可她以还伞为借口要联系方式时，他没拒绝。这是否说明，对于她的心思，他也是默许的？

隔天下午，狄玥跟着导师在学校学习。

闲暇时，她拿出手机，开始犹豫要不要联系梁桉一，也就是在这个时候，继母打了电话过来。之前几天继母发来的信息她都没回复，终于东窗事发了。

继母在电话里语气严肃地质问她：“我问过王教授，他说你最近并没有那么忙，项目上的事情也很顺利，你每天回家的时间有些过于晚了，狄玥，你到底在干什么？”

狄家人都擅长说教，狄玥举着手机走了半个小时的神，电话里喋喋不休的女人终于结束了她的演讲，引入正题：“你父亲带的那个研究生很不错，叫杜卓航，我把他的联系方式推送给你。有什么不懂的，你可以找他请教。”

杜卓航吗？她见过，那男生有点驼背，眼睛里都是精明算计。每天像狗一样，跟在她的父亲身边摇尾巴。想学怎么拍马屁的话，确实可以找他请教。

狄玥不想联系，但家里人的决定，狄玥是不可以说“不”的。

电话里，继母仍然在安排她的时间：“下个星期三晚上，你父亲约了卓航一起吃饭，你也来。”

继母说杜卓航考了沈教授的博士生，在等成绩，应该是没问题的。

“明年你也是要考沈教授的博士的，考得上，卓航就是你的师兄了……”

手机举在耳侧，狄玥又想起博尔赫斯的那首《我》，有些自嘲地想，如果要她分析自己是什么东西，应该没有任何诗意可谈吧：

和一家子博士或者教授生活在一起，正在被培养成下一个博士，将来要嫁给博士，最好再生出一两个小博士。

按照目前的安排走的话，她生出来的小博士，应该是要姓杜了，那么要怎样摆脱这被摆布的命运呢？

导师抱着笔记本电脑推门进来：“狄玥，来，这个PPT整理一下，我要加一些内容。”

“好的，王老师。”狄玥放下手机，投身于工作中。

导师在一旁安排她的任务：“晚上我要去实验室，你和我一起，结束得不会太早，记得和家里说一声。”

狄玥转头看向导师，听见他说：“今天接到你妈妈的电话，问你最近的情况呢……”

密布的被安排和被监视。

她喜欢的一句歌词里写过，“不过是烟火人间的行尸走肉”，写得一点都没错，狄玥迫切地需要一点其他的、和现在的生活不相关的人或者事。

她想到了梁桉一。

这一晚依然是重霾。

夜里10点多，狄玥从实验室里出来，告别导师后，她给梁桉一发了一条别有用心的信息：

还伞的话，该去哪里找你？

时隔几分钟后，手机屏幕亮起来了。

梁桉一发来一个定位，以及三个字：

过来吧。

梁桉一给的定位，被狄玥转到地图软件里去看。

这个位置她大概是知道的，是个挺有名的高端住宅区。早些年这地方刚开盘时，家里人在某个早餐时间讨论过。不过，不是讨论建筑上的设计美学，而是套用他们的经济学理论去谈商业价值。

狄玥之所以有印象，是因为那天早晨，祖父和父亲因为观点不同，直接在饭桌上吵了起来。

祖父气得摔了手里的财经杂志，因为力气太大，殃及了一杯无辜的热牛奶，杯子碎得清脆。

狄家人也不总是团结的，时常吵架。

都是高知，各执己见，谁都不肯妥协，固执得很。

祖父没出过国，所有学业都是在国内完成的。狄玥的父亲则不一样，他从研究生起就在国外，读过博士之后才回来的。在这一点上，父子俩常有分歧，每次吵架祖父都要把这件事情搬出来讲。而且毫无例外，提到父亲当年执意出国留学，就一定会提到狄玥的母亲。

不是温大毕业的高才生继母，而是她的亲生母亲。

“你以为自己喝过几年洋墨水就可以自以为是？！在我面前充胖子，你还嫩了点！”祖父拍着桌子，桌板被拍得啪啪作响，好在是实木材质，足够结实，才不至于散架，“你要是真那么厉害，当初为什么找个舞女结婚！”

狄玥瞥见家里的阿姨几乎是踮着脚尖、屏息从盛怒的祖父身边飘过去，像按了静音键一般，难为她收拾玻璃碎片时也能悄无声息的，然后她看到阿姨又用抹布擦掉了地上的奶渍。

空气里留着牛奶的甜腻乳香，祖父还在骂：“眼皮子浅的玩意儿，丢我狄家的脸！所有人都知道那舞女和别的男人跑了，拿走你的钱不说，还给狄家留了个累赘！”

狄玥眼观鼻，垂着头吃饭，全当听不见，就好像“累赘”这个词，说的不是她。

那天早晨，财经杂志摊在餐桌上，铜版纸上印着新楼盘的高清照片，很美。

能不美吗？简介里都说了，那块寸土寸金的地皮是顶尖建筑设计事务所接的，室内装潢请了国际上教父级的人物亲自操刀，叫什么乔森什么罗伯特……后面的内容被牛奶打湿了，皱了起来，看不清晰。

也没必要在当时就看清晰的，有些事情，冥冥之中，自有天意。

此刻，照片上的楼盘已经出现在狄玥的视线里，投光灯照亮楼体，霾色都掩盖不住的典雅。

出租车司机见她探头去看，以为她是着急，便提醒她：“姑娘，别急了啊，马上到，喏，瞧见没？前面发光的那几栋就是了。”司机师傅人很好，说话也和善，“您要去的那栋啊，在这社区的东侧，我现在给您绕到东门去，您还能少走些路，省点时间。”

“谢谢您。”

“再有个三分钟，准到！”

狄玥感激地回头看了司机师傅一眼。

老师傅是当地人，讲话有着和狄家老一辈人相似的口音，但比起他们，司机师傅就有人情味儿多了。她想，如果她的父亲是这样一位普通的、热情洋溢又善良的出租车司机，也是很好很好的。

车子绕着小区行驶。

2 月份的北方，各类植被还未复苏，仅仅能从枝干间隙隐约窥见，外墙上层层叠叠地爬满了爬山虎的根茎。

也许春暖花开时，这里真的会很美。只是，还伞的借口只有一次，待春暖花开时，估计没机会再来了。

手机里和梁桉一互通的信息，停留在半小时前。

上了出租车后，狄玥曾给梁桉一发过消息，说她大约 20 分钟才能到，他回复了个“好”字。

过了晚高峰，夜里的燕城原本是不会堵车的，但不巧的是，刚刚路上遇见某街口查酒驾，车子一辆一辆地被叫停，驾驶员挨个站在路边吹气，出租车也没能幸免，因此耽搁了些时间。

现在已经超过半小时了，她才刚刚到。

作为迟到的人，狄玥心焦得很，她反复看手机上的时间，也反复查看她和梁桉一的对话框。

梁桉一有他的风度，并没发来信息催促她，狄玥稍稍有些宽心，可又隐隐地觉得，是不是他对今晚这一约，并不够重视？其实今晚的约见，两个人应该都有些心知肚明。

成年男女，大半夜的约在住宅相见，难道真的会是为了一把劣质雨伞？

车子离东门越来越近了，狄玥并不紧张，反而她现在的心情非常不错。

读本科时，她曾偷偷地旷过一次课，也没做什么特别的，只是坐在学校的枫林里，看秋风轻拂红叶，听风和树叶间簌簌的悄悄话，看落叶像一封火红的信笺，飘至她的面前。

那天她看什么都是好的，而今夜的愉悦，和那天的相似。

美国社会心理学家马斯洛，有一个著名的需求层次理论，他把人的需求分为五个等级：生理的需求、安全的需求、归属与爱的需求、尊重的需求、自我实现的需求。

这么多年来，狄家一直想要让她只专注于“自我实现的需求”，过于变态，现在，她要去满足自己低级的生理需求了。

怎么说呢，有一种逃出牢笼的快乐。

狄玥甚至对着夜色，微笑着、理智地分析起梁桉一这个人，他一定不会和她有什么灵魂共鸣，soul mate 都是胡扯。

她确实因为跳级的事，比周边同学的年纪略小一些；也确实因为被逼着上进，绝大部分时间都停留在校园中，囿于象牙塔内，但她不是天真的傻子。

计算机术语里有一个词，叫“向下兼容”，意思是当把计算机程序更新到最新版本，但在老程序时存储的文档仍然可以使用。

狄玥猜想，类似这样的事情，梁桉一大抵经历过二三。在感情方面，他是比她更高级的系统，所以“向下兼容”，面对她的别有用心，他倒是显得十分从容，且合她的拍，让人产生一种共鸣的错觉。

梁桉一一定是个情场高手。

她是看过他的证件的，他长她几岁，这多出来的几年大概不是白活的，既然他这么淡定，她也得表现得差不多一点。

她对梁桉一当然是有好感的，可是，流绪微梦，这其中掺杂了太多的莫名，那是她没有经验的情愫，是她的盲区，所以狄玥把自己想得有点卑鄙了。她以为自己把梁桉一当成摆脱枷锁的棋子，以为自己只是在为自己争取喘息的空间……

狄玥忘了，世界上还有“纸上谈兵”这么个词儿。

脑子里正这样分析着，出租车停在门外，她无意间抬起眼睛，自车窗向外看，然后整个人都愣住了。

窗外，一道挺拔的身影，立在小区门口。

雾霾很重，梁桉一戴了口罩，他没穿外套，而是两只手插在裤子口袋里，看上去像是很随意地从家里出来，到外面来等她的。

有那么一刻，理智是失灵的。

分析了一路的那些东西轰然倒塌，狄玥都不知道自己怎么了，突然蒙起来。

她火急火燎地付了车费，连一句谢谢都忘记和司机师傅说了，也忘记了几分钟前，她还希望和善的司机师傅要是她父亲就好了。

狄玥慌里慌张地跑到梁桉一面前，连气息都还未喘匀，便马上解释："不好意思，路上遇见查酒驾……"

天气还是冷的，呵气成霜。

梁桉一估计等了有一会儿，这人皮肤白，被夜风吹得耳郭泛红，却没有半句怨言。

狄玥没带雨伞，他也没有问到那把伞，两个人心照不宣。

狄玥随梁桉一走进小区。

入楼门前，他站定在她的前面，按那些数字键输入楼门的密码。

楼门框架是亮面的香槟金色，被擦得锃亮，映照出她的身影。

狄玥看了半秒，突然紧张得要命，垂头瞧瞧自己这身普通的装扮，手里拎着的居然是学校发的白色帆布袋子，她一时对自己很是无语。

起码穿件成熟点的衣服来啊，自己之前到底在想什么啊？

胸腔震荡得厉害，心脏像吃错药了似的，横冲直撞。

进了电梯，狄玥更紧张了，反观梁桉一，他还是那副样子，按过层数后，两只手仍然插回裤子口袋里。

约见的目的虽然不怎么纯洁，但从见面起，梁桉一并没有任何轻浮下流的举动，他甚至还提醒她：“我住 A7 栋，7011，可以给你信得过的家人朋友发信息说一声。”

狄玥怕他看出来自己的紧张，便假借咳嗽掩饰自己吞咽的小动作，然后故作轻松，开始仰头打量电梯顶棚的装潢。

梁桉一觉得狄玥这姑娘挺有意思的，是她想要过来的，见了面却又紧张成这样，就好像他能吃了她似的，见她紧抿着嘴唇仰头看顶棚，他也跟着瞥了一眼。

电梯是复古西洋风，头顶那盏再普通不过的黄铜底座雕花灯，都快要被她看出花来了。

他再不开口，她估计要杵在这儿，把花灯上有几条压褶纹理，都给数得明明白白的，也许是感应到他落在她身上的目光，狄玥也转头看向他，眼底都是慌张。

梁桉一无奈地摇摇头，怕她尴尬，便抛了个话题：“还没告诉我，你叫什么名字？”

“哦！对，我叫狄玥。”说完这句，又没话了。

梁桉一笑了一声。

他这声笑，激起了狄玥的某种胜负欲，她也找了个话题：“你……经常带只见过两三次面的女孩儿来家里吗？”

她自己可能也意识到这个问题的冒失，问完后，没等梁桉一开口，狄玥的脸“轰”的一下红了，她摆摆手：“抱歉，当我没问吧。”

“不经常。”

梁桉一没说，实际上，这是他见她的第五次。

“叮——”

电梯门缓缓地向两侧敞开。

狄玥第一次见这样的户型，一梯一户，走出电梯，就算是进了梁桉一的私家空间。

走廊里有一种木调香，墙壁上做了几排装饰架，摆着植物、陶瓷、矿石、化石标本之类的小物件；地毯是暗色的，花纹复古；一棵枝叶蒙茸的“千年木”立在墙角。

几年前，有一次狄玥在公共教室上自习，遇见几个设计专业的学生，正拿着图纸和设计效果图讨论作业。

他们带了一堆便利店买来的饭团、面包和关东煮，在讨论案例的间隙，把手里的食物大口地填进嘴里，明明被噎得捶胸顿足，正急急地拧着一瓶矿泉水，却也不忘在 PPT 翻到某案例时，口齿不清地感叹：“这也太棒了吧！”

无趣的理科生对艺术类专业多少都有点崇敬，再加上那时狄玥刚读到本科二年级，连吃饭都要到学校教职工食堂和父亲坐在一起，毫无自由可言。她看着旁人的轻松快乐，既羡慕又向往，目光便也就不受控制地落在他们那边。

当时他们那台 17 英寸的笔记本电脑上所展示的设计图，和梁桉一家门口的风格很像。

狄玥觉得，既然这类风格都能当示例了，肯定是很厉害的，她又想起“教父级室内设计师亲自操刀”这事儿，便终于有了个话题：

“你们这栋楼，每家门前都是这样的吗？”

梁桉一说他没去拜访过别人家，不清楚：“应该不同，我这个是随便摆的。”

他自己随便摆的吗？可是看上去很舒服，有一种松弛的、令人闲适的美。

狄玥被狄家拉扯着的那根“必须优秀”“必须努力”“必须……”的神经，随着眼前的景象慢慢地松懈下来，像梁桉一挂在墙上的一株藤蔓，自由自在地垂下来。

但异性间暧昧的紧张，还是在的。

心脏也还是不安分地“哐哐哐”地凿着她的胸腔。

她跟在梁桉一的身后，视线下意识地随他的动作转移，看他把指尖按在指纹锁上。狄家是没有艺术家的，狄玥也缺少艺术底蕴。她只觉得梁桉一家的防盗门的颜色很特别，说是黑色似乎也不全是，还有那么一点点蓝色在里面，但她分辨不出。

后来熟悉些了，和梁桉一聊起来时，她才知道这门的颜色自然有个很美的名字，唤作“绀蝶”。

而此时的“绀蝶”，像一扇禁忌之门。临门一脚，狄玥是有打过一点点退堂鼓的。

21 岁的年轻女孩，哪怕迫切地想要摆脱、逃离，也确实太久没有机会独自做过决定了。

她并没有预想中的那样坚定。

但手机振动起来，继母在这个时候发来的信息，彻底打消了狄玥零星的犹豫。

阴差阳错地，继母做了这场浪漫冒险的幕后推手。信息上是冗长乏味的说教，质问狄玥为何还未归家。

很快，电话又打过来，像催命符似的。

之前狄玥一直跟在导师身边，又在实验室里待了很久，所以来电设置的是静音，屏幕上不断地闪烁着数字。

梁桉一留意到她的手机，问了一句："有事儿？"

"没有。"狄玥挂断了电话。

继母找她，只会有两件事：一是教育她，要她听话，不许出来玩；二是因为杜卓航。

在实验室时，狄玥已经收到过杜卓航的好友验证信息，那人连着发来了三条，都是很长串的英文。她不明白为什么给她发信息要用英文，她又不是外国人，而他杜卓航更不是。

那堆信息，语气和她的继母如出一辙，说是知道下星期三的晚餐她也会去，想要先添加好友认识一下，以及专业上有什么不懂的，可以去问他。

狄玥在心里简直要把白眼翻到天灵盖上，她有导师的，遇见不会的问题，用得着去问他杜卓航？

电话被挂断后，继母又发来信息轰炸。

狄玥干脆把手机关了机，好了，世界清静了。

她关了房门，突然开口："梁桉一，我今天晚上不走了。"

梁桉一站在冰箱前，正伸出手，准备拉开冰箱的门。

狄玥说完，看见他的动作微顿，她的心也跟着一提，是了，是她太不成熟了，这句话说得一点暧昧情愫都没有，反倒像个青春叛逆期时离家出走的小孩子，幼稚得要命。

“那就留下吧。”

梁桉一的表情还是那个样子，说完他又继续拉开冰箱的门，拿出一瓶玻璃瓶装矿泉水看了看，似乎有所思量，他放下冷藏矿泉水又关上冰箱的门，问她：“狄玥，要不要来点热的？咖啡？”

“好。”

梁桉一家里充满慵懒的气息。令狄玥欣喜的是，这儿居然有壁炉，炉旁摆着一方矮茶几，还有几团蓬松的懒人沙发，它们的形状随意，倒是很随梁桉一。

外面霾气沉沉，又阴又冷，屋里的壁炉燃着火，他们就坐在壁炉旁的懒人沙发里，暖烘烘的，简直不要太惬意了。

为她冲泡好咖啡后，梁桉一起身：“不好意思，你先自己坐一下，我需要去洗个澡。”

狄玥猛地抬起眼睛去看他。

壁炉里燃烧的柴火偶尔发出“噼啪”声，他的半张脸映着火光，瞳孔被染了暖色，眸光晃漾……

梁桉一这个人，作息不是很健康。他前一夜刚熬了通宵，一直到今天中午才停下来休息，拉上窗帘后他在家里睡得昏天暗地的。

老实说，狄玥给他发信息时，他整个人都还没有太清醒。

但这些狄玥是不清楚的，听见他说要洗澡，她的心脏又开始狂跳了，喉咙像被壁炉里的火舌燎过一样，干涩发堵。

为了能成功扮演老手而不垮掉，狄玥自认淡定地端起咖啡杯，抿了一小口，强稳着声线问：“你洗澡要多久？”

梁桉一挑起眉毛。

狄玥继续“淡定发言”：“一个小时够吗？”

梁桉一道：“男人洗澡没那么久，顶多一刻钟。”

哦，这样啊，可是这她怎么会知道？她又没见过男人洗澡。

狄玥本来是想要问问梁桉一的时间，打算趁着他洗澡叫个外卖来吃，因为她在实验室忙了一晚上，根本没空吃晚饭。其实也不是饿，是想要找个事情分分心，但他那么快就能洗完澡的话，还是别吃了，回头人家一身香喷喷的，而她自己吃得全是油烟味儿，这是不是不太好？

狄玥没什么经验，此刻心有千千结，如果那些纠结能拎出来看的话，都够绑成中国结了。而且，她越是想要转移一下注意力，越是会想到梁桉一说要去洗澡时的神情。

好像人在饥饿的时候，思路会更清晰？这个观点她忘记是听哪个亲戚说的了，可能是她那位在南方大学当心理专业领导的姑父吧。

狄玥盯着咖啡胡思乱想，忽然听到其他房间里的一些声音，不像是洗澡时浴室的水声，有一点像学校阶梯教室里那台老空调运作时的嗡鸣，是……浴室的暖风系统吗？

因着是在别人家里，她虽然有疑惑，却也没办法起身查看，总觉得趁主人不在，自己随处走动，会有些不礼貌，但这屋子的主人，似乎对她并没有什么防备。

他的钱夹和手机就丢在茶几上，屏幕没有上锁，还停留在某浏览页面。真的不怕引狼入室？

万一她是个女盗贼，这会儿怕是已经卷了他的钱夹跑路了吧？

“滋啦——”

狄玥不由地侧耳倾听，这一声更不像洗澡了，倒像是家里阿姨把食材丢进油锅的声音。

梁桉一家太大，这声音她听得并不算真切，但她忽然有个荒谬的猜测，心里又多了另一种慌乱。

狄玥按捺不住，站起身，循着声音走过去。

在一间宽敞的厨房里，她发现了梁桉一的身影。那位看起来不事劳作的、矜贵的梁先生，正靠在料理台上，袖口卷在臂肘处，抱着手臂看着他身旁的两口锅子。

奶白色的珐琅锅里“咕嘟咕嘟”地冒着热气，他用锅铲翻动了一下旁边的炒锅，然后忽然回眸，对上她的视线。

狄玥说不上来自己是什么心情：“你在做什么？”

“煮个面。”他关了燃气，对着炒锅扬了扬下颌，“然后，滑蛋虾仁。”

狄玥摇头，迟疑道：“不是，我是说……”

他不是说要去洗澡吗，此刻为什么会在厨房里做饭？她在心里告诫自己，狄玥，你别想多了，也许是他自己没吃晚饭呢？

可梁桉一推翻了她的告诫。

“猜你没吃晚饭。”他说，“附近没什么快餐店，可以点外卖的餐厅这个时间应该都打烊了，所以给你随便做了一点。”

狄玥站在原地，没说话。梁桉一悉心，但并不殷勤。

东西都煮好后，他指了指柜子：“餐具你自己找一下，端去客厅吃。”

“那你呢？”

“洗澡。”

狄玥不知道他对其他女人，是否也这样体恤。但她承认，在吃面时，她自己已经完全混乱了，她丈量不出自己对梁桉一的好感到底有多少，至少，已经不像来时那样笃定，笃定自己可以不为所动。

梁桉一洗澡的时间确实不久，狄玥心事重重的，一碗面还没吃完，他已经回来了，周身穿戴整齐，只有黑色短发带着些许的潮湿感。

狄玥放下筷子，揣摩着这种约会的流程。

在梁桉一坐下后，她豁然起身，呼吸有些急促：“我……也去洗个澡吧。”

狄玥说洗澡时，梁桉一人就靠在懒人沙发里，正拧着一瓶矿泉水。

闻言，他没回应，只是在仰头喝水时，映着炉火跳跃的光，始终将目光落在狄玥的脸上。

狄玥是新手玩家，普通暧昧尚且接不住招，遇上对视，她更无力招架，趁着柴火的“噼啪”声，她默默地将视线下挪。

不挪还好，只挪了那么寸许，结果清晰地观看了梁桉一吞咽时滑动的喉结。

炉火把空气烘烤得暖融融的，迎面袭来，像春风拂面。

喝完水，梁桉一把瓶盖重新拧好，站起身，经过她身边时一歪头，示意道：“走。”

“去哪儿？”

“给你找间浴室。”

那时候狄玥跟在他的身后，满脑子的怀疑，觉得这人得是带过多少女孩儿回家啊，居然能修炼得这么自然沉稳。

梁桉一家是复式，狄玥跟着他上了二楼，他随手指了一间浴室给她：“需要用的物品在柜子里找，阿姨应该都有准备。”

说完，他转身下楼去了。

浴室不是刚刚他洗澡的那间，空气干爽。狄玥把浴室门反锁后，一件件脱掉自己的衣服：宽松的针织衫，牛仔裤，以及内衣。

可能是梁桉一太过气定神闲，洗过澡后，狄玥也慢慢地放松下来。她甚至拉开柜门，恶趣味地往里面打量，想要看看有没有其他女人的蛛丝马迹，可惜这里收拾得很干净，一粒灰尘都看不见。

招待客人的东西备得充足，整整齐齐地码放着，连五星级酒店都没这么周全。

狄玥在柜子里找到一件带着标签的深色睡袍，仔细想想，她既然都来了，也没必要换自己的衣服下楼，太过扭捏。

她用一次性剃须刀割断标签，换上睡袍。蓝灰色的男士睡袍，穿上后因袖口太长，有些碍事，狄玥不得不把袖口叠了几道。

吹干头发后，狄玥把头发梳起来，对着被水汽模糊的镜面，她隐约地看到后颈处的胎记，红色，形状似一尾鱼。胎记挺明显的，以前上初高中时，还被老师怀疑过是文身。

狄玥的手抚过胎记，想起当年母亲把她交给狄家的情景——

并不是什么谈笑风生的和平分开，而是为了各自的利益，火药味十足。尤其是在她的问题上。

狄玥的母亲蒋绒绒是个舞女，和狄玥的父亲在国外相识。两个人认识不足三个月时间，便决定闪婚。不过这段婚姻，从最开始时就不被看好。

狄玥的祖父早已经相中了某教授家的女儿，希望她来做儿媳，儿子突然带着性感的时尚女郎从国外归来，祖父的如意算盘被打碎了，便怒不可遏。在祖父看来，狄玥母亲的工作实在是登不得台面，娶这样的儿媳进门，是在给狄家蒙羞。显然，狄家其他人也是这样想的。

所以狄玥父母在国内的婚礼，狄家无一人参加。

狄玥想，也许那时候她父亲身上还是有些血性在的。年轻的男人，冲冠一怒为红颜，哪怕所有人都反对，为了母亲，他也毅然结婚，搬出了狄家。

但新婚的甜蜜，很快被生活琐事所耗尽。不只是柴米油盐，狄玥后来猜想，也许还有他们不同的三观和生活环境，都成了维持婚姻的阻碍。

那些父亲身边上进的同事、家人对母亲的指指点点，日积月累，撼动了父亲原本就不够坚定的内心。激情褪去后，两个人成了躺在同一张床上的仇敌。

婚后第五个月，他们大打出手，也是在这个时候，母亲突然查出了怀孕。或许离婚也算一桩丑闻，狄家不允许，所以双方做了些什么交易，暂时没有办理离婚手续。

狄玥在4岁以前，是跟着外婆生活的，她没见过狄家任何一个人，连母亲也很少见到。直到4岁那年，外婆去世，蒋绒绒从国外飞回来，带着她去狄家，双方协商她的归处。

当时狄家正积极撮合父亲和她现在的继母，而母亲也要回国外去。他们谁也不想要个小累赘在身边。

小狄玥坐在沙发上，听见双方在激烈争吵：

“不可能，我是不会带着她出国的，我没时间养孩子！”

“你没时间我就有时间了？我的学术不要做的？”

连祖父也出面了，老头子稍年轻些时习惯就不怎么好，一激动就要拍桌子：“这孩子，狄家不要！德辰以后是会有其他婚姻的，带着孩子不方便。”

最后母亲是用这句话制胜的——

“我带着也行，孩子还是姓狄。但我做什么工作，你们是知道的，以后你们要是听说，狄家的孩子管什么不正经的男人叫爹，到时候，可别来找我急哦。”

说这些时，母亲走到她的身边，用指尖点在她的胎记上。没人在意狄玥的感受，他们觉得四岁的小孩子，什么都听不懂，可她都记得，每一个表情每一句话，她都记得。

所以后来，在狄玥成长的过程中，偶尔在路上听到其他家长谈论，说“才三四岁的小孩子懂什么啊”，她都很想反驳那些人，在心里呐喊：小孩子是懂的。请不要以为小孩什么都不懂啊！

水蒸气被换气扇抽走后，狄玥的面孔清晰地显现于镜面上，她长得像母亲，也难怪狄家人看见她就不喜欢。

也许是她洗了太久，没能像男人一样十几分钟就搞定了，待她下楼时，梁桉一已经仰靠在壁炉旁的沙发里，阖上了眼睛。梁桉一又戴了金边眼镜，是帮她解围那天戴过的。他的手边散落着几张打印纸，逆天的长腿伸展着。大概是为了舒适，一楼的其他灯光都熄着，只有一盏地灯，在他身上投射着柔和的光线。

梁桉一有一种气质，轻盈、松弛。

要祖父来评价，一定会用个贬义的词，偏安一隅。但狄玥却很羡慕。他的人生应该是一路顺遂的吧，家庭和睦，不愁钱花，可以随心地去做自己喜欢的事情。

真好。

狄玥走到梁桉一的身边，蹲下来。她以为他睡着了，见他只穿了一件短袖，便四处张望，想要帮他盖条薄毯之类的东西。

“找什么？”

梁桉一不知道在什么时候睁开了眼睛，把狄玥吓了一跳，人直接坐在了地上。

挣扎着要起身时，她听见他的轻笑，觉得有点“农夫与蛇”的意思了：“我是想找东西给你盖一下的，你还笑我……”

但当梁桉一正经地看着她说“谢谢”时，她又别扭地转过头去：“又还没找到，谢什么。”

狄玥不知道，梁桉一在她转头时，视线曾短暂地停留在她的胎记上，眼睛里流露出一丝温柔。

壁炉的光让整个房间都摇摇晃晃的，像梦境一样。

这一晚，发生什么事情都有可能。狄玥想，要是有酒就好了，喝一点，也许她能更放松些。

很神奇的是，她才这样想完，梁桉一沉吟片刻，突然起身，去柜子里拎出一瓶红酒。

他朝她晃了晃手里的酒瓶：“喝吗？”

就好像他有读心术一样，狄玥点头。

每一次和他对视，她都有些慌乱，她不愿干巴巴地站在客厅里，让梁桉一觉得自己很傻，于是走到他那边。但她没想到，居然会在柜格里的几本书中，看到了熟悉的书名——博尔赫斯的《深沉的玫瑰》。

狄玥拿起那本薄薄的诗集，翻了几页，却没能像在图书馆那样沉浸式地读下去。

她偷偷地瞄着梁桉一，看见他把螺旋形的酒刀拧进红酒的软木塞中，然后木塞被拔出，发出细小的“啵”声。

梁桉一走过来，把红酒递到她的面前：“闻起来还不错。”

狄玥不懂红酒，也不想露怯，只好把话题转移开：“前阵子，我刚在图书馆看到过这本。”

梁桉一说：“博尔赫斯不错。”

睡袍没有扣子，只有一条腰带，狄玥将腰带系成一个紧紧的蝴蝶结，她很瘦，可睡袍太宽松了。

狄玥不知道此刻领口已经出卖了她，还以为自己找了个轻松的好话题，她捧着书籍，认认真真地和梁桉一讨论着：“我只看了第一首，后面还没读过……”

梁桉一拎着红酒，突然凑近她，把空着的那只手探向她身后的柜格。

狄玥惊了一下，因指尖不稳，书页哗啦啦地翻到了最后。

他们之间只有咫尺距离，他垂着眸子继续靠近，嘴唇经过她的耳侧时，忽然开口了，声音比朦胧的夜色更能打动人：

“你是上帝展示在我失明的眼睛前的音乐、天穹、宫殿、江河、天使、深沉的玫瑰，隐秘而没有穷期。”

室内很暖，落地窗上挂着薄霜。

那盏立在茶几旁的灯，光线微弱，不足以照亮梁桉一家偌大的空间，即便有炉火帮忙，近三分之二的陈设仍然浸在摇曳的昏暗中。

狄玥感觉自己和梁桉一间的距离正在逐渐接近，鼻畔是洗发水与沐浴露混合的味道，究竟来源于他们中的谁，已然分不清了。

他这样靠过来，几乎像要拥住她似的。

狄玥当然紧张，她僵硬地维持着捧书的动作，想要含蓄，偏偏难以抑制，还是乱了呼吸。

她在心里惴惴不安地想着：如果他吻过来，她需不需要张开嘴唇呢？

“叮——”

身后传来清脆的玻璃碰撞声，狄玥一怔，见梁桉一把两只线条优雅的高脚杯，从她的身后拿了出来。

原来他探身只为取物，不是要对她做点什么啊。

隐匿在黑暗的角落忽然传出虫鸣，是蟋蟀的声音，逼真得像是春日提前复苏。

梁桉一这会儿已经和她拉开了距离，捏着两只高脚杯，正向杯子里倾入红酒。他偏头看了一眼虫鸣的方向，神情也有些意外，淡笑着说：“已经很多天都没响过了，还以为坏了。”

狄玥哪里知道他家里的玄机，惊疑地问他是否养了蟋蟀。

梁桉一笑着说不是，他带她过去看，那是他早些年从国外淘回来的一座挂钟：“上个世纪末的老物件儿了，时灵时不灵的，已经修过好几次了，前阵子一直不响，谁能想到，今天又自愈了。”

他的家里像个收藏馆，摆放着各种年深月久的旧式物品。也许每一样物品都有它们自己的故事，让这屋子充斥着一种富有年代感的情调。

这和狄家太不相同了。

狄玥家里住的人并不少，对门就是姑姑家，楼上的房子住了稍远些的亲戚。人气是挺旺的，但没有烟火气。哪怕人来人往的，她也时常感到冷清，因为一切布置太过功利，都是为了提高各方效率。

祖父说，舒适的环境伴随而来的，只能是懒惰。

狄家唯一奢侈的实木餐桌，也是被祖父吃饭时拍翻了几次桌子后，才换上的。

就算是狄玥自己的书房，也不能随心所欲，她的桌椅都是依照教师办公室那种规格置办的，就连铁皮桌上也只允许出现专业书籍和资料……

曾有上千个夜晚，狄玥在太阳穴上涂着防止瞌睡的风油精，疲惫地抬头，望向书房窗外的月亮。

那时只觉得月光冷清，不近人情。

这是一个和以往都太不相同的夜晚，窗外无星也无月，只有一片望不到尽头的霾。

狄玥站在刚报过时的旧钟表前，看着雕花黄铜秒针一下下地挪动，突然有些惶然，生怕眼前的惬意，会像辛德瑞拉的水晶鞋一样，一过午夜 12 点，就要失效掉。

梁桉一适时地递来红酒杯，唤了她一声：“狄玥。”

回过神来时，梁桉一正盯着她看。

他的眉心微微地蹙着，薄唇轻启，似乎有话想和她说。但最终他还是什么都没说出口，只是在抿过红酒后，抬起手，帮她理了理睡衣的领口。

这个动作太过暧昧。

狄玥都要以为接下来会有一些事情，顺理成章地发生，可梁桉一只是收回手，招呼她回到壁炉旁。

漫漫良夜，他似乎有的是耐心，不谈风月，只同她品酒，还贴心地问她要不要听点音乐。

得到肯定的答复后，梁桉一便去调试他的古董黑胶唱片机，他的眉眼低垂，很认真，只在选唱片时，才回头多问了她一句："小野丽莎怎么样？"

狄玥不知道这是谁，只好含着红酒胡乱地点头。然后在小野丽莎慵懒深沉的歌声中，柔驯地配合着梁桉一的节奏，无论他问起什么，她都有问必答，她还以为这是常规流程。

"狄玥，你多大？"

"21岁。"

"今年本科毕业？"

"不是的，今年我研二了。"

"什么专业？"

"生物化学与分子生物学。"

狄玥认为自己表现得成熟极了，回答问题简练又自然，简直是天衣无缝，绝不会像是第一次。可她不懂，面对这种状况，没有人会像他们这样，是从谈心开始的。

又不是谈恋爱，不会那么拎不清的。

真正成熟的人，这个过程越简单越好，最好也不要一起吃饭。很多人甚至都不过夜，各取所需，解决完生理需求后便散伙了。之后无论何时何地再碰面，绝不会迎上去打招呼说认识。

能简简单单走肾的事儿，谁会去走心啊。

或许是酒精作用；或许是想要彰显一下自己莫须有的经验；也或许，只是梁桉一和他的家太令人松弛了。喝着喝着，狄玥反倒不用梁桉一问了，像竹筒倒豆子似的，自己说起来。

她给梁桉一讲她的“生物化学与分子生物学专业”；讲她祖父拍桌子，筷子蹦起来戳到他自己时，她简直舒适极了；也讲高中跳级后进入的那个恐怖班级。

憋了不知道多少年的各种怨气，都被她统统地讲出来：“你都不知道那个班级有多吓人，连课间都没有的，不上洗手间就必须坐在自己的座位上学习……”

狄玥第一次和别人说了这么多心里话，她不分时间线地吐槽着，想到什么就说什么。

可是讲到那些不快乐，最最避不开的，就是她小学三年级那次，那是她永远也过不去的耿耿于怀。因为在她心里，她被停掉的不只是课外活动小组。那只是个开端而已，在那之后的每一年每一年，她都不会再有娱乐的机会。

永远也没有。

狄玥的手臂架在茶几上，双手捧着脸颊，微醺地望着梁桉一：“学校组织看电影，你知道吗？梁桉一，初中部三个年级都走光了，每个教室都是空的，只有我，只有我一个人留在老师办公室里，跟着他们安排给我的外教老师，练习口语。”

酒瓶里的酒很快就见底了，说到这里，狄玥哭了。

最初落泪时，她的理智尚存，还惦记着要克制一下。可梁桉一走过来，蹲在她的身边，只是抽了一张餐巾纸递给她，狄玥一下子就忍不住了，她哭得越来越凶了。

人都哭得几乎喘不过气了，却还不忘倒豆子，可见怨念真的是很深了：“我最羡慕别的小朋友可以买零食，然后有一次，我偷偷地拿了应该用来买书的钱去买零食，也不知道是谁那么欠，把这事儿告诉了我姑姑，她还揪了我的耳朵……”

梁桉一突然问道：“揪你耳朵的姑姑，是在医院那个？”

“啊？哦，对的，她是学医的。”

那是她最小的小姑姑。

早些年狄玥刚到狄家时，小姑姑得知狄玥连一首古诗都不会背，表现得活像见了个傻子，那人站在客厅里，刻薄地对她的父亲说：“哥，她怎么什么都不会啊？赶明儿你带她去我们医院测测智商吧，讷讷的，话也不爱说。这孩子要不是脑子有问题，蒋绒绒怎么能不要她呢？还是去查查，保险。”

可恨的是，后来她真的被人安排去查了智力。

“她最坏了，不是个东西！”

狄玥太激动了，完全忘记了自己挪用买书钱时，也不过才上小学，根本不认识梁桉一。而梁桉一，也应该不知道她的姑姑才对。

那天晚上她哭了多久，狄玥自己也记不清了。但她显然是哭得太过分，把梁桉一的兴致都给哭没了，人家压根儿没碰她。

后来想想，狄玥感到十分抱歉。人家请她吃饭、请她喝酒，给她放音乐听，还陪着她哭哭啼啼到凌晨，结果什么都没做成，真正是“赔了夫人又折兵”。难为梁桉一还选了一间挺舒适的客卧给她，送她进去，让她好好休息。

真的只是休息，因为他们在不同的房间，各睡各的。

隔天睡醒后，狄玥简直懊恼得要命，坐在梁桉一家的床上努力地揪着头发回忆，试图想起自己到底有多离谱。可懊恼归懊恼，当真的去回忆时，她脑海里浮现的，却总是那样一帧画面：

那时她已经快要哭好了，只剩下偶尔一声半声的抽泣，淹没在小野丽莎动人的嗓音中。

她拿了餐巾纸，胡乱地给自己擦眼泪，边擦边哑着嗓子问：“梁桉一，这首歌真好听，叫什么名字？”

“*Fly me to the moon*”，陪她熬了一夜，他的声音也有些发哑。

梁桉一本来是陪在她身边安慰她的，可他抬起眼睛，忽地笑了一声，然后握住她的手腕制止说：“好了，别再擦了。”

狄玥不明所以，顶着两个肿眼泡茫然地看着他。

梁桉一笑着说：“你擦得也太用力了，眼皮都红了，上面都是纸巾碎屑。”

也许是担心那些纸屑掉进她的眼睛里，他说：“闭上眼睛。”

说完这句，梁桉一凑过来。

桌上放着两只空酒杯和一个空酒瓶，梁桉一摘掉的眼镜叠在诗集上。

那首*Fly me to the moon*唱到了尾声，梁桉一的气息轻浅地拂在她的脸上，狄玥没忍住，睁开了一只眼睛偷看——黎明将近，室内有了熹微光线，他们的影子被落地灯投在地板上，朦朦胧胧的，藏于一片散尾葵叶片的斑驳。

借着错位去看，就像是他的影子凑近了，在亲吻她的额头。

也只能坐在床上怔愣这么一会儿，狄玥没有时间允许她耽搁太久，她匆匆地换好了自己的衣服。

星期一，上午10点钟她是有课的。

昨夜的行为她已经很抱歉了，便没想着要再麻烦梁桉一，她打算自己就这样悄悄地走掉，不吵醒他。等中午或者下午，大概他睡醒的时间，再发信息表达感谢和歉意吧。

一楼的空间里窗帘密闭，壁炉已熄，一片蒙蒙的黑暗，好像夜晚还未苏醒。

凭借着残留的记忆，狄玥摸索着找到自己的帆布包，抱在怀里，又蹑手蹑脚地走到门边，去换她的鞋子。

这地方附近是没有地铁站的，狄玥翻出手机开机，脑子里光想着“我需要打车回学校”，完全忘了自己当时是为了躲避继母的轰炸才关机的。等她反应过来时，已经来不及了，手机屏幕在她按过启动键后，尽职尽责地亮了起来，运营商的logo活泼地跳跃着……

果然，下一秒信号满格，数十条信息同时涌入，嗡声连成一片。连狄玥自己都惊了一跳，又有些庆幸短信是振动提示，不用吵醒梁桉一。

“要走了？”

客厅的昏暗中忽然响起梁桉一的声音，随后“嘀”的一声，所有窗帘缓缓地向两侧敞开。

晨光蓦地闯入室内，狄玥不适应地眯了一下眼睛，等再睁开眼睛时，她发现梁桉一一副伸展的姿势，躺在墨绿色的皮质大沙发里，刚放下手里的一方小遥控器。

“你怎么……睡在客厅？”狄玥疑惑地问。

梁桉一像还没太清醒似的，半阖着眼睑，抬手指了指桌上的矿泉水：“下来找水喝，懒得再回二楼，就直接躺在这儿了。”

“哦。”

狄玥拉着人家哭到黎明，自知是害梁桉一休息不好的罪魁祸首，这会儿很是羞赧。她提上鞋子，不自然地清了清嗓子：“昨晚多谢你了，那……我走啦？”

“我送你下去。”梁桉一坐起身来，拿了一瓶新的矿泉水拧开，丢给狄玥，然后拿起自己的那大半瓶，仰头喝了两口，才站起来道，“走吧。”

这栋楼离大门不远，昨晚狄玥来时，曾有意无意地也记了些路，她本来想客气客气：“其实不用你折腾下去送我一趟……”

说话间，她瞥见梁桉一从玄关的柜子上摸了一本书夹在臂下，狄玥只当他是有其他事要出门做，后面的话便没再继续说。

两个人并肩站在一起等电梯时，梁桉一看了一眼她的帆布包，提醒她：“电话。”

手机屏幕透过布面，映出一块长方形的光亮。

狄玥知道，一定是继母打来的，便摇摇头："不用管它，是我继母。"

"担心你夜不归宿？"

有了昨夜的那些倾诉，狄玥也不把梁桉一当外人，便很自然地吐槽说，担心可能是有的，但担心的不是她的安危，是担心她不听话、不乖顺、不上进。当然了，更多的是担心她不配合星期三的"相亲活动"。

她说完，便在电梯金属壁的反光里，看见梁桉一的眉梢轻扬。

到了大门外，狄玥的车子还没来。遇上了早高峰，不远处一个路口拥堵标红，出租车堵在那边，软件上显示车子还要7分钟才能到。

梁桉一也没走，就站在她的身旁，不知道在想些什么。

昨夜的霾色已经褪去了，蓝天上嵌了几片浮云，飞机划过，留下一道笔直的白色尾迹。

风有些冷清，保安都回到门卫室去歇着了，大门外只剩下他们两个人。

梁桉一突然说："我去一下门卫室。"

"嗯。"

也就不到两分钟时间，梁桉一又夹着他那本书，大步地从门卫室出来了。

这人完全不像是一夜没睡的样子，微风拂起他额前的碎发，他笑着举起三根手指："姑娘，凭着这一轮皎洁的月亮，它的银光涂染着这些果树的梢端，我发誓。"

风流倜傥不过如此。

狄玥一时没反应过来，还有点茫然地想，大白天的哪来的月亮？可当她对上梁桉一隐隐含笑的、认真的眸色，便恍然间想起，他说的这句，是《罗密欧与朱丽叶》的台词。昨夜她曾哭唧唧地提起过数件心酸往事，其中有一件，就是关于《罗密欧与朱丽叶》：

那是狄玥中学时的某次艺术节，每个班级都要出一个集体节目。大合唱、诗朗诵之类的已经太过平常了，班级的文艺委员冥思苦想，最后兴致勃勃地捧来了莎士比亚的这本经典剧本。

那天下午的课间，同学们兴高采烈地讨论着剧情和角色。

更有男生拿起文艺委员打印好的剧本，故意粗着嗓子念罗密欧的台词：“哦，‘我借着爱的轻翼飞过园墙，因为！砖石的墙垣是无法！把！爱情！阻隔！的！’”

阴阳怪气地念完后，男生把剧本丢给文艺委员，倒回到他们那群男生堆里去，还爆笑着嘴欠道：“哎，我的天，我鸡皮疙瘩都起来了，肉麻死了。”

文艺委员那天一定是瞪了眼睛的，她用手里的剧本把课桌拍得“啪啪”响：“你有病啊！就你还在这儿评头论足上了？谁说让你演罗密欧了，也不去照照镜子，就你那德行，也就配演一棵树！”

最后，那个没品位又捣蛋的男生，真的被分配饰演了一棵树……

但那些嬉笑热闹，统统和狄玥无关。即便是集体节目，全班每个人都必须有角色，家里也有人很早就和校方打过招呼了，同学们在彩排时，狄玥都会被叫去教师办公室里学习。

艺术节那天，出了突发状况，饰演树的男生突然拉肚子，被直接送去医务室挂吊针了。

班级里每一位同学都有角色，没人能替代他，文艺委员匆匆地跑来办公室，拉走了正在背题的狄玥。

当初定妆时，文艺委员为了打击报复，将树的妆容设计得超级丑，饰演者要涂一脸的屎褐色。

狄玥喝多了和梁桉一抱怨说：“太难看了，再有机会我不想演树了，我要演女主角的。”

那只是她在酒精作用下随口说出的一句吐槽，说完连她自己几乎都要忘记了。

可梁桉一记得，他提醒道：“第二幕，第二场，凯普莱特家的花园。”

他给了她一个当女主角的机会，狄玥也就真的磕磕巴巴地把朱丽叶的台词说了出来：“不要……指着月亮起誓，它呃……它是变化无常的，每个月都有盈亏圆缺。”

“那么，我指着什么起誓呢？”

狄玥想了一会儿，忽然对着梁桉一吐了一下舌头，她笑起来：“后面的台词我忘记啦，我是个不合格的女主角，谢谢包涵啦。”

这是梁桉一见到狄玥以来，她的神情最灵动、最轻松的一刻。她迎着晨光，笑起来时眼睛亮亮的，她昨夜哭得狠了，眼皮有那么一点肿，但还是很好看，居然还有一枚平时看不出的浅酒窝。

狄玥见梁桉一抬起手，看了一眼手腕上的手表，还以为他是等得不耐烦了，便也跟着拿出手机，看了一眼打车软件，上面显示她的车还有不到 1 分钟时间到达。

然后，那辆车子就停在了她的面前，司机师傅降下车窗，报了她的手机尾号。

“对的对的，是我。”

狄玥上了车，还没等她关门，梁桉一忽然把他臂下一直夹着的那本书丢给她。

他说：“送你的。”

怎么还有礼物？这也太客气了吧？明明他们之间，什么也没发生，最暧昧的时刻，也不过是他走上前，用指尖夹住她睡袍的领口布料，帮她遮住了春色。

狄玥想，也许这是梁桉一的个人习惯。既然人家要送给她，她也不便推辞，说了声“谢谢”，便系好安全带，挥挥手，同梁桉一告别。

出租车驶离这条街时，狄玥又回头去望，明知早已看不见任何想要入眼的事物，却还是徒劳地一连看了好几眼。

窗外的景色不断地从眼前滑过，那些还没遇到春风的秃柳条毫无美感地晃动着。

其实狄玥是有些失望的，也许在她自己都没留意到的潜意识里，她希望梁桉一对她的感觉，是异性的暧昧与欲念，而不是把她当成一个可怜虫，连告别时的礼物，都正正经经的，只是一本书籍。

如果可以，她想要穿越回“凯普莱特家的花园”，回到他们以台词对话的时候，并用那一帧来做告别。起码那是《罗密欧与朱丽叶》中的句子，还能有点情愫的遐想。

她心里无声地一叹，垂头去看怀里抱着的书。梁桉一送给她的是索尔·贝娄的一部长篇小说，仔细看才发现，书里是夹着便签的。

是特地写给她的便签？可是，他什么时候写的？

心脏又开始“怦怦怦”地跳起来。窗外摇曳的秃柳条，好像也不是全无姿色嘛。

狄玥按照便签夹着的位置，翻开书籍内页。那一页上，有一句话被人用墨蓝色的钢笔画了横线——

知识如果与生命断绝了关系就与疾病无异。

这仍然是一句安慰她的话，可是狄玥已经不再感到失落了，因为便签上，有一行用普通黑色签字笔写下的另外一句话。

梁桉一写的是——

下次来，记得带伞。

出租车停在校门口，狄玥又回到了熟悉的环境里。校友们怀抱着厚重的专业书籍，不断地拥入教学楼，身边熙熙攘攘的，迈下车时，她的心里却蓦地一空。

原来她不是朱丽叶，是《爱丽丝梦游仙境》里的英国小女孩，历经种种奇幻与疯狂，不过是梦。还好，怀里抱着那本书，书角硌在她的肋骨处，提醒她一切不至于是大梦一场空。

此后的两天时间里，说不上什么原因，他们谁都没再联系对方。

反倒是那天下课后，狄玥发现有人正叉着腰堵在教室外等她，原来是继母找了过来。在人前当然要维持端庄和教养，继母对她使眼色，示意她跟上，然后把她带到车上，说教了整整两个小时，错过了午饭时间。

继母走后，狄玥饿着肚子跟随导师去了实验室。

有导师在，实验室里落针可闻，下午导师一走，气氛顿时轻松了下来，学弟学妹们偶尔也会聊聊天。

狄玥上一次进食，还是梁桉一亲手做的汤面和滑蛋虾仁，他的手艺居然不错，做的东西暖胃又可口。可美味归美味，她现在空腹太久了，肚子不争气地叫了一声。

这一声，恰巧被一位学弟听见了。

他还以为是身旁同学发出的肠鸣，熟稔地用胳膊肘撞了那姑娘一下，笑哈哈地打趣道："怎么啦，中午吃那么多，这才几点，又饿了？"

被撞的学妹没说话，狄玥瞥见她不动声色地向自己这边递了个眼神，试图示意着什么。

学弟应该是看懂了，两个人的脸上挂起讳莫如深的表情，不再说话。

狄玥只当没看见，垂头继续忙自己的事情。她已经习惯了，一直都是这样的。老师们的"特殊关照"让她在集体里显得很特别，同学们似乎默认她是老师放在他们中间的监控摄像头。

其实他们不懂，她才是那个生活在监视之下的人。

那天从实验室里出来后，狄玥买了个面包，边吃边往图书馆走。她在书架之间找到那本之前只看过一页的诗集，重新再读。读到最后一段时，耳畔猛然回荡起那晚梁桉一在她耳边的轻诵，她像是做了坏事被发现，在图书馆里突然挺直了腰背。

整本诗集读完后，她依然很触动，但也没有再落泪过。

不知道是不是昨晚哭得太凶，把眼泪都给哭干了；还是梁桉一的那张便签，像是定魂咒一样让她安心。总之她奇异地平静下来，也没再去过酒吧街，放学后也会按时回家学习，从表面来看，她好像又变回了默默地乖顺了20来年的那部机器人，连继母都没发现任何端倪。

情绪稳定当然是好事，不过星期三那天晚上，跟家里人和杜卓航吃饭时，她还是被一句句吹嘘和恭维搅得反胃，在父亲和继母犀利的目光中，她执意起身，借口说要去洗手间。

祖父正说到兴头上，极其不满地瞥了她一眼："快去快回。"

其实他们这些自诩为学术界泰斗的人，用餐时间不会很久，又不像商人谈判那样无酒不欢，顶多八点半，一准儿散场。可那天晚上的时间，对狄玥来说格外难熬。

也许是因为见过了梁桉一身上那种轻盈的气质，像于崎岖石阶之间听见松涛，也像喧嚣马路尽头忽现花蹊。她见过了一些美好的、轻松的生活，再回头看狄家这群人，打着学术的幌子，实则满眼关系利益地拉拢勾结，实在是很不顺眼。用个粗俗的比喻，像踩了狗屎，让人恶心。

他们在一个大包厢里用餐，窗外下了雨，空气潮湿，微微地泛着凉意。

祖父只是咳了一声半声，杜卓航却马上唤来了服务员，叫人家打开空调暖风，然后满脸堆笑着说："老人家千万不要着凉，学术重要，可身体更重要，您要长命百岁，才能更好地造福我们这些后辈啊。”

他拍完漂亮的马屁，继母立刻看向狄玥，满眼的“你看，卓航这么懂照顾人，又这么明事理，你多好的福气”。

狄玥只装作看不见，深深地吸了一口气，忍住没出声吐槽。如果梁桉一在，她一定会揪着他和他咬耳朵：她祖父那是咽炎，说话多了就咳嗽，和开不开空调根本就没有什么关系。

席间，这类阿谀奉承的情节接二连三：

转到杜卓航面前的一道菜，是狄玥父亲点的，有点过于辛辣重口了，杜卓航可能不适应，他吃了一口，差点呛死。

狄玥冷眼旁观着，他的脸咳得通红，几乎要将肺咳得吐出来，眼镜也滑落到鼻尖，一副窝囊相。可即便都咳成这样了，他仍不忘记奉承。面对长辈们的关心，杜卓航扶起眼镜，摆手说：“没事儿，没事儿，这菜很好吃的，是我吃急了。伯父真的很会选菜，这一桌什么口味都有，酸甜苦辣都是人生。”

父亲欣慰地点点头，祖父则哈哈大笑。

老头子意有所指：“卓航是个好年轻人，勤奋上进，既懂事性格又好，如果你是我家里的孙辈该有多好。”

这话说得桌上其他人都很高兴，狄家的亲戚们都有意无意地瞄着狄玥。

杜卓航一家三口满面红光，嘴上说着“高攀”之类的字眼，眼里却闪着“目的达到”的喜悦。

实在不堪，令人不忍入目。

狄玥偏过头，透过落雨的玻璃窗去看外面的景色——对面商厦的楼体上亮着巨幅广告，每隔几十秒一换，换着换着，换到了一部新上映的电影。

这些无意义的场景，在她的脑海中徘徊，渐渐地形成了可行之计。

那些人兴致勃勃地撮合她和杜卓航时，狄玥已经自动过滤掉了他们的声音，琢磨着要不要约梁桉一出来。那天梁桉一那样耐心地照顾她，如果下次再见面，她只是拿了雨伞上门，会不会显得她这个人太无趣了？

已经很没经验了，真要发生点什么，她都不见得能配合得好他，灵魂上还是稍微有趣点比较好吧？狄玥隐约地记得，在聊那座古老的时钟时，她曾问过梁桉一，这钟午夜12点响，会不会影响到他休息。

他当时说不会，因为他一般在那个时间，都还没睡。

12点都不睡的话……那么，时间还早，才刚刚8点钟。

狄玥又抬起眼睛看了看那块广告牌，在心里做了个决定：她打算请梁桉一看电影。

如果他愿意，当然也可以一起吃个夜宵，又或者夜宵之后……她的心脏跳得厉害，心情激动，比之前只身去梁桉一家里时，似乎更加难以平复。

在对话框里反复措辞了良久，狄玥才把信息发出去，她说自己在商场附近，问梁桉一有没有兴趣，去看一场新上映的电影。

发了信息，后面的用餐时间也不再难熬了，她将手机扣在腿上，甚至用食指轻快地敲着手机背面，把觥筹间那些虚与委蛇，当成猴戏来看。

几分钟后，狄玥收到梁桉一的回复。

手机振动时，她清楚地感觉到了自己的雀跃，只是好景不长，梁桉一回复的内容相当冷淡——

在下雨，不去了。

狄玥蹙着眉头望向窗外，确实是在下雨的，可又不是什么狂风暴雨。她这个从未去过电影院看过电影的人都知道，只需要把车子停进地下停车场，坐直梯就能抵达电影院，一滴雨都不会沾到。可能他还是……不想来吧。

此刻狄玥心里五味杂陈，自己都不知道为什么要赌着气回复人家，说她在相亲。

那是 2014 年年初，某软件还没有推出撤回功能，消息一旦发出，便覆水难收。发完相亲的消息后，狄玥平静下来，面对对话框里多此一举的回复，她显得有些慌张，觉得自己简直是丢脸到家了，顿时如坐针毡。

又挨过了 20 分钟，饭局终于散场了。

长辈们互相礼让着优先出了门，杜卓航留下，走在后面，慢慢地踱步到了狄玥身边。

狄玥心里还惦记着那条不合时宜的信息，心里烦躁得要命，根本没留意到后面只剩下她和杜卓航两个人了。

下楼，穿过酒店大堂，行至大门口，有人唤她：“狄玥？”

狄玥闻声，下意识地回头去看杜卓航，这才恍然发现家里人的车子已经开走了。

令人心烦意乱的雨还在下着，杜卓航跟在她的身旁，完全不在意狄玥之前没有通过他的好友申请，他殷勤地说："老师他们先回去了，车子不够坐。我打了车，等车来了，I will take you home。"

最后一句"我送你回家"，他还莫名其妙地用英文说，说完，他撑起一把蓝色的伞，遮在他们的头顶。

那伞她很熟悉，是校庆时艺术学院做的设计，理学院人手一把。

狄玥当然不需要他送，也不需要他的伞，但她刚准备说些什么，突然看见一抹很熟悉的身影——雨幕中，梁桉一穿着一件墨绿色的夹克，手里举着黑色的雨伞，另一只手揣在裤子口袋里，迈着一双长腿，正向他们的方向走过来。

他不是说下雨天不想出门的？怎么又出来了？狄玥有些茫然，可梁桉一路过她和杜卓航面前时，那个打招呼似的点头，动作轻微得像是狄玥的错觉。

他只是漠然地看了这边一眼，像不认识她似的，撑着伞从他们面前走了过去。

4岁那年，狄玥曾被小姑姑怀疑智力有问题，父亲带她到医院做了筛查。出结果时，她坐在走廊的长椅上，紧张得瑟瑟发抖，担心自己就那样被丢下。外婆过世后，母亲也出国了，她知道如果狄家不要她，她就无家可归。

此后狄玥乖乖地听话，努力地学习，她能有现在的成绩，也许不是聪明，只是花在学习上的时间和精力足够多。无论是靠天资或是勤奋，她想要的成绩，很少有拿不到的时候。

狄家人对她比较强势是事实，各方感情上或许她经验浅薄，但在学习上，狄玥可谓是成绩斐然，她21年来仅有的一次考试失利，是因为发烧头晕，看错了题目。

梁桉一的无视，让狄玥第一次产生了类似挫败的感觉。后来想想，那可能是一种连她自己都不知缘由的委屈。

狄玥拒绝了杜卓航送她回家的请求，自己打了一辆出租车。

雨势不减，一场电影刚刚散场，商场楼下人头攒动，多的是被这场雨拦住的人。附近的车少乘客多，她等了十几分钟，才堪堪有司机接单。

那位司机在电话里和狄玥商量，说这边太堵，他还要掉头过来，很麻烦的，所以让她去路口等。狄玥没有雨伞，只好孤身冒雨去找车。

明明去梁桉一家的那晚，一切都那么顺遂，遇见了和善的司机师傅，得到了晚饭和有效的陪伴，不过才两三天的光景，怎么就全都不灵了呢？

自从那晚淋了雨后，狄玥受了风寒，整个人昏昏沉沉的，不是咳嗽就是流鼻涕，像个噪音制造机。以这样的状态去图书馆容易吵到别人，她也就没再去了，上完下午的最后一节课，她收拾东西回家学习。

因为学得太多了，已经对学习厌烦了。但近来埋头苦学有一个好处，那便是能把某个见面时连招呼都不肯打的身影，从脑海里给挤出去。

在狄家，狄玥有一间书房和卧室合体的屋子，陈设冷清，但空间还算大。

鼻塞得很不舒服，以至于引起耳鸣，狄玥拿了卫生纸用力去擤，停下来时耳鸣消失了，她听见客厅里传来杜卓航自责的声音：“昨天我应该坚持送她的，都怪我，让她淋雨生病……”

继母则安慰杜卓航说：“怪你干什么，狄玥就是性子逞强，也不是什么大病，她小姑姑给看过了，吃点药过两天就好了。对了，卓航，沈教授那个项目怎么样了？”

终于等到了展示时间，杜卓航又开始了他的英语演讲，言语间又加上了不少对狄家的吹捧，惹得继母笑声连连。连祖父都从屋子里出来，让阿姨给杜卓航端水果。

三个人其乐融融的，氛围倒是很像一家人。

狄玥丢掉擦鼻涕的纸，幻想着把他们的声音也丢进垃圾桶里。她嫌他们聒噪，于是戴上了耳机。

进入某音乐软件，点一下播放键，耳机里流淌出来的，是她上一次单曲循环的 *Fly me to the moon*。

她习惯了专注做事，无法一心两用，听着音乐便没办法专心看书，于是索性合上书本，认真地去听曲子。

这首曲子，是梁桉一带着她听过的。狄玥一瞬间又想起那晚，她在梁桉一家里哭得上气不接下气，天微微亮时才被他送去一间客卧休息，她残存的理性让她驻足，拉了一下梁桉一的衣袖，却又不知道该怎么开口道歉。

总不好浮肿着眼皮邀请人家进卧室，谁会想和一个满腹怨言的爱哭鬼待在一起？狄玥的思虑良多，局促地站在门前，反而是梁桉一笑着先开口了。

他跟着熬了一夜，眉眼间看上去稍有些疲态，却仍然耐着性子用歌德那句“没有在长夜里痛哭过的人，不足以谈人生”来安慰她：“你看你多好，以后有资格谈谈人生了。”

末了，他塞给她一包柔软的纸巾，让她好好休息，甚至不忘递给她一瓶矿泉水。

又想到梁桉一，狄玥叹了口气。

实际上狄玥有尝试分析过，梁桉一为什么不和她打招呼。最开始的想法很乐观，她觉得他是看见杜卓航和她站在一起，杜卓航又为她遮雨，因此而不开心。

她甚至冲动过几秒，想要立刻发信息去解释，可转念再一想，她却又乐观不起来了。

他们两个才见过几次面？何至于感情那么深？

最理智最现实的分析，大概是梁桉一对她没什么兴趣吧。之前对她的照顾只是出于礼貌和教养，而留便签给她，大概是怕她难堪吧。这样想的话，他推掉和她一起看电影，并不是什么因为下雨，只是不想和她看而已，又或者，他那天有其他约会。

狄玥猛然记起，她离开梁桉一家的那天早晨，他陪她站在大门口等出租车，彼时他有一个动作——抬起手臂，看腕表上的时间。

当时她以为，他只是觉得她的出租车来得慢。现在想想，也许，是他真的有其他约会也说不定。他一定见了太多女孩子，美丽的、可爱的、有趣的、有才华的……

而她是……最能哭的一个？

越琢磨越是一团乱麻，后来狄玥索性不想了。

露水之缘而已。

自那晚之后，雨一直断断续续的，没有真正停过，燕城还没到停暖期，屋子里一直是暖和的。接连阴雨，狄玥天天在教室和实验室两边跑，吹了几次冷风，她的伤风也就一直不见好。

2 月份的最后一天，凌晨时，狄玥做了个梦。

在梦里她又回到了星期三，马路上湿漉漉的水洼映着霓虹，她随家里人吃过晚饭后走出饭店，继母说他们的车子满了，然后对着狄玥身后使眼色："那就麻烦你送狄玥回家吧。"

狄玥在梦里不耐烦地转头，忍不住想要撵人，可是一回眸，为她撑伞的人却是梁桉一，他的唇角挂着一抹好看的弧度，垂头挨近她，问她要不要同行。

她紧张得几乎喘不过气……

一梦华胥，再然后，狄玥就醒了，她确实是喘不过气，不过不是因为紧张，而是因为鼻塞。

她起床找卫生纸，摸着摸着，就摸到了床头那把雨伞，是梁桉一的那把透明伞。

狄玥做了个决定，今晚，她要去找梁桉一，既然要做陌生人，那就彻底两不相欠，免得她总是挂念着。

得把雨伞和书籍还给他，买一瓶红酒还给他，对了……她还吃过他做的饭，那就再买一份外卖给他！可是他还帮她解过围呢，这个该怎么办？要不……外卖买得丰富点？

梁桉一看上去就是个有钱人，普通玩意儿他估计看不上，那就买一餐贵点的吧。

狄玥盘算着卡里的奖学金，最后在下午放学时跑去一家大酒店，买了店里当天未被预订的一只澳洲龙虾，重量足有 2.7 千克。

她没吃过这个，看着有一种暴发户的俗气，不知道这么新鲜的龙虾，有很多的食用方式，当店家询问她加工方式时，她偏偏选了最不上档次的一种，只吩咐人家放辣椒炒一炒，她心里想着，大龙虾小龙虾既然都叫龙虾，吃法应该差不多吧。

做好之后她让店家打包，然后带着这只价格不菲的龙虾，去找梁桉一。

去的一路上她都很有勇气，直到看见那栋雅致的楼体，她才有点变得慌慌张张的，并且不自然地抬手撩了一下鬓边的碎发。狄玥其实想了很多，她把所有的情况都考虑到了。

但她觉得这一面也不是非见不可，如果梁桉一不在家，她就把东西放在他家门口，用便签知会他一声，此后相忘江湖，两不相欠。

薄暮时分，雨下得很大。

邪门了，每次来梁桉一家，她都能遇见服务态度很好的司机师傅，师傅还特地和门卫沟通，把车子开到了楼下，免得她淋雨。

坐上电梯，狄玥的心脏还是跳得很厉害。

电梯门在 7 楼缓缓地打开，梁桉一那些随便搭配的小摆件展现在她的面前……狄玥有些踌躇，好像走到这里，勇气又一下子全都耗光了。

正不知所措时，手机在帆布包里振动起来。

包里塞的东西实在有点多，她先把红酒拎出来放在一旁，又拿了那本书和雨伞，最后才摸到滑落至最深处的手机。屏幕上闪烁的名字，居然是梁桉一。

他怎么会突然打电话来？狄玥握着手机，还以为他在家门口装了监控，她环视四周，一无所获，才接起电话。

不知道是不是狄玥的错觉，电话里的梁桉一似乎没有以往那样的从容。

两个人都沉默了几秒，梁桉一才说：“狄玥，外面还在下雨。”

为什么又提下雨？

可是他再开口时，问的却是：“今晚有空吗，去看电影？”

狄玥抱着雨伞和书籍站起来，她知道自己应该说没空，然后放下东西与他诀别。他这种段位的男人，若即若离的实在有手段，不是她这种菜鸟能搞得定的。她的理智还在权衡，可她却听见自己说：“梁桉一，我在你家门外。”

那扇厚重的防盗门悠然地打开，梁桉一伸出手，勾住狄玥的胳膊，把人往屋子里带。

狄玥顺着惯性向他靠近，虽心生欢喜却仍有戒备。

如果是真的缘分，她就握住它。

雨伞和书籍一起掉落在玄关的地垫上，梁桉一用单臂拥着狄玥。

世界如液体般摇曳，令人目眩神迷。

情愫暗涌，狄玥背靠玄关柜格，感受着梁桉一的指腹，温暖地、缓慢地摩挲着她后颈上的胎记。

他注视着她，视线下垂，看着她的嘴唇，然后托起她的下颌……

狄玥的手掌半推半就着，落在梁桉一的胸膛上，她能摸到他有力的心跳。有那么一瞬间，她产生了错觉，觉得他似乎很想她，不论情感还是身体。

呼吸越来越乱了，这份暧昧原本可以无限延伸，不合时宜的，狄玥的肚子“咕噜”了一声。

她这阵子伤风，整天鼻塞头晕的，确实精神欠佳，吃得也很少。

今天中午身体才稍微好了一些，偏偏那会儿她忙着查红酒和龙虾，又忙着把导师布置的任务做完，只啃了半个面包充饥，另外半个，现在还压在她的帆布包里。

梁桉一的掌心贴着她瘪瘪的肚子，把头埋在她的颈窝里，声音里含着笑意：“先吃饭。”顿了顿，他又抬头多问了一句，“想要出去吃，还是在家里？”

他们挨得这样近，狄玥都不好意思承认，她还给人家带了吃的。

明明计划中是很绝情的事儿，怎么变得这样情意绵绵？

打包好的辣炒龙虾放在茶几上，旁边是红酒、书籍和雨伞，统统是她带来划清界限的物件。

狄玥坐在沙发上，正襟危坐，背部挺直。

梁桉一打开包装盒，辛辣鲜香扑鼻，他眯起眼睛打量着盒子里的澳洲龙虾，若有所思，半晌才抬起眼睛问狄玥：“怎么出手这么阔绰？”

此刻狄玥那些要两清的话，却怎么也说不出口。在玄关时，她忐忑得像是血液里游走着微小电流，连灵魂都是酥的，这会儿还没平复下来。

她的脑海里有无数梁桉一靠近时的碎片，他低垂的睫毛、向前倾探的下颌、温热的气息……记忆一帧帧地回闪，引得狄玥的脸颊发烫，她无意识地抬起手，去抚后颈上的胎记。

她完全没意识到自己此刻眼波如水，十分撩人，还在挖空心思地逞强，装得像个女王，嘴硬地说：“我是来找你取乐子的，这只澳洲龙虾，就当是……当是给你的赏钱……”

这话说得很霸气，但腼腆的表情却暴露了心事。

狄玥的睫毛和下颌都在轻轻地抖着，像壁炉里的小火苗，颤颤悠悠的。

梁桉一不等她说完，就越过桌子，靠近她说了认识她以来第一句越界的话：“这么贵的赏钱，我是不是该更努力一点？”

狄玥本能地仰起头看着他。

之前的龃龉隔阂，大多融化在吻里。

那只用来绝交的昂贵龙虾，成了他们重归于好的晚餐。

梁桉一拿着龙虾去加热时，狄玥却晕乎乎地坐在沙发上。

贵确实是有贵的道理，比小龙虾香多了，离着厨房那么老远，狄玥都能闻到它迷人的香气。和龙虾一起上桌的，是一杯冲好的蜂蜜水。

狄玥盯着桌面，心里终究还是有点小别扭，她忍不住问梁桉一，他那天为什么不愿意去和她看电影。

梁桉一答得很认真，神情完全不像是在戏弄人：“不喜欢雨天，本来想等雨停了再约你。”

三层玻璃隔开窗外的雨声，窗帘严丝合缝地把这间屋子的窗户笼罩起来，壁炉里的火仍然很旺，暖意融融。

任窗外大雨倾盆，这里被粉饰得无一丝雨意。

梁桉一似乎没说谎，他看起来，确实不怎么喜欢下雨。可他那天还是出门了，不然她在饭店门口见到的，是鬼魂吗？但这一句，狄玥没问出口。

终究还不是可以刨根问底的关系，问多了，就是不解风情了吧。

但那天他的冷漠，她还是耿耿于怀。

梁桉一夹了盘子里看上去最大的一块龙虾肉给她，狄玥用筷子尖拨弄着虾肉，意有所指地说："你有什么习惯，最好提前告知我。"

比如，出门要装作陌生人，或者，不见面时有其他约会不愿被打扰。

梁桉一垂头按着手机，随口来了一句："吃醋。"

狄玥突然像是被人戳中了脊梁骨，还以为他那句"吃醋"是说她的，便气咻咻地反驳："你出去见谁，我才管不着！"她说完便夹起那块龙虾，不再理他。

龙虾还未入口，手机振动起来，狄玥固执地把虾肉放在嘴里，才偏头去看。不是继母，也不是导师。是梁桉一给她转了一笔钱，而这笔钱的数目，居然和她买红酒和龙虾的数目差不多。

她抬起眼睛，四目相对，梁桉一像是看穿了她。

他把手机丢在一旁，用指尖点了点那本他送给她的书，不点破她本来的目的，只说她这次请客的动机不怎么吉利，让她下次找个好由头再请。

他说："这次算我的。"

狄玥皱皱眉头，刚想开口，却没想到龙虾炒得这么辣。几天前，她还在饭桌上嘲笑杜卓航，觉得他被呛得脸红脖子粗的样子着实好笑。天道好轮回，今天她成了那个丢脸的人，她捂着嘴巴咳嗽起来。

好在梁桉一有先见之明，早已冲了蜂蜜水给她，他揽着她的肩膀，贴心地把水杯递到她的唇边，手掌一下一下轻轻地拍着她的后背。

在别人眼里，狄玥沉默寡言，是个埋头苦学的书呆子。连狄玥自己都不知道，从什么时候开始，自己终于开始像个“活人”。

那些继母教导的“食不言，寝不语”也全忘了，吃个龙虾都要“嘶嘶哈哈”地同梁桉一吐槽：“这家店的辣椒是不是不要钱，怎么厨师肯放这么多？”

她被辣到嘴唇发肿，脸颊微红，眸子里也水光点点。

她噘着嘴和梁桉一说话，换来他无奈的一句“别勾我”。

明明被蛊惑的人应该是梁桉一，可不知道为什么，狄玥听他这样说，她的那些理智也像被锈蚀了，心里竟然生出一点点，只是一点点，微小的得意。

饭后，梁桉一接到一通语音电话。

狄玥无意间瞥到，那个给他打语音电话的人，头像似乎是长发。是……女人？

梁桉一举着手机，目光在周围扫视一圈，似乎找东西未果，他和对方说：“没瞧见。”

也许是电话里的人要求他去楼上再找找吧，梁桉一顺着电话里的意思起身。

上楼前，他先俯身吻了一下她的额头，还用黑胶唱片机帮她放了那首她喜欢的 *Fly me to the moon*。他用眼神歉意地示意她自己待一会儿，随后往楼梯的方向走。他做得很温柔，道理她都懂，也自诩懂得这种关系的规矩。

可失落也是真的，他一步一步地迈着台阶往楼上走，语气意外地透着一丝不耐烦："嗯，我上楼看看，你自己的东西自己都不知道放哪儿了？"

狄玥觉得自己一定是疯了，连他对别人的不耐烦，她都有些嫉妒。她的歪理认为，和足够熟稔的人，人才会那样不耐烦。

但那天晚上，放鸽子的人反而不是梁桉一。她的手机忘记调成静音了，接近 9 点钟时，导师打来电话，让她去一趟实验室。

导师有命，狄玥这个跟班需要随叫随到。

她的专业已经算是很好了，听说隔壁的软件工程专业，有人半夜还在写程序，差点晕厥在寝室里；医学院那边更是严苛，在医院随时待命是家常便饭。

之前他们在沙发上接吻，压得帆布包里的东西倾撒出来了不少。那半块面包被压扁就不算了，可食堂卡、公交卡、身份证不知道怎么搞的，竟然都被他们挤到皮质沙发的缝隙里去……

狄玥伸手去摸，无意间触到缝隙深处一丝金属的冰凉。她拿出来看，是一枚戒指。那是某奢侈名牌的爆款，连狄玥这种不时尚的人都见过。

尺码很小，应该是属于女性的。

狄玥忽然觉得自己挺没劲的，她玩不起，所以总是芥蒂良多。刚才吃饭时她已经留意到，梁桉一家多了一盆盛开的红玫瑰。之前这里也养着很多植物，但几乎都是"千年木""散尾葵"这类绿植。那盆玫瑰是什么寓意？戒指又是谁的？

她没办法当看不见。

梁桉一下楼时，狄玥已经把帆布包收拾好了，她对他说自己接到了导师的电话，要赶回实验室去。

那时候是晚上 9 点多，他几乎没有犹豫：“我送你。”

“外面可能还在下雨……”

梁桉一闻言，拿了一件外套给她：“那你多穿一件，免得着凉。听你的声音，前些天感冒过？”

他真的太细心了。

狄玥摇摇头，说她不是这个意思：“你不是不喜欢在下雨天出门吗，我打车就好。”

玄关的灯是暖色调的，把梁桉一的轮廓描摹得更加柔和。

也许是察觉到了她的冷淡，他垂着眼睛看她，语气很是认真：“我不喜欢下雨天是真的，但也愿意为你破例。”

梁桉一拉着狄玥的手腕，问她：“实验室那边忙完后，必须回家吗？”

狄玥以为，他只是欲念使然，才希望她忙完再回来。可他说，他还欠她一场电影没有看，如果她愿意，今晚无论她忙到几点，他都在校门口等，然后接她回来。

梁桉一还说了一句她听不懂的话：“有机会可以看看 *Ambiancé*。”

她以为是什么情节刺激的电影，狄玥当时没空多想，脑子里早已经乱成了一锅粥。基本上她是能判断出来自己是喜欢和梁桉一相处的，可她的掌心里紧紧地攥着那枚戒指。

毛姆说：“世上无一永存之物，求其久远未免愚蠢，不过若不能尽享那短暂的欢愉，则更愚不可及。”

狄玥深深地吸了一口气："梁桉一……"

她想问问他，到底是什么意思，到底想不想和她长期联系。

未等她问出口，梁桉一已经躬身，平视着她，接完了她后面想说的话："我想和你有长期的联系，然后呢？你想问什么？"

他简直像她肚子里的蛔虫。

那时候狄玥以为自己所表达的仅是保持长期联系的意思，可她没意识到，自己开口时，方向已经不对了。

狄玥举起戒指，直视着他："和我联系的话，你必须断了这个，能做到吗？"

梁桉一似乎有些意外，但只是一瞬，随后，他突然扶额大笑，笑得狄玥都有些莫名其妙。

梁桉一指了指那枚戒指，边笑边问："想怎么处置，都听你的。"

"你确定？"

"确定。"

狄玥没有一点犹豫，抬手一丢，那枚戒指翻转着落进了垃圾桶里。

SOUL MATE

第三章

-

Ambiancé

2015.3 西雅图

“所以，那枚戒指就被我扔掉了……”

讲到这里，狄玥见唐良的表情逐渐麻木，她也有些不好意思，声音也越来越小，脸颊微微地泛红。

也是，她和梁桉一的相识，又不是那种纯情的浪漫小故事。其中含有太多她隐秘的小心思，只能缄之于心，讲到许多地方，她都是含糊带过，还以为自己心机地掩饰了不少，不料说到戒指的问题，原本安静地坐在身旁的梁桉一突然偏开头，笑了两声。

“你笑什么？”

“你怎么这么老实，什么都和人家说啊？”

雨停后，咖啡店的老板敞开了几扇窗。

街上几个孩童在踢一个有些变形的空马口铁罐子，你争我抢的，劲头像在争夺世界杯。

铁罐在地面上摩擦滚动，发出“哗啦哗啦”的轻快声响，“哐当”一声，铁罐被踢在咖啡店的窗子旁，差点砸破玻璃。

“也没有什么都说……”狄玥正同梁桉一辩驳，被铁罐突如其来的声音吓得一怔，连话也停住了。

梁桉一原本搭在她身后的椅背上的手臂，这会儿抬起来，揽了揽她的肩膀，以示安慰。

咖啡店的老板已经迈到门边了，他用带着当地口音的外语，教育外面调皮的孩子们。

孩子们被训跑了，可是跑了几步又溜回来，捡起铁罐子，趁老板不注意，冲着店里吐舌头、扮鬼脸。

狄玥短暂地被窗外的动静吸引住了，等回过神时，才发现唐良正面无表情地盯着她看，眼睛一眨不眨的。她还以为是因为自己讲话讲到一半，对方在等着她继续往下说，因而露出歉意的笑容，打算捋捋思路，继续讲下去。但刚才经梁桉一提醒，狄玥也觉得自己说得有些复杂，而且也快到晚饭时间了，所以后面简而言之，索性用一句话结束："后来，好像就没太见过他同别的女人来往过，大概就是这样了。"

梁桉一用指尖轻敲桌面，引她回眸。他说："冤枉我。"

连对面的唐良，神色也很古怪。

他撩了一把自己的长发："不是，狄玥，我说你就没想过，当初给他打语音电话的人，不是女人，而是个长头发的男人？你就没想过，那戒指不是他别的情人的，而是……"

因为心疼戒指，唐良几乎习惯性地要说粗话，但被梁桉一看了一眼，他又憋了回去。

梁桉一说："你好好说话。"

唐良忍气吞声的，但难掩情绪激动："那戒指是我的！"

念着是初见，狄玥也不好直接反驳，只能摇摇头，语气柔和地和唐良解释说，应该不是的，那戒指尺码很小的，和她的无名指差不多，男人应该是很难戴上去的。

“尾戒啊，小姐！”

“什么？”

思维定式突然被打破，狄玥十分迷茫。

梁桉一则靠在椅子上又笑起来，笑完继续给自己申冤：“冤枉好人了吧？”

窗外的流浪艺人唱毕一曲，举起吉他和周围的听众互动，人们欢呼着鼓掌。

那喝彩声来得巧，像是给梁桉一的话叫好似的。

梁桉一拿了自己的手机，给狄玥看唐良的头像：“当时看到的长发女人，是这个？”

已经是去年2月份的事情了，况且匆匆一眼，狄玥根本记不清了。

倒是唐良，摸摸自己的头发，挺可惜地说：“那会儿头发确实比现在长，不该剪的，应该留着烫个大波浪，还能梳丸子头。”

他们两个不像是在作假，但如果真的是唐良的戒指……

狄玥忽然感觉很抱歉，把手伸到桌子下面，摸到梁桉一的大腿，捏起一小块皮肉，掐他，她小声地埋怨：“知道是唐良的戒指，你怎么还让我扔呀！”

梁桉一反握住她的手，定定地望着她。

他的眼里盛满灯辉，深情款款：“喜欢看你为我吃醋的样子，还有你丢戒指时正宫娘娘的气势……”

有人不满了，嚷嚷起来：“喂，我说你们两个！互诉衷肠等回去了再诉行不行？这儿还坐着个刚失恋的人哪！而且你俩要浪漫，丢的可是我的戒指！”

狄玥问梁桉一，后来那枚戒指他有没有帮唐良捡回来。

他说：“当然没有。”

于是唐良披头散发地扑过来，用胳膊锁着梁桉一的脖颈，要找他拼命。

兄弟两人闹起来，狄玥当然是帮自己男朋友说话，说要把戒指赔给唐良。她很护着自己人的，潜台词是希望人家松手。

只有唐良受伤的世界达成了，他丧气地说：“狄玥你护短也太明显了吧，你别看我这一身肌肉，我打不过梁桉一的，我只是一个文弱的作曲人。”

瞥见狄玥一脸的不可置信，唐良哇哇大叫，说他们两个人是移动的狗粮站。

长夜悠悠，本来有很多时间可以闲聊的，但唐良和狄玥解释，说他并不知道梁桉一会带女朋友过来，或者说，他根本不知道梁桉一有了女朋友，今天还安排了一些很急的工作，需要梁桉一帮他才能完成。

“真的抱歉，狄玥，可能要委屈你跟着我们吃一顿快餐，明天，明天我一定把工作搞完，请你们吃好的。”

狄玥不觉得吃快餐有什么不好的，以前没机会吃，因此连便利店里的饭团和关东煮她都会觉得特别美味。

“你们忙，我没事儿的，我喜欢快餐。”

未尽地主之谊，唐良的表情有点窘迫。

怕引起唐良误会，狄玥认认真真地和他讲，说自己从去年搬到凉城，就立志要吃遍凉城的快餐和便利店，目前目标还没达成，能在国外吃到快餐也很不错。然后，她笑一笑，问：“这里的咖啡可以打包吗？能带走一杯咖啡的话，今晚就完美啦！”

“外带倒是能……”

“那就好。”狄玥起身，“我去打包咖啡，你们先聊。”

唐良显然没想到狄玥是这么好相处的女孩子，愣了愣，又扭头去看梁桉一。

这一晚，他的心头涌起不少疑惑，便拣最近的问：“狄玥刚才说哪儿？凉城？”

“嗯，她在凉城工作。”

“她在凉城，你在燕城？你俩异地恋啊？”

“我也在凉城。”

“你什么时候搬到凉城去的？凉城是哪个凉城？有‘雨城’之称的那个凉城吗？常年下雨的地儿你也敢去？你下雨天出门我已经很提心吊胆了，还要去个‘雨城’住……”唐良猛然回头，抛出一连串的问题。

他那一头长发，几乎甩到梁桉一的脸上，梁桉一作势躲开了，拍拍他的肩膀：“我是恋爱脑，不在狄玥身边活不下去。”

顿了顿，梁桉一又说：“唐良，你安静的时候比较可爱。”

唐良忍了一会儿，没忍住，便认真地问道：“你现在下雨天……真的没什么事儿吗？”

不远处，狄玥已经提着三杯咖啡走过来了。

梁桉一没回答，而是对着唐良比了个“嘘”的手势，话题就此打住。

唐良住的地方，和咖啡店只隔了一条街。

街边积水成流，被夜风吹落的花瓣随水流走了。三个人在快餐店买了汉堡包、炸鸡和薯格，漫步在雨后的街道上。

梁桉一用一只手抱着装食物的大牛皮纸袋，另一只手和狄玥五指相扣。

唐良提了咖啡走在他们身边，甩着他那头柔顺浓密的长发，和梁桉一讨价还价，说过两天要和他们一起去市中心，让他们给他买戒指。

唐良的家里布置得很简约，更像是工作间。屋子里稍微有点凌乱，唐良刚进门就放下咖啡，在沙发上一顿猛捞，把那些穿过的衣服裤子都抱在怀里，等腾出一点地方后，他和狄玥说：“狄玥，你坐你坐，别客气。”

梁桉一显然是来过这儿的，他先把狄玥安顿在沙发上，又从牛皮纸袋里拿出食物，揉揉她的头发，让她先吃点。随后，他找了一个衣架，把那件淋过雨的风衣外套挂到阳台上。

梁桉一走开时，唐良咬着汉堡包，突然问狄玥：“梁桉一和你说的那个电影是什么？*Ambiancé*？”

狄玥点点头：“好像是这个名字。”

唐良停止了咀嚼，手掌在空气里做了个扇自己巴掌的假动作：“看我这张欠嘴，我问什么问，让人家撒我一脸狗粮，今晚的狗粮我还没吃够吗！”

狄玥有些疑惑：“狗粮？”

“对啊，你俩这还不够虐狗吗？”唐良喝了一口咖啡，把杯子放在桌子上，然后指了指梁桉一，“过去我没想到梁桉一会谈恋爱，现在我是没想到，梁桉一谈恋爱会是这种画风，还挺浪漫的。”

狄玥看过的电影屈指可数，不太理解唐良的意思。但唐良告诉她，*Ambiancé* 这部电影是由一位瑞典的电影艺术家创作的，影片还在拍摄中，2014 年时媒体放出消息，*Ambiancé* 可能将成为全球最长的电影，也许有 720 小时那么久。

“那个电影，光预热片就好几十分钟，据说预告片会更长，几个小时肯定是有的。”唐良显然是饿了，他大口地吃着汉堡包，说话也随意起来，“上映可能得 2020 年了吧。”

狄玥想起那个晚上，她站在梁桉一家门口，因为那些乌龙，正纠结着要不要和他发展长期关系……可他当时在想什么？约她看一部将在未来上映的、长达 720 小时的电影？

沙发凹陷了，梁桉一坐在她的身边，握着她的手腕，趁她不备，咬走了她手里那根蘸好番茄酱的薯条。他说：“在你权衡利弊时，我已经想要和你有未来了。”

据唐良说，他刚失恋不久，还没完全从打击里走出来，没有心情收拾卫生，所以家里颇为杂沓。

这间房子，确实像是很久没有人打理过的样子——

吃过的快餐盒、饮料空瓶都挤在垃圾桶里；脏衣篮里的衣服堆积成山，还有几件掉落出来，堆在地上；窗台上的不知名植物蓬头垢面的，挂满干黄的叶子，看上去快要枯死了；阳台的灯泡是坏的，忽闪忽闪的，搞得屋子里像是恐怖片拍摄现场；仔细看的话，地上的灰尘也很多，偶尔还能看到一两根唐良的长头发……

也许因为唐良是梁桉一多年的老友，除了刚开始见面时有些短暂的拘谨，后来狄玥几乎迅速地和他熟悉起来，她饭后主动请缨，准备帮唐良把他这个杂乱无章的家，稍微收拾一下。

其实事实是狄玥自己心事重重，想要做些别的事情来分散心绪，她总觉得来西雅图的这个晚上，仿佛有什么曲解已久的真相，即将浮出水面，令人久久不能平静。

在进入工作模式之前，梁桉一曾贴心地询问，问狄玥在这里会不会不自在或者无聊，也问他是否要先送她回酒店休息。

狄玥摇摇头，拒绝了，她喜欢看梁桉一认真工作的样子。

唐良和梁桉一已经开始工作了，外界的声音他们完全听不到了。

狄玥拎着垃圾袋路过他们身边、推着拖把路过他们身边……两个人毫无察觉。

唐良办公用的房间，就在客厅的一角，门留着一道缝隙，狄玥能看见里面堆放着满满的音乐制作设备。

狄玥对那些东西一窍不通，偶尔回眸，看到梁桉一认真思忖的侧影，心里揣摩的却是：

如果唐良说的才是真的，如果梁桉一身边真的从未出现过女人……可当初她的所闻所见都是误会吗？戒指和头像是乌龙，难道那盆玫瑰花也是乌龙？那，关于 Josefin 的事情呢？

梁桉一敲了一下回车键，音响里随之传来一段旋律，他的语气不怎么满意："你说这样？"

"我总觉得还差点，是吧？"唐良的长头发早已经被他自己抓成了鸡窝，他烦躁地说，"你听着是不是也差点意思？"

梁桉一若有所思，只"嗯"了一声，隔了半晌，他才说自己手机里有一个小灵感，问唐良要不要看一眼，也许能有新的启发。

"当然要看啊！"

唐良说自己的脑子里像搅了钢筋混凝土，都快结成块了，一点灵感都没有，说完，他一伸手："哪儿呢？快拿来我看看。"

但唐良这工作间，东西实在是有些多。两个人周围都是乐谱和歌词的草稿纸，手机放上去，一转眼就不知道被埋到哪儿了。

唐良先摸到了自己的手机，他给梁桉一打了个电话。

几秒钟之后，音乐声响起，来电铃声是很简单的旋律，而且，在唐良听来，并不怎么好听，不像是梁桉一这种音乐人会用的。非要说点什么的话，这旋律很像初学者随便弄了个什么乐器，瞎弹的。

梁桉一倒是没什么反应，像习惯了似的，他挂断了唐良的来电，垂头找手机里那段灵感记录。

唐良忍不住问他："你这铃声哪搞来的？谁编的啊……"

被问到的人微不可闻地笑了一声，吐出两个字："狄玥。"

外面忙活着的狄玥，可能是听见梁桉一提了她的名字，应了一声："欸，怎么了？"

梁桉一反应了三秒，觉得她的声音不对，像是在吃力地做着什么，他猛然拉开门去看——

客厅已经变了个天地，之前丢成一堆的杂志被码成一摞，靠枕也整整齐齐地放在沙发上，但狄玥仍不见踪影。

“人呢？狄玥哪去了？”

唐良也探头朝着客厅瞧，他被久违的整洁给搞愣住了：“我去……”

阳台的窗户敞开着，夜风沥沥，裹挟着雨后的潮湿。那件挂在阳台上的大衣被风吹动，摇摇晃晃的，像个鬼影。

“梁桉一，这里。”

狄玥的身影就隐在大衣之后，她探出半个头，和他们打了招呼，然后跳下椅子，介绍自己的新成果：“阳台灯一直在闪，感觉像是接触不良，我重新拧了一下灯泡。”

她边这样说着，边走到开关旁，重新打开灯。

明亮的灯光下，狄玥露出浅浅的酒窝：“看，不闪了吧？”

窗外的阴云散去，一轮满月当空。不及她的笑容可爱。

唐良错愕了半晌，扭头和梁桉一嘀咕：“难怪你会心动，很厉害嘛，像田螺姑娘似的。”

明明是夸奖的话，梁桉一却皱了眉头，很严肃地纠正唐良：“不是因为这个心动的。”

怕累着她，其他的活儿，梁桉一便不再让狄玥做了。

他把人带到工作间，让狄玥靠在小沙发里休息：“歇会儿，我们尽快，早点弄完带你回去休息。”

狄玥嘴上说着不困，但出来旅行，车马劳顿了好几天，没一会儿，她便歪在小沙发里睡着了。她的手机滑落在地上，梁桉一拾起手机，又帮她盖了一件外套，才转头继续去忙工作。

等真正忙完时，已经将近夜里 12 点了，梁桉一回头再看：月光洒进来，落在狄玥的脸上，她盖着外套蜷成一团，像猫咪一样，睡得正香。

想到她言语间不经意流露的、对初识时某些事情的耿耿于怀，梁桉一从唐良的桌子上抽了一沓便签，撕下一张，提笔写字。

工作已经结束了，之前一直没灵感的曲子改到了满意，唐良终于放松下来，他伸了个懒腰，开始和梁桉一闲聊："不都弄完了，你又写什么呢？对了，那会儿在咖啡厅，狄玥给我讲你俩认识的过程时，你听了没有？我感觉有几个点她挺在意的，你和人女孩儿约会，看手表干什么？

"还有，你那盆什么红玫瑰花，哪来的？能解释的话，还是稍微解释一下吧。

"我和你说，这次分手我算是悟出来了，平时很多小事儿我都觉得无关痛痒，懒得和我前女友解释。结果等到我想解释的时候，人家却不给我机会了。

"我说梁桉一，你听见我说话了没？真的，你可别不当回事儿……"

梁桉一没理他，任他叨叨。

写完后，梁桉一才用食指和无名指夹起那张便签给唐良看。

字迹不长，唐良看完后，张了张嘴巴，他挺想问梁桉一，怎么这些话当时不和狄玥说，但转念想起梁桉一过去的那些经历，话到嘴边，又被他给咽了回去。

梁桉一看了他一眼："我是人。"

"谁说你不是人了……"

梁桉一把那张便签轻轻地放进狄玥的外套口袋里，外套下面盖着的人浑然不觉，还睡得香甜。

他是人，不是神。毕竟初次恋爱，哪儿那么多经验可谈。

狄玥觉得自己睡了很久，在梦里处处都是梁桉一。再醒来时，她居然听见了蟋蟀的虫鸣。

那声音很像是梁桉一家的那座钟发出来的，恍惚间她像是又回到了 2014 年的燕城。

她迷迷糊糊地睁开眼睛，唐良工作间那些紧紧地靠拢在一起的设备们，乱糟糟地挤入眼帘……

好吧，现在仍是 2015 年。

再抬起眼时，她便瞧见梁桉一正一脸无语地看着唐良。

而唐良，满眼无辜地说："我不是之前去你家，看你那个钟好看，才想着买个一样的，提高我的格调，声音又不大，吵不醒她的……哎呀，狄玥你醒啦？"

"嗯，醒啦，你们忙完了？"

午夜 12 点多，街道上万籁俱寂。

唐良把梁桉一和狄玥送到楼下，打着呵欠和他们挥手道别，并约定明天中午请他们吃饭。

临告别前，唐良指了指梁桉一："去年就在一起了，到现在才让我知道，你真不够兄弟。"

狄玥看看手上的钻戒，没说话，其实他们也分开过几个月，这次出行前，才重新又在一起。

夜风微凉，狄玥把手揣进外套口袋里，意外地摸到了一张纸。拿出来一看，是一张淡蓝色的便签，上面是梁桉一的字体，记录了一串时间：

2014 年 2 月 24 日，8 点 16 分。

起初狄玥没反应过来，毕竟她才刚睡醒，意识有些混沌，还当是梁桉一记下来有用的时间，误装到了她的口袋里，她蒙蒙地甩甩手里的便签，扭头问他："梁桉一，这个时间是干什么用的？"

不料他回答说："那是我第一次对女孩动心的时间。"

梁桉一说，她离开的那天下午，他去买了一盆盛开的红玫瑰。因为总是在想念——一个站在他家客厅里，翻看《深沉的玫瑰》的女孩儿。

原来他抬起手腕看表，是这个意思？原来那盆红玫瑰，是这样来的。

狄玥站在异国他乡的陌生街道上，突然觉得这一切都好不真实，她像要抓住虚幻的梦境一样，迫切地伸出手。

"山月不知心里事"，可梁桉一知道。

梁桉一在狄玥伸出手的同时，也把手递过来，任凭她紧紧地握住。

记忆好像真的出现了偏差，很多认知都被颠覆了，梁桉一他刚刚说什么？第一次对女孩动心？

可是……

梁桉一笑着，抬起手在她的眼前晃了两下："走吧，回去睡了。"

狄玥被他牵着，走了几步后，垮着脸和他说："我今天可能睡不着了，我要好好地想想。"

想想她到底是怎么对梁桉一留下"情场老手"这样根深蒂固的印象的。

SOUL MATE

第四章

《爱丽丝漫游仙境》

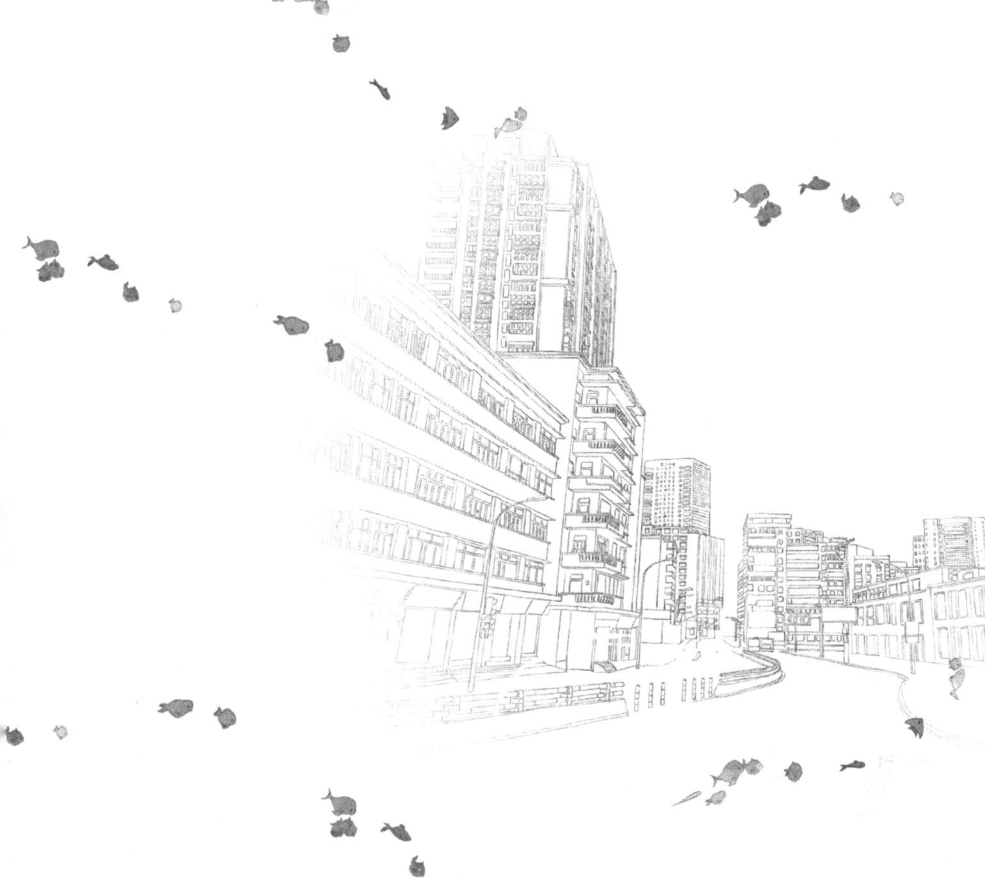

2014.7 燕城

每每回首 2014 年，记忆最深的，是 7 月。

狄玥始终认为，她二十几年的人生里，只有一个月的夏天，而那一个月，她和梁桉一在一起。

2014 年 7 月 1 日，燕城下了大雨。最高气温也不过才 30℃，算是盛夏里比较凉爽的一天。下午，雨雾止息，狄玥走出实验室，拿出手机，给梁桉一发信息——

我，出，狱，啦！

梁桉一回复得很快，他发了一张照片——雨后初晴的湛蓝天空，横着一道七彩的虹。

应该是他坐在车子里拍的，照片里，在雨刷触不到的车窗角落，还挂着零星雨痕。

他回复了她三个字——

校门口。

若不是经梁桉一提醒，狄玥可能想不到要抬起眼去欣赏天空，她仰起头，果然看到了彩虹。

彩虹很美，但梁桉一已经来了，于是她抱着帆布包，往校外跑去。

原本遇上阴雨天，狄玥是不会联系梁桉一的。她自觉既然知道对方不喜欢下雨，便没必要去触碰人家讨厌的点。但前些天，她刚被家里“禁足”过。

除了在学校里跟着导师，其他时间，她都被父亲严格地监视着，上学、放学要和父亲同行，早饭、午饭、晚饭也都要和父亲同吃。她已经近 20 天没见过梁桉一了。

好在这几天父亲去外省出差了，因此狄玥重获自由，她早晨一睁开眼睛，就给梁桉一打了一个电话。

电话被接通时，她才意识到窗外的大雨倾盆，可梁桉一只是在电话里笑着恭喜她重获自由。

然后他说：“晚上带你去吃饭，想想吃什么。”

手机靠在耳边，狄玥盯着窗外暴雨如注的天际，想说要不改天吧，可这句话她却迟迟没说出口。

也是在接通电话后，狄玥才意识到，自己私心里非常想见他，即便在不见面的日子里，他们经常联络，但她还是想见他。

于是这场约会就这样定下来了。

狄玥匆匆地下楼，穿过实验楼的长廊时，突然被人挡住了去路。

杜卓航不知道从哪冒出来的，伸出手臂拦住她：“狄玥，你……

你这是要去哪里？”

狄玥看见他的脸就烦。

实际上，她被“禁足”了20天，和杜卓航也脱不了关系，至于具体原因，说来话长。

那是6月上旬的一个晚上，狄玥跑出去和梁桉一厮混，被他驱车拐带到了荒郊野外看萤火虫。

事先狄玥是不知道此行的目的地的，初到荒野时，梁桉一还玩笑着问她：“怕不怕？”

后来夜色渐浓，漫山遍野的萤火。虫鸣鸟啼，清风携来草木的清香。

梁桉一像一个魔术师，变出一个保温袋，里面装的食物都是狄玥喜欢的，饭团和关东煮居然都还热着。

他们坐在车里，聊天、吃东西，举着可乐罐互撞，敬那个流萤集舞的、惊艳的初夏夜晚。

梁桉一甚至还用手机放了音乐，带她在山坡上和萤火虫一起跳华尔兹。

狄玥不会跳舞，笨拙地跌跌撞撞，最后把梁桉一也绊倒了。两个人跌入草坪中，可他采到了一朵不知名的白色小野花，散发着幽幽的清香，他将花递给她。

狄玥喜欢同梁桉一相处时的感觉，他做事没有狄家人身上那种功利，往往随心所欲，却总令她快乐。

不知道是不是因为情感经历丰富，梁桉一做情人时，总是细致入微，很难让人不心动。

就连看萤火虫，梁桉一都不忘带一只放大镜，用手机自带的手电筒为她照明。

他说："你不是说小学的时候想参加活动小组吗，还想用放大镜看蜜蜂什么的，来，晚上可能看不见蜜蜂了，但别的小虫子还是有的，你凑合着看看吧。"

凸透镜尽职尽责，把每一毫画面都放大得真切，结果狄玥看到了一只大蜘蛛，甚至连腿毛都看得清清楚楚的，吓得她直接扑进梁桉一的怀里。

而梁桉一也恰好张开双臂，拥住她。

有时候狄玥会怀疑，他过去的女伴，真的会个个都那么拎得清吗，会把这种长期关系和谈恋爱分得明明白白吗？倘若真的不小心爱上他……

不不不，反正她不会的。

整个 6 月，只有那一晚给狄玥留下了印象。

回去时，她还贪心地用矿泉水瓶装了一只萤火虫带走。

狄玥心情很不错地走进狄家，结果瞧见杜卓航一家三口正坐在客厅的沙发上。

自从在祖父嘴里听出想要结亲的端倪，杜家人便天天带着杜卓航往狄家跑，巴不得马上就让狄玥和杜卓航订婚。

一进门撞见他们，狄玥便没露出什么好脸色，但杜卓航站起来："我说来看你，祖父说你在学校忙，早知道你忙我去陪……"

这几个月里，狄玥跟梁桉一混在一起，被他惯得无法无天的。她的身体里像是注入了新的灵魂，一切都活了过来，很多事情，她都不再愿意隐忍、装聋作哑。

别的也就算了，可一想到自己将会嫁给杜卓航……不知道为什么，梁桉一的身影在脑海里一闪而过。

狄玥抬起手打断了杜卓航：“省省吧，该巴结谁就去巴结谁，和我说没用，我要是能做主，还能让你进来？”

她的一番话，差点把祖父和父亲气死。送走杜卓航一家三口后，狄玥被骂到半夜。从隔天开始，她就全面失去了人身自由。

所以狄玥现在看见杜卓航，恨不能一脚把他踩死，她一句废话都不想和他多说：“让开，说过很多次，咱俩不合适！”

杜卓航推推眼镜：“狄伯父走之前说，让我多留心你，陪你学习……”

“你让不让开？”

“狄玥，我觉得我们还是应该好好相处的，毕竟……”

狄玥深深地吸了一口气，提高嗓门：“杜卓航，你怎么回事儿啊？天天往我们家跑，巴结我祖父还不够啊？今天还去我家蹭饭吗？要不咱俩一块儿走？”

杜卓航的脸涨成猪肝色，他张了张口，又不知道说什么。最后憋出一句“别胡说”，然后甩手匆匆地走了。

看他吃瘪，狄玥挺高兴的。

杜卓航走后，狄玥抬起腿就跑，她着急着想把这事儿和梁桉一分享，为此还特地抄了一条花园小径当近路。她越想越好笑，可能太幸灾乐祸了，便没留意嵌在草坪里的石阶是潮湿的，脚下一滑，整个人跪进草坪里，给天地万物来了个深深一拜。

小时候狄玥和继母出门，也在雨后摔过一次。

那次比较惨，她摔得满身都是泥浆，连手掌都破皮了，但还没等她哭出来，继母已经严厉地训斥了她。

继母说："这么大了连走路都不会，哭什么哭，赶紧起来！再不起来我就走了，我走了可就没人要你了！"

掌心扎进去的石子，因为没能及时处理，所以搞得她的手掌发炎化脓，被小姑姑带去医院看时，她又被训了一顿，姑姑说她只会给别人找麻烦。

"她们可真坏啊！"忽然就想起了这件事情，狄玥叹了一声，扶着地面站起来。

她拍掉手掌和裤子上的泥土，刚抬起眼睛时，就看到了梁桉一的身影。

梁桉一穿得很休闲，也许因为刚下过雨，所以他在白色短袖外面穿了一件浅杏色的衬衫。

他的两只手插在裤子口袋里，正往她实验室的方向打量着，似乎在找她。

"梁桉一。"狄玥挥挥手，然后一瘸一拐地走过去。

刚走了两步，她明显看见梁桉一的眉心皱了起来，她不知道是否有一瞬间，她曾为这种"被在意"的表情，感到窃喜。

"脚怎么了？"

"不是脚，是腿，刚才没注意跪地上了，没事儿的。"

"抱你走？"

"别了，在校园里呢，回头让人看见，你是不是还想让我'禁足’20天？”

确认她无碍后，梁桉一抬起手臂，狄玥将手搭在他的胳膊上借力，继续一瘸一拐的，边走边给他讲刚才气杜卓航的事儿。

7月的校园很美，一树一树的木槿花开着，梧桐也枝叶繁盛。喜鹊在草坪上跳着走，甚至他们能偶遇被喂得肥肥胖胖的流浪小猫。

狄玥被梁桉一搀扶着，和他一起慢慢地走在校园里，脑子里突然萌发出一个奇怪的想法：

如果他们能白头偕老，那耄耋之年，他们也许就会这样互相搀扶着、步履蹒跚地出来散步吧？

但也只是一瞬。

做人不能太贪心哪。

就像那只被她带回去的萤火虫，留得住一时，留不住整个夏天。

梁桉一的车子停在校外，走到车边，他帮她打开后排的车门，扶她上车，然后他自己也跟着上来了。

因为多天不见，他此刻忽然靠近，狄玥竟然有些紧张起来。

她穿着阔腿牛仔裤，梁桉一把她的裤脚挽起来，查看她膝盖上的伤。

明明人家一脸的关切，她却害羞起来，耳郭发烫，连呼吸都开始不顺畅了，于是拍开梁桉一的手：“都说了没事。”

“碰疼你了？”

“不是……”

膝盖没破皮，只是有些瘀青，看上去不算严重。可无论严不严重，狄玥眼下都无暇关心自己，因为梁桉一忽地靠近，鼻尖几乎触到她的鼻尖了。

“你紧张什么？”

“没有！”

虽然嘴上不承认，但狄玥心里知道梁桉一说的是对的，她真的紧张得不行，尤其是当他用指背轻轻地拂掉她膝盖上的一粒砂灰，问她晚上要不要去他那儿时。

和梁桉一保持“长期关系”的这几个月，他们并不总是见面，频率不过是一周一次或者两次。哪怕约见，地点也很少是在他家里。

他们在一起做过很多，都是狄玥过去没尝试过的事情：抱着大桶爆米花去看电影，还和孩子们一起排队，买吸管可以像眼镜一样戴起来的饮料；去大剧院听音乐会，把音乐会门票折成纸飞机，用尖角戳对方的痒痒肉；在学校图书馆悄悄地传纸条，在纸上描对方投在桌面上的影子，再给那影子的轮廓加上猪鼻子、兔耳朵；去烧烤店薅羊毛，挑战吃三串“变态辣”鸡翅的免单活动，结果失败了，反而辣得在店里狂喝饮料，让店家赚到了更多的钱。

…………

这些都是在狄家人眼里“毫无用处”“贪图享乐”的无用事，却让狄玥重新燃起了对生活的热情，以这些热情为支点，她终于撬动了她 21 年来因在强势环境被过高要求而积攒的失落、颓丧、抑郁不得志。

她准备摆脱这把“枷锁”，重新规划自己后面的人生。

她和梁桉一……他们在一起做了那么多特别的事情，却从未有肌肤之亲。

某次深夜，狄玥从实验室里出来时，恰巧接到梁桉一的电话，约她到家里去。

狄玥抵达时，发现他家的防盗门没关，她进屋寻了半天，最后在楼上的一方小露台上找到了梁桉一的身影。

夜色令人迷醉，可他在深夜把人唤来，却只是把她拉进沙发里，揽着她的肩膀，将温热的气息扑进她的耳郭，扬手对她说："送你个礼物。"

狄玥顺着他的动作抬起眸子，不料撞见了耿耿星河。他笑着说，愿与她共享，今夜满天星辰。

那时杜家正在积极地接近她，狄家也乐见其成，她有一堆的烦心事，可在璀璨星空之下，她靠在梁桉一的身边，突然安下心来，酣然入睡。

隔天醒来，她仍然是在客房。

有时候狄玥也会庆幸，觉得他们这样慢节奏地发展，会不会是因为……梁桉一待她，和待别的女人不同。

但在网络发达的21世纪，随便搜一搜便能发现，每个泥足深陷的少女，都是从这种"他待我不一样"的错觉开始陷落的。狄玥用她的学霸思维在网上大量地浏览学习。

既然自己的阅历不足，那借用些别人的，多看多得，总不至于再栽跟头，一失足成千古恨。看得多了，人也变得谨小慎微了许多。

哪怕有无数次错觉，觉得梁桉一对她的好，已经超出了所谓的"长期关系"，可她仍不敢相信自己会有那么幸运，能做千千万万失败案例中的唯一例外。

基于这些七捞八攘，吃晚饭时，面对满桌的珍馐，狄玥却有些心不在焉。

服务生端了冰镇果汁过来，也许叫了她两次或者三次，她统统没听见；梁桉一对着服务生招手说“给我吧”，她也没听见。

等她回过神来，面前的玻璃杯已经被斟满了，抬起眼睛想要道谢，她才发现站在她身边端茶倒水伺候的竟是梁桉一这尊大佛。

“怎么是你呀？我自己来我自己来。”

梁桉一放下果汁壶，坐回她的对面。

他对着不远处、她身后的方向稍扬下颌：“刚刚人家问你要不要帮忙倒上，一连问了几次，你都没理人家。”

“我……没听见啊……”

狄玥慌忙回头，寻到那位服务生，歉意地对他笑笑。

可一想到刚才走神时，脑子里转来转去，想到的好像都是梁桉一，她突然脸皮发烫，不好意思起来。

梁桉一用指尖敲敲桌面，以此唤她回头。

他语气不详，随口说出一句：“服务生帅吗，看得都脸红了？”

狄玥听着，却觉得胸腔里突然顺畅了一些。但梁桉一也只是说了这么一句，再多便也没有了。他反而突然正色起来，记挂着她方才的走神，问她是不是有什么烦心事。

烦心事很多啊，借北宋贺铸一句词——“一川烟草，满城风絮。梅子黄时雨。”

可真正能说给梁桉一听的，反倒不能是关于他的。于是狄玥讲起这些天她做的决定，她说：“梁桉一，我打算退学。”

一个成绩优异、即将准备考博士的研究生，突然决定退学，换作大多数人，都会觉得她是疯了。

可那有什么，她不快乐。还好，梁桉一不问为什么，只问："想好了？"

"差不多是这样，还在考虑。"

狄玥要重新选一条路，但这条路不能失败，因为她没有退路。

目前脱离狄家的方法，就是断绝关系。不是赌气，也不是冲动，她知道，挣脱狄家这个"枷锁"，她心理上当然可以轻松很多，但她也知道，"枷锁"在某种意义上也是安于舒适的一种庇护，也许换成杜卓航，会觉得她的"枷锁"是他梦寐以求的？

走出去，剩下的所有路，就真的只能靠她自己了，是翱翔或是坠机，都是有可能的。况且她从懂事起就一直被决策、被控制，她也不知道自己是否真的有能力谋生……

利弊她都懂，所以要慎重再慎重。

这种"长期关系"是脆弱的，只能同甘，不能共苦，过于沉重的话题，是不该说给情人听的。可梁桉一却放下水杯，坐直了一些，神色收敛，看样子是真的在帮她考虑了。

他思忖片刻，居然对她说了一声："抱歉。"

梁桉一告诉狄玥，他没做过学术，对她的"生物化学与分子生物学"不甚了解，所以在这方面，不能给出权威的建议。

"我倒是尝试过看你们专业的讲课视频，跨专业太多，看了20分钟，不知所云。"梁桉一说，"但如果你有需要，我会尽力帮助你。"

原来他还专门去看过她的专业课程吗？

狄玥有些开心，连语气也跟着轻快起来："你不会是个什么企业的大老板吧？家里有顶尖集团那种？"

梁桉一莞尔一笑："不是。"

"那你的工作是……"

狄玥有些犹豫，因为梁桉一看上去很自由，确实有那么一点像无业游民，有时候她会觉得，他是个闲散的富二代。

梁桉一并不避讳："作词人。"

在梁桉一家里，狄玥的确见过一架三角钢琴，也见过黑胶唱片机。甚至更早些时候，他帮她解围那次，车子副驾驶位上放着的，就是乐谱一类的打印纸……可她从来没想过，他会是作词人。

"那你……很有名吧？"

梁桉一没回答，他半是玩笑地岔开话题："先谈你的事情，我工作的唯一目标，就是希望吃饭时不谈公事。"

梁桉一问她，肄业后有没有心仪的目标工作。

狄玥几乎脱口而出："课外活动的带领老师，或者，科学自然课老师。"

梁桉一笑了："像是你会喜欢的工作。不过，很难想象你当老师的样子。"

"我也不能想象你是作词人啊！"

晚饭还算愉快，饭后的甜点是一道柚子冰激凌挞，狄玥很喜欢里面清甜的果香，很快便吃完了自己的那份。

梁桉一笑着把他的那份推到她的面前。

饭后，两个人并肩走出饭店。

这家店明明是西餐厅，但进门的正对面居然立了一座三尺高的铜身关公像，关云长手持青龙偃月刀，凤眼微扬，不怒自威。关云长身旁伴着假山假水，水里还撒了把钢镚。也许是刚和梁桉一聊过“作词人”，狄玥忽然想起几年前她听过的一首歌词，语句很犀利，令她印象颇为深刻。

以前提到歌词，她只会觉得歌手唱得如何如何，并不会去想作词人是谁。现在仔细想想，那位作词人很狂妄嘛。

好像他在歌词里说“世界上本无风水可言，每日都有消亡，所以处处为墓场”。

回去的路上，狄玥把歌词的事讲给梁桉一听，他似乎微怔，却未置一词。

车子驶入地下车库时，狄玥竟然产生了一种类似于“近乡情怯”的感觉，其实在被“禁足”的 20 天里，她也不是完全没有不安过。有时候她会想，梁桉一会不会在这期间，约见了别的女孩；也会猜测，会不会等她再次去到他家里时，又会发现一些新的变化，就像那盆突然出现的红玫瑰一样。

他们相识的时间加起来，总共不过 4 个多月，很难想象，梁桉一会为了这么短的情分，不去见另一位“红玫瑰”。

胡思乱想这种东西，可能是不分人的。狄玥顶着个高学历的牌子，却也还是浮想联翩，揣测他是否另有佳人。

直到走进玄关处，狄玥发现梁桉一家里确实多了一样东西。那是一幅画，画架立在一株散尾葵旁。

油画或者丙烯、水粉，和艺术相关的事物狄玥统统分不清楚。

但画面上的图案，她倒是很熟悉——淡红色的，形状似一尾鱼。

狄玥下意识地抬起手，去碰后颈上的胎记："这画……"

"闲时画的。"

梁桉一走到她的身边，撩起她散在锁骨处的发丝，触摸她的后颈："你这'大狱'蹲得有点久，等得无聊，想到什么画什么。"

红玫瑰已经过了花期，只剩下稀疏的茎秆，那花顶着边缘锯齿的椭圆形叶片，在空调风下轻轻地晃动。

那幅画并未画完，画笔凝着颜料，被搁置在一旁。

狄玥盯着画面上浅淡的红色，看了几秒钟，突然转身。

她的眼眶一定是红了，眼前梁桉一的样子被水雾所迷蒙，她什么都看不真切，可她的胸腔里从未涌起过这样丰沛的情感。

她说："梁桉一，我想见你。"

其实她真正想说的是：在过去的、"禁足"的 20 天里，她想见他，非常想。

可是她哽咽了，话也说得没头没脑的。理智里的那些顾虑，早已经为她铺够了层层阶梯做退路。哪怕未能窥见某些情愫的端倪，狄玥也隐约地知道，自己并没有想象中那样洒脱，不该再继续……可梁桉一吻上来时，那些思想斗争全线崩塌了。

唇齿纠缠，呼吸搅在一起。

狄玥如踏入水中晃荡的游舫，重心不稳，紧紧地攀附着梁桉一的手臂，却又喃喃地："梁桉一，我……我得去洗个澡，我……"

扣子被挑开，感受到他的手，她难挨地停顿片刻，才继续说："……我中午淋雨了。"

狄玥的顾虑是，淋雨会有细菌。

继母有些洁癖，在她很小的时候，如果淋了雨回家，继母都会嫌恶地把她丢进浴室，叫她去洗澡，并把衣服洗干净。

可梁桉一停下来，帮她理了理衣摆，把关注点却放在另一件事情上：“有没有着凉？”

他放过她，让她先上楼去洗澡，并且叮嘱她别冲凉，水温调高些，免得生病。

狄玥一步三回头地，犹豫着：“那你……”

梁桉一靠在楼下，唇角弯起一抹弧度，他说：“我等你。”

把身心熨帖得舒畅的，不知是他吐出的那三个字，还是淋在皮肤上密密麻麻的热水。那些怅然退却，狄玥竟然在蒸汽氤氲中的浴室里，突然哼了句什么调子。

她很少听音乐，也就只是在认识梁桉一之后，把那首 *Fly me to the moon* 循环地听了几十遍，成长过程中听到的其他曲目，她统统不太有记忆。

顺着哼唱两句，还是印象浅淡，她绞尽脑汁，才堪堪想起来由。

那好像是在她初中毕业的暑假，继母给她找了个科技研学的课程，每天 8 小时，参观一些科学实验室和博物馆。那时候狄家对她的要求是：必须博学多识，做一个“全知型”的人。想以此博人眼球，好让他们在面子上有光，让人夸“狄家家风就是厉害”。

有那么几天，天气热得要命，天气预报频发高温预警，研学班的同学大多都请假了，其他同学的家长们再注意科学素养的培育，也还是怕自家孩子的身体吃不消，最终研学班里只剩下狄玥一个人了。

那么热的天，老师也不愿意多奔波，他委婉地和狄玥说，让她回去通知家长，因为气温太高，研学要暂停几天。

结果这位老师被继母在电话里责备得面红耳赤的，不得不冒着暴晒到场，单独给狄玥讲解。

老师受了气，有意无意地把气撒在狄玥的身上，他渐渐地眼含埋怨，不再悉心地教导。

天气热得人汗流浃背的，再加上继母和研学带队老师两边都不待见，狄玥也不大有精神。那天吃过午饭再去研学目的地时，狄玥有些中暑，身体不太舒服。

大热天的，公交车上也没几个人，到某一站时，上来了一个染着火红短发的姑娘，那姑娘穿得清凉，叼着棒冰，坐在狄玥前面的座位上，打开手机公放音乐。

狄玥迷迷糊糊的，被她的音乐声惊得猛然睁开眼睛，她揉揉太阳穴，坐直了一些。

她记得那姑娘手机里的歌放了一路，倒是不难听，偶尔一两句歌词，狄玥还有点喜欢。

“人类是，群居却又难逃孤独的动物”……

狄玥哼着歌，把沐浴露的泡沫揉在身上，她由歌词，联想到作词人，最后想到身为作词人的梁桉一。

夜还长，想到接下来有可能发生的事情，她的心率开始过速。

她一定在某个自己都记不清的梦境里期待过，他的抚触和他的体温。

再下楼时，狄玥只穿了睡袍。

梁桉一家的舒适，是不分季节的。

2 月天气还凉时，他点燃了壁炉，在炉火旁摆了一张茶几，喝茶饮酒，煮热乎乎的汤面，听唱片。

现在燕城进入 7 月了，酷暑难耐，他的家里开着空调，懒人沙发被换成了凉席和蒲团，茶几上盛放着一颗网购回来的南方佛手柑，满室幽静清香，他闲来绘画。

这个人，真的太会享受了。

也许是因为天气的原因，落地窗被厚重的织花窗帘遮挡，严丝合缝的，尽职尽责地粉饰掉屋外下过雨的痕迹。

梁桉一不喜欢下雨天，但他愿意在雨天出门带她去吃饭，他也愿意在不为人知的时刻，找一份她专业课的视频，独自揣摩。

甚至……狄玥的脚步在那幅画旁边停下，用手抚了一下画布上已经干了的颜料，甚至她不在时，他画的画也是关于她的。

就算是铁石心肠也会变软吧？狄玥在属于梁桉一的空间里，慢慢地踱着步，最终在厨房里寻见他的身影。

他正靠在料理台旁，在擦一把看上去材质很不错的长刀。

“你……”

梁桉一举刀挥了一下，吓唬她：“怕不怕我灭口？”

狄玥也跟他玩笑起来：“那我很冤，你只说你是作词人，连是哪个作词人都没说，我就要被灭口了吗？”

梁桉一笑了两声，说他想起冰箱里有朋友寄来的甜瓜，味道不错，清凉解暑，刚好可以切来给她尝尝。

后来狄玥想，她那时候一定是太心急了，站在人生的岔路口上，太想要事事周全，太想要做个理智的聪明人。可当局者迷，当她在内心反复挣扎时，其实对梁桉一的喜欢，早已成了燎原之势，那火迅速地扩散、蔓延。

不然，她不会在他吻她时，那样意乱情迷。

那颗甜瓜应该如梁桉一所说，味道不错，他的刀子切下去，已经能嗅到那种甜丝丝的味道。但梁桉一轰她，说让她去客厅坐着等。

其实晚饭时，狄玥有一件事情没有和梁桉一提及，她的计划不只是肄业，她其实还想要换个城市生活。

留在燕城是行不通的。狄家人是颜面大于天的，不会让她顶着“狄”这样的姓氏，在燕城的教育行业，做一份薪水普通的工作。而且她也厌烦了这座城市的快节奏生活，厌烦了干燥的空气里人人拼杀、都想做人上人的氛围。

她想要去南方，找个山清水秀的小城定居，而这些，她都没和梁桉一提及。

如果终要告别，她希望告别的时间晚一些。

她以后应该会很怀念这间如小型收藏馆的房子吧，狄玥走在柜格旁，慢慢地走，慢慢地看。

梁桉一家里陈设了太多物件，很多东西她之前都没留意到，这次她才发现，他居然还有一台老式的打字机。

打字机的机身是奶白色的，颜色温柔。

“60 年代产的。”

身后突然响起梁桉一的声音，狄玥吓了一跳，她回过头，嘴里却被喂了一块甜瓜。他的指腹在她的嘴唇上一扫而过，掀起波澜。

香瓜脆脆甜甜的，很好吃。

可是面前的小机器，居然已经有五十多岁的高龄了吗？

狄玥去摸那些圆形的字母按键，问梁桉一："它还能用吗？"

梁桉一从背后靠近她，手臂越过她的身体，把指尖落在她的手指上，他的声音在她的颈窝处响起："是好的，可以用。"

他带着她的手指按动下去，60 年代的老机器便运作起来，"咔嗒"几声。

狄玥还以为，这种打字机和现在的打印机差不多，是需要装填充墨水的，但梁桉一说，只需要装色带就可以了。

他们靠在一起，影子交叠，体温相融。

毕竟是旧物，机械锈蚀了，按下去总要稍费一些力气。梁桉一带着她一起，把英文字母一个个地敲在牛皮纸张上。

"咔嗒、咔嗒、咔嗒、咔嗒"。

虽然它打字的效率比手机电脑要逊色太多太多，可看着它打字，又有一种朴素的古雅。

狄玥面对着那台小机器，字母渐渐地连成句子，最后，他带她敲下问号。

梁桉一敲下的那串英文是——

Sleep with me？

梁桉一的呼吸近在耳边，狄玥想要强作淡定，可发颤的指尖终究出卖了她怦然而来的心动。

“咔嗒”一声，只需要在打字机上按下一个“y”字按键，答案已经呼之欲出。

后面再想去按其他字母时，手指已经被梁桉一握住了，他拉着她转身，亲吻她的额头，然后托着臀把人抱起来，向楼上走去。

她的脑子里混混沌沌地怀疑，梁桉一喂给她的那块甜瓜，是酒精渍过的，不然怎么只是被他抱着走了几阶楼梯，区区隔着衣料的相触，就已经让她昏了头，微醺薄醉般，下意识地用手环住他的脖颈。

卧室的门半掩着，梁桉一抱着她走过去，把门踢开。

狄玥第一次见他做这种近乎粗鲁的动作，居然莫名地兴奋，整个人微微地发颤。

梁桉一看了她一眼，浅笑着问：“喜欢这样？”

她羞于承认，把头埋起来，只当自己是鸵鸟。

原来梁桉一的这间卧室极大，至少是客卧的三四倍，里面绿植丛生，宽大的叶片占据每寸墙体的边缘。如果拍下来给那些设计专业的学生看，他们一定会觉得这里值得一番讨论。

可她只来得及匆匆一瞥，只看清长绒地毯上躺着一把木吉他，人就已经落入一袭柔软衾褥。

他们没开灯，在黑暗中梁桉一模糊的身影跪立在床上，他脱掉衬衫，丢在一旁，不知衣扣落在什么物件上，发出一丝类似于轻拨琴弦的嗡鸣。

大约是砸中了那把吉他吧。

弦乐渐歇，静谧的空间里只剩下他们彼此的呼吸声。

人生如寄，也许该快乐时，就要这样快乐。

狄玥顺应内心地闭上眼睛，关掉视觉通道，其他感官便会异常灵敏。

她喜欢梁桉一口腔里淡淡的薄荷味道；喜欢他的掌心干爽地覆盖在她的皮肤上。

梁桉一始终凝眸望着她，在狄玥紧张得嘴唇发抖时，倾身用深吻温柔地安抚。

此刻思维不算敏捷，但狄玥调侃地想，如果这屋子里的光线再亮些，兴许他能看见，她红得像一只阿根廷红虾。

梁桉一很有耐心，一直在等她放松下来。

…………

过去的21年里，狄玥从不过生日。

每一年的成长对她来说，都没有什么意义，生活不过是被摆布、被牵着鼻子走，一岁一枯荣。但今夜，她于枯朽中重生，舒展开来，抽枝发芽，肆然蔓生。

恍惚听见楼下传来虫鸣，是那座钟在尽职地提示，已经是午夜12点了。

可那时，她不知今夕何夕，脑子里只剩下一片欢愉的空白。

隔天，狄玥像骨头都被抽掉了似的，回忆着梁桉一的那句“同我入眠”，赖在被子里，不愿起床，如春醒尤在。

她真正醒来时，已是上午10点钟。

卧室的窗帘只留了一道缝隙，窗边植物的影子被阳光拉得老长，摹于地毯之上。

床上当然只剩下她自己了，狄玥用被子蒙住大半张脸，总觉得耳畔残留了梁桉一的声音。

如果有一个可以收纳回忆的匣子就好了，她可以把那些心悸的细节统统收好，珍藏起来。

那天的后来，梁桉一端了红酒烩牛肉和米饭上楼，像伺候祖宗一样，用勺子一口一口地把午饭喂给她。

她也佯作安之若素，乖乖地张嘴，吞咽得很大口。

“饿成这样都不起床？”

“不是，我要补充体力的。”

梁桉一笑得差点把勺子掉在地上。

那时候狄玥猜想，可能她是梁桉一见过的最矫情的女孩子了吧，不过春夜一场，之后却连饭都不能自己吃了，还需要人喂，真的太难伺候了。

可是这样也好，他能记得她久一些。

吃饭时走神，总归不是好事，嘴里塞了一大块牛肉，她没认真嚼，打算囫囵咽下去，结果被噎得差点辞世。

梁桉一蹲在床边，又是拍背又是端水，倒是没有嫌弃她，只说让她慢点吃，又没人和她抢。

“要靠枕吗？”

梁桉一给了一个贴心的建议，但狄玥的脸“唰”一下就红了。

卧室里确实有几个方形靠枕，很随意地摆放在长绒毛毯上。

靠枕是很原始的亚麻料子，布料稍粗糙……

像是她的每一分心事他都谙悉，梁桉一用指背碰碰狄玥发烫的脸皮："想的都是些什么。"

"我可……什么都没想啊！"越是心虚的人，嗓门越大。狄玥红着脸，顾左右而言他，把话题转到那把见证过他们缠绵的吉他上："梁桉一，你会弹吉他吗？"

"还行。"

"要不，你弹吉他给我听吧。"

梁桉一当时怎么说来着？

好像是说"厉害了，吃饭还得有人奏乐了"，但说完他也还是拿起了吉他，拨动琴弦，弹曲子给她听。

窗帘敞开后，满室的阳光明媚。红酒烩牛肉的香气弥漫，他弹吉他时，深邃的目光总落在她的身上。那可能是她所经历的，最迷人的 7 月了。

实验室那边的事情不多，导师也没强制要求狄玥过去，只发给她一些文档让她处理。

下午时，狄玥仍留在梁桉一家里，借了他的电脑，窝在客厅的沙发上做事情。

真正同梁桉一相处久了才发现，他还真不是个闲散人员，忙起来也是一声不吭的冷漠模样，他戴着眼镜，连看都不看这边一眼。但接电话时，他会顾虑着怕打扰到她，对电话里的人说"稍等"，然后关上门去阳台沟通。

狄玥忙完时，梁桉一刚好在阳台接工作电话，她对着他的笔记本电脑，无事可做，便突发奇想地去搜索印象深刻的那几句歌词。

搜索结果出来，屏幕上跳出好多美女的照片。

原来那些歌，是一位在海外发展的华人女歌星的成名曲目。那位女星长得很美，不同于当下流行的网红面孔，她的五官很有味道。狄玥随便看了一眼名字，她叫 Josefin。

她还想再看看歌词的作词人信息，可杜卓航不知道从什么地方搞到了她的手机号码，打了电话过来，语气居然是得狄家人真传的“质问”。

狄玥见号码陌生才误接了起来，此刻悔得肠子都青了，实在是很扫兴。

杜卓航说，有人看见狄玥昨天和一个男人一起上了一辆白色的越野车。

狄玥连一个标点符号都不想和他多说，没听完全句，直接挂了电话，顺便拉黑了号码。

神经病，她上谁的车，和他杜卓航有什么关系？而且，都那么义愤填膺了，还不忘说英语？这到底是什么品种的神经病啊……

放下手机仔细想想，等 9 月份再开学时，杜卓航就是沈教授的博士生了，继母说过，他是要跟着沈教授去国外做项目的。也许杜家和狄家都迫切地希望，在 9 月前，能把他们的婚事定下来。

狄玥看了一眼阳台外的那道身影，他倚着玻璃拉门，将手机举在耳侧。

她想，原来留给她的时间，真的不多了。

梁桉一挂断了电话，从外面进来时，狄玥正站在他的柜格旁，拿了一本书在翻看。

听见脚步声，她转过身，对梁桉一晃了晃手里的书籍：“梁桉一，你送我一本书吧。”

“可以。”

“那太好了，谢谢，有空我买本新的还给你。”狄玥跑去玄关处，从她的帆布包里翻出一支中性笔，在书的某一页上画线，边画边问梁桉一，“你有没有熟识的快递员，方便上门揽收的那种，我想寄东西，同城快递。”

梁桉一说有，然后拿出手机帮她联系，顺便问了问，她要寄的是什么。

狄玥画完线，把笔丢回帆布包里：“这本书啊，我要把它寄给杜卓航。”

他大概不知道杜卓航是谁，滑动手机屏幕的拇指停住了，抬起头看向她。

“杜卓航就是……”

狄玥想到一堆讨人厌的词，但梁桉一似乎只见过杜卓航一面，杜卓航的面相又那么平庸，不晓得他是否还有印象。她图省事儿，不打算挖空心思用那些形容词了，索性直接说：“就是你见过的，我那个相亲对象。”

她说完，梁桉一直接将手机锁屏，放回裤子口袋里，他两只手插在兜里，继续看着她，半晌，才吐出两个字：“可以。”

狄玥对他的这个反应，有点莫名其妙，什么可以不可以的，倒是叫快递员来啊你……

等等……她后知后觉的，总觉得从梁桉一的语气里，能品出一丝丝的咬牙切齿。

他不至于吃醋，目前他们对彼此都不会干涉那么多。但毕竟昨晚他们才肌肤相亲过，这会儿说要给别的男人送书，好像是不太好听，显得她翻脸不认人……

可她哪是那么暧昧的意思，她分明是要讽刺杜卓航，要和狄家正面对垒，打响第一战。

狄玥把书举到梁桉一的面前，解释道：“我是这个意思，你看。”

被她用中性笔画线的句子是——

他并无中文难达的新意，需要借英文来讲；所以他说话里嵌的英文字，还比不得嘴里嵌的金牙，因为金牙不仅妆点，尚可使用，只好比牙缝里嵌的肉屑，表示饭菜吃得好，此外全无用处。

梁桉一看完了，目光从书页上移回到狄玥的脸上。

四目相对，身体里的某种记忆忽然苏醒，狄玥干咽了一下，有意地退开，梁桉一把那本书从她手中抽走，丢在一旁。

他的动作倒还是那种绅士的优雅，把她拉进怀里，说话居然带着些匪气：“所以，不还是要送他的？”

什么叫送？那是讽刺杜卓航用的，是骂人用的！

狄玥张开嘴巴，想要这样辩解，可梁桉一不给她机会，他蓦地吻上来，堵住了她的嘴唇，同他接吻，让她浮想联翩，脑海里不断涌出昨夜某刻——

夜色寂静，万物沉睡。

那本书最后还是到了杜卓航的手里，据说快递他是拿回家才拆的，当着他父母的面，说狄玥送了一本书给她。他拆开后，发现书籍并不平整，翻到折角的页面，才看见那段画线的字。

一家三口气得不轻，打电话到狄玥继母那里，质问倒是不敢的，但也转弯抹角地阴阳怪气，告了狄玥一状。

祖父和父亲都在外省，继母火冒三丈，拉着狄玥做批评教育，一说就是三个小时。家里的阿姨下班时，走到玄关处换好鞋子，还颇为同情地看了狄玥一眼。

狄玥的目光放空，一声不吭。

她某天在梁桉一家翻过一本武侠小说，金庸老先生在里面写：

他横由他横，明月照大江。

时间太久了，狄玥甚至在悠久的记忆中，回顾起穿皮质短裙的蒋绒绒，她靠在化妆镜前，涂那种颜色很艳的口红。

那天蒋绒绒是要去狄家做最后的谈判，她抿抿双唇，把口红晕染均匀，对着 4 岁的小狄玥说：“打蛇随棍上，懂吗？”

那时候的小狄玥当然不懂。她甚至不懂外婆为什么会生病去世，不懂母亲为什么要出国，不懂父亲和祖父他们是从哪里冒出来的……更别说什么“打蛇随棍上”。

但这句话，21 岁的狄玥懂，瞅准时机，顺势而为。

这是狄玥和狄家开战的必要能力。

要打碎狄家和杜家人结亲家的美梦，一人之力太绵薄了，首先要让他们先不要那样团结一致对她才行。

茶几上摆着几份英文资料，继母坐在沙发上，眉心皱得紧紧的，狄玥知道，继母的歇斯底里中，那些怨怼并不都是因为她。祖父和父亲不在，而那对永远不肯承认自己有错的父子，听说了狄玥做的事情，只会觉得是继母没有教育好她，因而对她的继母释放低气压。

自从父亲婚变后，他们父子俩都得了一种叫“蒋绒绒后遗症”的病。

一朝被蛇咬，十年怕井绳，父亲在他的第二次婚姻里严加防范，生怕继母变成第二个蒋绒绒，因而剥夺了继母应得的诸多权益。房产车产都在祖父名下，父亲也没有再要孩子，而继母认为，这种防范都是因为父亲对前妻余情未了。

不然为什么前妻让他沦为笑柄，他反而留下了和前妻的孩子？

这些狄家人之间的暗流涌动，狄玥都知道。她很抱歉要对生活在同个屋檐下的人工于心计，但这也是她没办法的事情。

继母骂累了，便停下来，端起茶杯。

狄玥则在这个时候，很认真地问继母，她已经成年了，明明狄家可以不管她，为什么还要一味地为她着想，找杜家那样好的家庭？

“我长得很像我母亲，是不是？”

继母眼里的厌恶一闪而过：“像一个舞女你很光荣是不是？”

“父亲喜欢舞女，分给她的家产很多的。”

“你闭嘴！”

那些话像撒在继母心里的种子，隔天狄玥出门时，隐约地听见继母在和父亲通电话。

“什么我没有用心教？明明再怎么教育，她也还是流着蒋绒绒的血液，和那舞女一样不安分！”

也许父亲像往常一样责备了继母，那些种子受到催化，迅速地生根发芽，继母言语间难掩激动，诘问父亲，为什么他不肯把和蒋绒绒的孩子送走。

后面说了什么，狄玥没再继续听了。她抱着她的帆布包出门了，准备去超市买菜，然后去梁桉一家。

那天是 7 月 5 日，星期六，宜出行、掘井、结婚。

狄玥想，连掘井都宜行，她只是做饭给梁桉一吃而已，应该也毒不死他们两个吧？是的，狄玥突发奇想，想要学做饭了。

以后她去其他城市生活，万事从头开始，三餐都要自己解决，会做点简单的吃食是必备技能。

她在梁桉一家吃过热腾腾的汤面、滑蛋虾仁、红酒烩牛肉、清蒸东星斑……梁桉一看起来像个五谷不分的贵公子，却也能把菜做得那么好吃，那她有什么不行的？

这些话，狄玥也和梁桉一说了。

彼时她正推着购物车，在超市里闲逛，手机被她举在耳侧，冷鲜区冰柜的冷气冻得她的小腿冰凉，她也还是没选好要做什么样的鱼：“你想吃香煎带鱼呢，还是麻辣水煮鱼？这个带鱼的大眼睛好可怕，不然还是水煮鱼吧……”

梁桉一在电话里笑她：“怎么，打算一口吃成个胖子？”

知道他是在说她还没学会走，就先想着跑，狄玥想要反驳，可想来想去，觉得他说得也有道理，于是她干脆推着购物车远离那冷飕飕的区域：“那我就做个简单的吧，中午我们吃面怎么样？”

休息日的超市人头攒动，有一家三口从狄玥的身边路过，那家的孩子骑在男人的脖颈上，女人挽着男人的手臂，温柔地问：“中午我们吃牛肉怎么样？”

句式和她刚刚问梁桉一那句差不多。

人群里的狄玥突然怔了一下，竟莫名地觉得自己像个新婚妻子，而电话里梁桉一的回答，几乎和那个被妻子挽着的男人的回答差不多，他也是同样笑着和她说：“行，做什么吃什么。”

她有些不好意思，只能换了个干巴巴的话题，问他在干什么，梁桉一说，听音乐、浇花。

真是悠闲得令人嫉妒啊！

其实狄玥很羡慕梁桉一的生活，她也曾想过，如果将来独自到陌生的城市去，要先租一栋小些的房子，再把里面装扮得像他家那样舒适，她也要养养绿植、听听音乐……

至于那些绿植和音乐的选择，梁桉一那么会享受，照搬他的总是没错的。

去梁桉一家的路上，手机在帆布包里不断地振动，狄玥没去管它。也许是继母发现她溜出了家门，也许是父亲打来的电话，想要质问……现实骨感，距离她奢求的那种生活还很遥远，眼下重重难关也暂未翻越。

但——

“叮”，楼层抵达。

电梯门缓缓地打开，在看见“7011”的门牌前，狄玥先望见了梁桉一的脸，他靠在电梯门外，淡笑着朝她张开双臂。

狄玥丢掉帆布包，扑进他的怀里，他身上有干净清爽的洗衣液味道，他的怀抱令人安心。

眼下重重难关暂未翻越，但，未来一定还有未来。

梁桉一用单臂环着狄玥的腰，捻起她鬓边一缕被汗水打湿的头发："外面这么热？"

"热死啦！"

狄玥对着梁桉一喋喋不休，说外面骄阳似火，像后羿把射下来的太阳全给安装回去了似的，简直要人命，公交车又迟迟不来，她等了半个小时，差点在公交车站蒸发掉。

"坐公交车来的？"

"对呀，这一仗要是成功，以后脱离狄家，我得养活自己的，当然得从现在开始省钱。"

梁桉一的眉心敛起："你……"

狄玥没等他把话说完，猛地从他的怀抱里挣脱，蹲到帆布包边上，嘴里念叨着："完了完了。"然后，她从包里拎出断成半截的黄瓜，哭丧着脸说，"梁桉一，黄瓜断了还能用吗？"

说的这叫什么话？梁桉一无奈地摇头，把人拉起来："赶紧进来吧。"

屋里凉爽，还有甜瓜可以吃。

消暑后，狄玥站在厨房里，扬言要给梁桉一做一顿超美味的炸酱面。

梁桉一瞥了一眼砧板，那堆黄瓜丝……姑且称之为黄瓜丝吧，卖相实在一般。

他大概不敢苟同狄玥的“超美味”，不过也表示“Gaeng Kai Mot Daeng（白蚂蚁鸡蛋汤）”都吃过，倒也不怕她的新手炸酱面。“Gaeng Kai Mot Daeng”是老挝菜，用蚂蚁幼虫和半成熟的蚂蚁胚胎制作，里面还放有西红柿和洋葱。

梁桉一说它的口感挺特别。

“不敢想象。”狄玥听得缩缩脖子，转念又问他，“梁桉一，你是不是去过很多地方？”

梁桉一说早些年他确实去过一些国家，但狄玥再问他是否喜欢旅行时，梁桉一答的却是“一般”。

“那为什么会去那么多国家……”狄玥突然停止提问，手里的刀也跟着顿住了。

也许梁桉一那时有一位喜爱旅行的女友，他陪着她在名川大山游玩，也是有可能的。

梁桉一却说：“那时候烦心事多，出去走走，只当是散心。”

很难想象梁桉一会有烦心事，他明明看上去过得自由自在赛神仙，不，也许神仙都没有他无拘无束、恣意潇洒。

可再深的问题，也不方便过多打探了。

狄玥没再说话，她认真地切那些不成型的黄瓜丝，没切几下，一片影子落在砧板上，她听见梁桉一叫她：“狄玥。”

他看穿了她急着自立门户的那份慌乱和心焦：“别急，以后我可以帮你。”

狄玥摇摇头，她费尽周折想要离开狄家，不是为了傍一个条件不错的男人，做他身边的菟丝花；她想要做一轮太阳，自己发光自己发热。

可能在生活能力上她有很多欠缺，连做顿炸酱面都要看好几遍视频，甚至即便这样，她却还连黄瓜丝都切不好。可她可以努力、可以学习，她只要做一轮小小的太阳就好。

梁桉一大概看懂了她的想法，微微一笑，对她说："了解。"

有时候狄玥觉得，在梁桉一身边，她变成哑巴也没关系，因为他总能明白她想要说什么。

狄玥放下刀子，和他对视："梁桉一，你有读心术吗？"

梁桉一扬起眉毛："没有。"

"可是你能看懂我的意思，对吧？"

"嗯。"

狄玥惊讶了："你还说你没有读心术！"

被怀疑有超能力的人靠在一旁直笑，笑完了问她："好歹是准备过考博士的人，你自己想想，你这想法科学吗？"

"那你看着我，看看我这次想的是什么。"狄玥故意犯坏，她在脑子里想了一堆"生物化学与分子生物学"，她倒要看看，梁桉一能不能看出来。

但梁桉一上前，偏头吻了她。

空间里弥散着黄瓜的清香，准备煮面的那口锅沸腾开了，沓霭流玉。

狄玥挣扎："唔，我明明不是这个意思……"

"我知道，"梁桉一说，"情不自禁。"

狄玥这顿饭，做的过程很是曲折。炸酱面是燕城的传统名小吃，很多游人到燕城来，都会找一家当地的老饭馆，尝尝这出名到国外的面条。

做法嘛，看上去很简单，只是把煮熟的面过一下冷水，将焯过水的豆芽和黄瓜丝摆放在面上，再淋上酱汁，拌一拌……

教学视频统共不过才1分钟零几秒，但等狄玥真正操作起来时，却发现不是那么回事儿。

怕梁桉一在旁边看笑话，她把人撵到了客厅，还关好了厨房的门。

视频里人家老师傅说了，炒酱要小火慢慢炒，狄玥觉得自己把火开得很小，结果密闭空间里很快便烟雾缭绕，油烟呛得她直咳嗽。偏偏梁桉一家这油烟机有点高级，没有按钮不说，触屏控板上连个字母也没标记，只有六颗淡蓝色的圆形小光点。

这让她怎么知道要去触哪个好？！再不通风，狄玥要在烟火气里羽化登仙了。

但几分钟前，她才大包大揽地和梁桉一保证过，让他什么都不用管，只去客厅静候开饭。才这么一会儿，就去找人帮忙，实在是有些“打脸”，狄玥干脆找了个最原始的方式，她拎着炒勺往窗边小跑，准备打开窗户换气。

外面横栏上落了一只看上去有些“呆萌”的鸟，眼睛乌溜溜的，很是可爱。

狄玥也是出于好心，她怕这只歪着头瞧她的小萌鸟被烟熏到，便挥了挥手里的炒勺，想把它赶走。

结果那鸟哪是什么小萌鸟，它一点也不萌。

它凶悍地对着狄玥大叫。

狄玥被它吓了一跳，连连后退，背对着撞上了梁桉一的胸膛。

她像是有了靠山，开始不甘示弱，一边告状一边和那只鸟对峙，它怎么叫她也怎么叫……

“狄玥……”

“梁桉一你别拦我，我还不信了，我能吵不赢这只好心当驴肝肺的羽毛团子？”

梁桉一倒是真不拦着，只提醒她一个字：“锅。”

弥漫在厨房里的酱香里，不知何时多了一丝煳气，狄玥猛然回头，嘴里念叨着一连串的“完了完了完了”，立刻冲过去拯救她的厨艺首秀。

那只鸟可太嚣张了，它不但没飞走，还冲过来对着厨房窗户排泄鸟屎，狄玥被气了个半死，她咬牙切齿道：“信不信我烤了你！”

狄玥以前不是这样子的，同学们私下形容她时，都说她沉默寡言、木讷拘谨，没人会想到，她现在会活泼到和一只小心眼的鸟吵架。

梁桉一打开油烟机，拍拍狄玥的后背帮她顺气，他用手机查了查资料，告诉狄玥，那可能是一种鸫，报复心很重。

“什么鸫，我看它有点儿不是东西。”狄玥嘀咕着，然后自问自答，“这酱炒成这样，是不是可以了啊？嗯，应该行了。”

忙忙碌碌了一中午，炸酱面其实做得不怎么成功。

吃饭时狄玥叼着面条，边吸溜边看着梁桉一，见对方吃得很从容，她忍不住问：“你有没有觉得，这个炸酱面有那么一丁点的特别？”

其实是因为煳了，有一点苦味在里面。

可梁桉一说：“挺好的。”

梁桉一很给面子，把一整碗炸酱面都吃了，也没说什么让她丧气的话，他饭后还像慰劳功臣一样，给她端了水果，并和她说每天只进步一点就行，既然她把饭都做出来了，那刷碗收拾厨房该换他来。

狄玥想想，觉得梁桉一说得也对，“不啻微芒、造炬成阳”嘛，于是便心安理得地留在客厅休息。

因嫌狄家人烦，她把手机调成了飞行模式。

这么轻松的时光于她而言，本来就像是浮沤，她不想被打扰。可是做点什么好呢？这么多年来，她没什么兴趣爱好，或者说，没机会有兴趣爱好。

在狄家久了，就像那只被心理学家扣进玻璃杯里做实验的跳蚤，即使把她从玻璃杯里放出来，她也已经习惯了那样的生活，任天地广阔，再跳起来，也还是玻璃杯的高度，想改变十分不容易。

狄玥打开了梁桉一的电脑，如果不用电脑来学习和处理事情，她还真不知道能用来做点什么，她对着屏幕发了会儿怔，实在没得可看，便又去搜上次搜过的那几句歌词。

这次她查到了作词人，可奇怪的是，这作词人的歌词写得那样嚣张，为人却很低调，网上并没有太多这位作词人的相关信息，只有一个英文字母代称——L。

翻了许多，倒是从那位女歌星 Josefin 的报道里，找到一点关于 L 的只言片语——那是一份年代有些久远的视频，大约是 2007 年或者 2008 年的样子，地点大概是在港城。

视频里的 Josefin 有一头漂亮的卷发，红唇饱满，穿着赫本风的黑色连衣裙，同其他明星一起，姿态慵懒地靠在沙发里。

提起作词人 L 时，她笑得很灿烂。

那应该是一档很轻松的访谈类节目，主持人玩笑着问 Josefin：“L 不透露任何个人信息，也不在媒体面前出现，是不是因为本人形象很差？又矮又挫，肥头大耳？”

Josefin 马上摇头，环状耳饰随动作摆荡，她风情万种地开着玩笑：“少胡讲啊，L 很帅的，不露面是怕你们被迷倒喽！”

旁边的另一位女星笑道：“只有你见过，当然你说什么就是什么，真的长什么样子我们又不晓得。”

其他女星也随声附和。

Josefin 不满地用指尖敲敲桌子，反驳道：“比你上部戏的男主靓仔太多！”

字幕上显示的那部戏里的男主角是很有名的港城明星，连狄玥都听过他的名字。

所以视频里的那群人哄堂大笑：“真的假的？！”

“我说真的嘛！”Josefin 急了。

狄玥对着视频抿嘴笑了，觉得这位 Josefin 小姐一定对 L 很倾心，不然不会每次都那样急着反驳。原来那样明艳冷感的美女，心急护人时，居然也会流露出小女孩的神色，真是怪可爱的。

之后访谈节目里提及某歌曲走红校园，“校园”二字让狄玥想起一些正经事，她打开学校的网站，下载了一份退学审批表格，按附件里的要求大概填写了一点，弄完这些，她又去搜了搜各个城市的招聘信息。

之前在家里“禁足”时，她也大概看过一点，有几个城市她还挺喜欢的，其中一个，便是凉城。

凉城多雨天，也被人称为“雨城”，在她浏览凉城的相关信息时，梁桉一终于帮她打扫完了战场，从厨房里走出来。

看见梁桉一的身影，狄玥下意识地扣上电脑。

梁桉一抽了一张湿巾擦手，偏头看她：“愣什么神，过来晒晒太阳？”

看得出来，他更偏爱晴天，天气好时，他的话都会稍微多一些。

阳光很好，屋子里的空调开得够足，丝毫感受不到夏日的酷暑。

狄玥跟在梁桉一的身后，推着蒲团去阳台，挪动物品时，她不留心碰到竹席上的东西，那东西意外地发出一些悦耳的动静。

“是什么？”狄玥把那东西拿起来。

大体能看出来那是一种乐器，但具体是什么名称，她叫不上来。

梁桉一说那是卡林巴琴，以前他在非洲某处听过土著居民的演奏，觉得这琴声音不错，便一直记着。后来国内开始卖改良版的，换了个通俗些的叫法，称为拇指琴，做工也比较精良，他觉得挺有意思的，便买了一个回来。

这琴的演奏方式很简单，极容易上手，只需两根拇指就能弹一首曲子。

狄玥拿着卡林巴琴，她不识每个金属片代表的音符，便没有章法地瞎弹一气。

但梁桉一说的容易上手大概是真的，这小东西声音很美，像溶洞里落下的水滴砸进洼地，她随便弹几下，听起来居然也不刺耳。她不知道的是，梁桉一把她这段胡乱弹的曲调记住了，并且在后来，换作了他的手机来电铃声。

梁桉一问她有没有特别喜欢的曲子，狄玥摇头，想了想又说："过去音乐盒里的那个曲子是什么，挺好听的。"

黄昏时分，狄玥学了她人生的第一支卡林巴琴曲子——《致爱丽丝》。

她弹得不熟练，对节奏掌握得也不好，但好歹是个学霸，记忆还算不错，该去拨哪个金属片，总还算能记得一些。

梁桉一坐在她的身后，几乎把她环在怀里，他握着她的手，一段一段地把曲子教给她。

狄玥喜欢被他牵引的感觉，呼吸近在咫尺，她也总忍不住想起，他用几乎相同的姿势带她按动那台老式打字机的情景，又或者想起某个夜晚……

"拨动 3，然后该是 6、7、3……"

狄玥明明记得，可呼吸却乱了，指尖的动作也就跟着乱了，她连着拨错了两个音。

曲子不成调，梁桉一却在她的耳侧轻笑，像是听见了她比曲调乱得更离谱的心跳。

狄玥心虚了，总觉得他已经看出了她在想什么，于是她干脆丢下卡林巴琴，倒进梁桉一的怀里："不弹了。"

那真是一个太悠闲太放松的黄昏。

斜晖慢渡，天色渐暗，光影也渐渐地模糊，斑驳的植物痕迹，统统落在被夕阳染成橘色的墙体上。

他们像连体婴一样依偎在一起，梁桉一怜爱地抚着她的掌心，问她手掌的疤痕是怎么留下的。

狄玥有些犯困了，靠在他的肩膀上，迷迷糊糊地讲着："好像和你说过的，这是我用买书的钱买了零食被姑姑发现之前的事情了——"她打了个呵欠，蹭着梁桉一的胸膛，换了个更舒适的姿势，然后继续说下去，"我和继母出了门，那天下了好大的雨，我摔在泥坑里了，手掌划破后没能及时处理，后来发炎化脓啦，姑姑带我去医院，但是因为处理得有些晚，烂得太深，就留了疤痕。"

就是那天，她鬼迷心窍的，用买书的钱在医院外面的小商店买了零食，她挑选零食时看到两三个穿白大褂的人，她的心里咯噔一下，但又安慰自己，不一定就是姑姑认识的人，而且，就算是，他们也不一定会告诉姑姑的。

结果还是有人告状了，姑姑出来寻她，当着街上人的面，揪着她的耳朵把她拎回了医院。

"那天好丢脸的……"狄玥说。

梁桉一的脑海里闪过当时的画面，小狄玥把那些零食都塞进他父亲的手里，前一秒她还笑容灿烂地说请他父亲吃，结果她姑姑出现了，揪着她的耳朵，把人揪走了。

她当时一定觉得很糗，脸红得像秋天枝头上的柿子。

"狄玥，那天我在场。"那是他第一次见到狄玥，他不觉得她丢脸，反而觉得她像一轮小小的太阳。

那天的后来，梁桉一又说了什么，狄玥都不记得了，只记得晚晚天色里，梁桉一的身影被夕阳笼着，轮廓那样温柔，那样美好。

他的画已经画完了，就挂在客厅与阳台的衔接处，和那盆不再开花的玫瑰做了近邻。

橘色的光线下，像一尾淡红色的鱼，误闯此处。

听她絮絮叨叨地讲那些不算愉快的往事时，梁桉一始终与她十指相扣，偶尔感知到她的情绪，他便用拇指指腹安慰地抚几下她的手背。

于是那些关于狄家的烦心事、没把握的对抗、对往后独立生活的焦虑都散了，她得以在黄昏时分，同下跌的金乌一起，酣然地长眠一场，醒来时已经是月色如水的夜晚，梁桉一的手臂一直被她压着，而他正用单手敲着笔记本电脑。

狄玥早已经忘了她用人家的电脑都查过些什么，正睡眼惺忪地看着他。

“醒了？”

“嗯。”还不算清醒，恍惚间，她伸手去触碰梁桉一那被压了半天的手臂，想帮他捏捏揉揉，“是不是把你压麻了？”

梁桉一看了她一眼，用动作回答她。

他们在沙发里深吻，狄玥以为欲念上头时，男人都会不管不顾地继续，但梁桉一记得她没吃晚饭，于是他带着她出了门，并借了保安人员的电动车，载着她去拥堵的老城区兜风、觅食。

曾经有一段时间，狄玥坐在喧嚣的酒吧里，总也找不到快乐的理由，那时候她做过最差最差的打算，她想，如果实在撑不下去，就算了吧。

诗人海子那样才华横溢，15 岁参加高考，写得出“面朝大海、春暖花开”的句子，然而还是在 25 岁便卧轨自杀了，那时她那样颓丧，能有现在这样的际遇，已经是意外了，而这意外，有梁桉一的不少功劳。

夜风拂面，狄玥环着梁桉一的腰，忍不住问了一个逾越关系的问题：“梁桉一，你对别的女人也这样好吗？”

不知道他说的是不是真话，但真的很动听，他说：“从来没有过。”

那天他们在小吃街拥拥挤挤地排队，买那些被叫作“特色”，却在国内每个景点都有卖的小吃。

当然这一点狄玥是不知道的，她还以为上面写的“只此一家”都是真的，便不要钱般跟风挤进去，看哪家队伍排得长，她偏要去排哪家。

每每轮到她点时，梁桉一早已经把手机举到付款码前了：“吃什么，点。”

真是好快乐的盛夏夜晚。

即便不留心被蚊子在手肘上叮了一口，都无法影响她的好心情。

周围喧喧嚷嚷、人潮涌动，各类美食的气味混合在仲夏的夜色中，摊铺挂满灯牌晴虹，商贩架着喇叭吆喝，音量赛过槐树上栖息的夏蝉。

狄玥心满意足地举着轰炸鱿鱼和大鸡排，扭头喝梁桉一手里的冰沙，她嘴里含着满满一口冰沙时，他碰碰她的手肘。

因嘴里的冰沙太满，一时咽不下去，狄玥便鼓着腮帮子，用眼神询问：怎么了？

梁桉一指指头顶。

她顺着他的动作，仰头去看夜空：稀疏的星子隐匿在城市的灯光中，月亮不知为何，是粉红色的。

好美。

“梁桉一。”

“嗯？”

“今晚……继续？”

梁桉一轻笑：“嗯。”

狄玥的脸皮发烫，飘忽的目光落在不远处一家竹筒粽子上：“那你再请我吃个粽子吧，我得多吃点，补充体力。”

他笑得连肩膀都是抖的，被她不满地问：“笑什么，补充体力怎么了？”

“不怎么，补。”

梁桉一边笑边掏出手机：“还想吃什么，都买些。”

快乐总是短暂的，那之后一连几天，狄玥忙得没时间再去梁桉一那边。

她只身穿梭于校园里，忙着和导师沟通，忙着和学校沟通，忙着提交她的退学申请。

狄玥在这所大学里读了本科又读了研究生，也许因为校方惜才，也许因为她姓“狄”，总之，退学这件事不太容易，甚至都不用狄家人出面，反复地有人劝说她。

他们都觉得狄玥的成绩不错，考博士多努努力多半也不会有大问题，哪怕不考博士，现在退学也太可惜了。

那是有理想有抱负的人要去做的事情，狄玥没有那么宏大的目标，念完本科念研究生，念完研究生再念博士，这一切对她来说不是成就感，是西西弗斯的巨石，是一场对她而言的徒劳。

她只想活得轻松自在，或许，也可以奢望一点点快乐。

当然，她自己选的这条路未必好走。

人生本来也没有坦途，前方有无数的曲折，也许为了生活她将跌入泥潭，可那是她自己的选择，就算真的跌进泥潭里，就在里面欢快地打滚吧。

明明不太容易的，可狄玥总觉得，一切都在变好，不然她不会在这么多虚与委蛇中，连声气都没有叹过，反而隐隐地期待着。

继母得知狄玥要退学，气得要死，不过并没有像以往那般长篇大论地骂她、教育她，好像也没有给父亲打电话。

无论如何，祖父和父亲不久也要回到燕城，一场复杂的家庭大战，在所难免。

7 月的天气实在炎热，抱着材料在校园里走一走，就会满头汗水。

生活如在池沼中淌行，但狄玥仍有心情立足于人工湖旁，去观看荷花瓣上的一只红色蜻蜓。

她在这所大学里读书 6 年，从来没留意过，原来学校夏天时，还有如此美丽的一角：湖畔柳条袅袅，荷叶碧色连成一片，菡萏盛放，艺术系的校友抱着画架坐在树荫下画画。

狄玥用手机把这些拍下来，发给梁桉一，随处观察生活中的小美好这件事，是她跟着他学的。

可分享过之后，按亮屏幕两次，也不见他回复，隔了几分钟后，手机一振。

梁桉一终于回复她了——

想我了？

要是阴魂不散的杜卓航不来煞风景，就好了。

杜卓航又一次拦在她的面前，这次他堆了满眼的不解，问狄玥为什么不愿意和他结婚，问她为什么要退学。

“我确实不明白，我们明明可以有很好的未来。明年你也能考上沈教授的博士生，凭你、凭你们狄家，国外的重点项目沈教授多少也会让你参与一些，跟完这些项目再回国，我们都会被刮目相看……”

杜卓航口口声声地说着“我们”，好像同她很亲近一样。

他们都说那是很好很好的未来，可是有没有人问过她，那是不是她想要的未来。

可能刚联系过梁桉一，狄玥的心情很好，难得心平气和的，她认真地看着杜卓航，问：“你为什么想和我结婚？”

杜卓航张了张口，没说话，怎么能说出口呢？为什么结婚，当然是因为和她结婚最有利。

狄玥接着问：“你爱我吗？”

杜卓航似乎很诧异地看了她一眼，不知道是觉得她天真还是什么的。

“我如果要嫁人，一定要嫁一个非常爱我的。是不是所谓的成功人士都无所谓，什么教授副教授也不是我的评判标准，哪怕他小学文凭，我只希望他很爱我，非常爱我。”讲起这些时，狄玥的脑海里总能想到梁桉一。

想到他吃掉她那碗煳了的炸酱面；想到他抽一张湿纸巾帮她擦嘴；想到他吻吻她的额头，带她出去兜风吃饭……狄玥摇摇头，像要把杂念从脑海里甩出去。

她希望能说动杜卓航，让他们杜家主动放弃结亲家的想法。她需要杜卓航这个“助力”，所以她耐着性子，继续和杜卓航说，甚至都有点苦口婆心的意思了——

“我是真的要退学，如果不成功，我可能还要做些其他出格的事情。

“总有一天他们烦了，我会被祖父和父亲放弃，会变成弃子。

“你看，你和我结婚，真的没什么用的。”

杜卓航估计只听到了个“小学文凭”，脸都扭曲了，满眼写着：狄玥你疯了。

“狄玥。”

身后忽然有人叫她，那声音熟悉到，她几乎不敢相信，还以为自己出现了幻听。

转过头，果然看见梁桉一正朝这边走过来。

人工湖旁是一架拱形石桥，清风徐徐，梁桉一的眉眼含着笑意，两只手插在裤子口袋里，潇潇洒洒地自桥上踱步过来。他走到她身边，像是没看见杜卓航一样，旁若无人地揽住她的肩膀：“走了，吃晚饭去。”

这话把狄玥说蒙了，他们今天明明没有约过见面的。

“吃什么呀？”

梁桉一的语气很自然，问她要不要回家做个炸酱面。

就她那简陋的手艺，想不到还有人惦记。

这一幕实在太戏剧化了，不过狄玥觉得梁桉一出现得刚刚好，刚巧印证了她说的“还要做些其他出格的事情”，上次杜卓航不是还问，她上了谁的白色越野车，正好，让杜卓航见见车的主人，他能知难而退也是好的。

狄玥心里爽快，走出几步后，忍不住想回头去瞧瞧杜卓航的表情，但脖颈刚转动那么一丁点，梁桉一便凑到她的耳边：“走路，别回头。”

“怎么了？”

“也没怎么。”梁桉一看着前面的路，漫不经心似的回答，“你回头看他，我会吃醋。”

7 月中旬，关于狄玥退学的事情，在学校里已经传得沸沸扬扬的。

她以前性子沉闷、独来独往的，但在学校也还是稍有一些名气的，不是同学眼里那种很酷很扎眼的名，她的名，是老师们用“优秀”“努力”“勤奋”“上进”堆砌出来的榜样之名。

“人家狄玥啊，15 岁参加高考，是当年单科成绩第一进的咱们学校。”

“看看狄玥，不是在教室就是在图书馆，学学她那勤劳劲儿！”

“狄玥可比你们同届的都年龄小呢，成绩还那么稳定，你看看你们？”

…………

一个顶着这样名头的学生突然要退学，最让人好奇的莫过于原因。

传闻大多不可信。

狄玥自己也听过几个版本，和真实情况还真不怎么挨边儿，其中最离谱的，还是她在自习教室里亲耳听到的——

那天她用额头抵着桌沿，懒洋洋地趴在自习教室里给梁桉一发信息。几个女孩子坐在她前排的座位上，凑在一起小声地谈论她的事情。

她们说狄玥退学是因为被校外的男人给勾搭上了，还说那男人长得挺好，开着豪车，于是狄玥为爱奋不顾身，非要退学，和那男人去做生意。至于他开的什么豪车……那些女孩子说，可能是劳斯莱斯的幻影，又或者是全球限量版超跑呢！

她们得出的结论是：狄玥太傻，放着大好的前程不要，去谈什么不靠谱的恋爱。

其中一个女孩子叹息：“那些有钱人什么样的没见过，哪会真心喜欢校园里的小姑娘？

“图一时新鲜而已，过些天就腻了，到时候被甩了，学业也没完成，哭都没处哭的。”

这些传言里，自然也有杜卓航的一份“功劳”。

杜家人发觉情势不对，立马撤了，好几天都不到狄家串门了。杜卓航就更厉害了，整天一副郁郁寡欢的样子，人们便觉得，是狄玥辜负了他的感情。据说还有学妹心疼他，给他买奶茶安慰他。

相比之下，狄玥这边就有些凄凄惨惨的。

确定退学后，连导师都不爱理她，导师觉得她不求上进，而且被她连累得被狄家埋怨。

掰着手指数来数去，她居然如此伶仃，战友只有梁桉一一人。

女孩子们谈了很久，话题越跑越偏：

“真不知道那个狄玥是怎么想的，还不如选杜学长，怎么着也是沈教授带的博士生呢。”

“不过杜学长他……长得不太行。”

“我在食堂遇见过……”

几个姑娘的头凑在一起，捂着嘴吭哧吭哧地笑。

狄玥忍笑忍得辛苦，好不容易等到她们走了，才起身出门去找梁桉一。她在盛夏的阳光里一路小跑，跑到校门口才钻进梁桉一的车里。

梁桉一抽了一张纸巾，帮她抹去额前的汗水，她则迫不及待地，气息还未喘匀，就开始给他讲刚出炉的新鲜八卦：“我和你说……”

听她说完，梁桉一倒是没笑，他拧开饮料瓶的盖子把饮料递给她：“难过吗？”

“什么？”

狄玥反应了两秒，明白他是怕她受传闻所累，心里难过，可她有什么难过的，他们说的又不是真的。

狄玥接过饮料，在空调风里喝下几大口，舒适地叹气，然后和他开玩笑：“怎么办啊，梁桉一，白白地让你背了个骂名呢。”

梁桉一也笑："你开心就好。"

她顺着那些八卦开玩笑："那么，敢问梁老板，打算带着退学的我去哪里做生意呀？"

梁桉一本来正在发动车子，闻言，动作似乎稍顿顷刻，他瞥了她一眼，似是玩笑："我带你去哪儿，你就一定肯去吗？"

狄玥脸上的笑容一滞。

这些天除了乌烟瘴气的传闻，好消息也是有一桩的：她喜欢的那两座南方城市，都有心仪的岗位可以求职，两相比较，凉城是首选。

狄玥看过凉城那所私立学校的信息，学生们的课余活动特别丰富，现在需要一名课外活动老师，最好是擅长各种小实验，能带着学生们边玩边长知识。

这样的工作，她十分向往，蠢蠢欲动。

只是有一点，凉城是"雨城"，常年雨水丰沛。她是喜欢烟雨蒙蒙的南方小城，喜欢水汽弥漫后的万物朦胧。可如果去了凉城，和梁桉一大概就……

她在想什么呢？无论是不是"雨城"，只要离开燕城，她和梁桉一就结束了，没有人会坚持和上千公里外的女人保持这种联络，关系要怎样维系？难道让人家等上几个月才见一次？

那句"我带你去哪儿，你就一定肯去吗"的提问，狄玥没有回答。后来她换了其他的话题，问他后座上放着的纸箱是什么，梁桉一只答她说是快递。

下车拿东西时，狄玥的目光无意地落在快递箱的订单信息上，收件人那一栏，写了个字母——L。

当时她脑子装着的都是凉城，有些乱，只知道那个L是梁桉一的姓氏首字母，也并没往深处去想。后来再回忆时，她发现那天发生了不少事情，祖父和父亲也是那天回到燕城的。

下午狄玥一进门，便重重地挨了一耳光。父亲的力气实在是很大，她险些跌倒，扶着门框才堪堪站稳。耳朵里“滋啦滋啦”的，像小时候和外婆生活时，旧收音机信号不好时发出的杂音。

祖父撵走了家里的阿姨，拍着桌子大声地咆哮，先是骂狄玥，骂到最后又怪罪起父亲，怪他非要娶一个舞女回家，现在养个孩子也还是舞女的基因，他骂道:“狄家的脸，都被你们两个丢光了！”

父亲在客厅里走来走去，像随时会爆炸的炮筒，他当然是不肯认错的，但又不好反驳祖父，最后只能将炮口指向继母，说她没有教育好狄玥。

继母本来就有不满，愤恨地摔了果盘，她尖声叫着:“现在变成这样子，都要怪在我的头上？她又不是我生的！”

三个人吵成一团，那些声音和耳朵里的嗡鸣混在一起，狄玥靠着玄关，居然在想:如果自己真的聋了，一定要去请梁桉一当老师，要是能学会他的“读心术”，似乎也是能勉强度日的。

狄玥又被“禁足”了，套用祖父的话说，“与其让她出去丢脸，还不如就不要出去了”。

她背靠着自己的房门，给梁桉一发信息报告战况，顺便告诉他，这几天大概是不能见面了。

梁桉一的电话很快打了过来，她的耳鸣未消，于是换了只耳朵接听。

“家里人没为难你吧？”

“没有呀。”狄玥故作轻松，半句没提自己挨巴掌的事儿，“他们三个现在还吵着呢，在互相推卸责任。打的那些如意算盘都落空啦，估计不好受，我倒是没什么事儿，就是不太自由，这几天不去你那儿啦！”

梁桉一轻笑着：“闯了祸就不来了？”

“我闯了什么祸？”

他说那只被她得罪过的鸫，天天蹲在厨房窗外的护栏上伺机报复，但凡看见有人走过，就要在窗户上留下鸟屎，很凶的。

狄玥忍不住笑起来：“它怎么那么小心眼，到底要报复到什么时候！”

一门之隔，外面的声音忽地又高了些，连电话里的梁桉一都听见了，问她怎么了。

狄玥隔着门听了一会儿：“是我小姑姑来了，她就住对门，估计是来做和事佬的。”

狄玥的姑姑确实是来劝和的，以一人之力劝三个炮仗，也是够忙的：

“您别一直揪着哥不放，哥不也是被那个舞女给坑了嘛！

“哥你也是，埋怨嫂子有什么用？狄玥她的基因就是这样的，性格改不了，越长大只会越像那个舞女，性格也一样。

“我和你们说，这事儿早出了算好的，真要是嫁到杜家去，闹出这么一出出的，丢人就丢得更大了。

“她不就是要退学吗，干脆送她走好了。”

继母哭起来，抽抽噎噎地："就是的呀，真是不知道为什么要给一个舞女养孩子，天天劳心劳力的，还要遭埋怨，真是受够了。"

"嫂子说得对，当初我们就不该留她。你们金融里不是有个词叫'灰犀牛效应'吗，狄玥就是那个被我们忽视的风险，以后还指不定会给我们狄家丢多少脸，及时止损还是有必要的。对了，我听说她还和什么不正经的男人搅到一块去了？"

为了赶走她，连"灰犀牛""及时止损"都搬出来了，狄玥知道其实狄家人也没有更好的办法，她已经成年了，不可能关她一辈子。况且他们的思维方式就是这样，知道她以后不会乖乖地听话了，甚至会给狄家丢脸，就会觉得她是一块被病菌感染的皮肉，为了不让病毒扩散、蔓延，他们会把整块皮肉挖掉。这样想想，她大概很快就能如愿得到自由。

可真的去凉城吗？

家里有些乱，也不太方便聊什么，挂断电话前，狄玥下意识地叫他："梁桉一。"

"怎么了？"

"没、没什么。"说不上为什么，此刻心里乱乱的。

想见他。

狄家的亲戚之间住得近，出了这样影响名声的事情，大家纷纷都跑来劝说。

外面更乱了一些，"舞女"和"舞女留下的累赘"，狄玥已经听得腻了，她戴上耳机图个清静。

没想到临睡前梁桉一会再打电话来，和她说："来阳台。"

狄玥猛地从床上坐起来，打开阳台的门冲出去。

她住的这栋楼是老式格局，和学校的宿舍有些像，卧室里有一个小小的阳台，拴着一根晾衣绳，天气好时，可以出去晒衣服、晒被子。

晚风裹挟着未消的暑气，蝉鸣一阵又一阵，植被影影绰绰的，夜虫在扶扑灯光。

楼下空无一人，没看见梁桉一的身影，她有些小小失望，又抬头看了看几乎隐没在树梢里的月亮，问：“你不会是叫我看月色吧……”

话还没说完，有什么东西从楼下的露台闪出来，都不知道梁桉一是怎么说服楼下独居的爷爷，让他借用露台的。

他的手里拿着一只黄色的鸭子气球，气球飘飘悠悠地飞起来，攀升到她的面前，绳子上居然还系着一枝带露水的红色玫瑰。

狄玥很高兴，她趴在阳台上向下看，忍不住脱口而出：“你怎么知道我想见你？”

梁桉一向后一仰，将两只手臂架在阳台的护栏上，动了动缠着气球绳子的手指，那只黄色的鸭子也跟着摇晃起来。

他扬头浅笑：“读心术。”

那几天的“禁足”，好像没有想象中的漫长难挨。

梁桉一每晚都会来，每晚都会给狄玥带气球和玫瑰花。

“禁足”了一个星期，玻璃瓶子里的玫瑰花居然已经有了一小捧，散发着淡淡的清香。

狄玥趴在阳台的护栏上，她怕打扰到邻居，依然与梁桉一用手机通话。

楼下那家的老人端走了梁桉一冲泡的那壶茶，一抹衣角自她眼底一闪而过，她将手机贴在耳边，狄玥听见老人和梁桉一说："楼上那家子是笑面虎，势利刻薄，对他们家的姑娘，还是别太动心比较好。"

梁桉一在暗夜里垂头笑起来："老伯，我电话还没挂，那好歹是她的家人，你这样说，叫人家姑娘听见，像话吗？"

附近这几栋楼是早些年各学校分配的教师家属楼，住在这里的几乎都是老教师或者教师家属，卧虎藏龙得很，其中有很多教授或者副教授，也有许多高校退休的院长或副院长。

狄家人和小区里的很多邻居都走得很近，大家逢年过节互相串门，礼尚往来，唯独和楼下那位独居的老人并不来往。听说祖父早年曾尝试与人家接触，对方横眉冷对的，并没有给狄家任何面子。这事儿把祖父气得不轻，便再也没和人家走动过，在饭桌上偶尔提起时，也是一拍桌子，评价人家是"孤僻奇怪的老头子"。因此，狄玥以为楼下那位老人应该不太好相处。

但梁桉一却能安然地进人家的门，有时还和老人在小阳台上燔爇蚊香、摆桌品茶，为什么？

狄玥忍不住小声地问他，为什么楼下那位老爷爷肯天天放他进门？

梁桉一原本靠在楼下阳台的围栏上，听到她这样问，于是将手机举在耳侧，仰头望她，他难得表现出些许不自在，偏头无奈似的一笑。

这下狄玥就更好奇了：“说说嘛，梁桉一，你到底是怎么进去的？”

原来楼下独居的老爷爷是音乐专业退休，喜好有二：听琴声、品香茗。

早在上次狄玥被“禁足”时，梁桉一已经想过要来看她，他再三打听老人的喜好，虽然投其所好而来，仍吃了一顿闭门羹，但他每天换着乐器给老人家演奏，次次提来上好的茶。算算也有一个多月了，他拉了一回二胡，终于哄得老人家开心，和他结成了忘年交，对方才肯借阳台给他用。

明明精诚所至，金石为开，可他的眼里映着灯辉，笑称：“靠卖艺换的机会。”

霁月清风，梁桉一只需要这样一笑，便能磨平狄玥心里所有的焦灼，填充她不肯言说的孤独感。

这些天狄家人的态度转变得很快。最初，他们觉得狄玥的“不懂事”“不听话”“失去掌控”让他们棘手，当然，他们也不愿面对鸡飞蛋打的现实，以至于互相推脱埋怨。但他们终究是冷血而理智的，便渐渐地开始把狄玥从“能为狄家博得名声”的利器，重新判定成“会让狄家丢脸的毒瘤”。

家里平静下来，祖父、父亲和继母不再争吵了，三个人似乎达成了某种统一意见。

有亲朋过来做客，问起狄玥的情况，祖父都会叹气，然后和客人们讲，这些年他们也从来没亏待过狄玥，但人家孩子有自己的主意，他们做长辈的也没办法。讲完再叹一声气，语气似乎恳切：“有时候真的是不知道，孩子什么时候就学坏了，拉不回来喽！”

客人们深表同情，都觉得狄玥太不知好歹了。

继母同闺中密友打电话时，也会佯作无奈地说：“真的是没办法，毕竟是别人生的孩子，就像养不熟的白眼狼。”

所有人都在讨论狄玥的“不是”，只有梁桉一告诉她，任何人都会有委屈的时刻，但不必活在别人的言语中，他说人都是这样的，做不到人人喜欢，能自洽就好。

自洽。

狄玥点点头，表示她明白。

那晚飞来一只很大的蝉，吓得狄玥差点将手机扔到楼下。

梁桉一靠在楼下笑话她，问她：“就你这样的胆子，还想当自然科学老师？”

狄玥反驳：“我简历投的是课外活动老师！”

电话那头的人顿了几秒，没发出任何声音，梁桉一只隔着月色，凝眸看着她，他并没有问她是哪所学校，可狄玥总觉得，梁桉一知晓些什么。

那天挂断电话前，梁桉一居然叹了口气。

狄玥有些纳闷：“怎么，你被我祖父传染了吗，跟着叹什么气？”

他说：“想抱你。”

和狄家人第一次谈判，在7月23日那天。

农历大暑，狄玥清早起床时，却下了几滴雨。

天色闷沉，她与狄家人坐在客厅。

起先他们谁都没说话，狄玥捋着思路，脑子里反复闪过梁桉一的话，昨晚通话时，他叫她不要急，积微成大、陟遐自迩。

但明显有人比她急多了，祖父和父亲显然已经不愿再对一枚“弃子”多费口舌，所以这次，是由继母开口：“狄玥，是这样，我们想过了，你既然有自己的打算，我们不拦着你。之前你惹出来的那些麻烦，我们也既往不咎。只是狄家这么多年对你，还是很好的，你说对吧？”

糖衣炮弹而已，狄玥知道，在这些天里，他们一定估计过她大致的财务状况。

她自己也盘算过，这些年的奖学金、各类比赛的奖金，以及以这些为本金存款所生得的利息。即便从本科开始她的学杂费都由她自己出，但在她几乎为零的娱乐花销和慎重的节省下，她攒下来的钱还是挺多的，七七八八地加起来，手里差不多有二十多万的余钱。

既然家庭不再干预，学校那边的退学申请也终于进入流程了，只等审批，那是时候该准备离开了。

她已经向凉城投去了简历，也计算过那边的生活开销。

一个月两千块左右的房租，等工作确定下来，她先付一年的房租，再加上一些生活开销，狄玥打算给自己留五万块，剩下的钱，都给狄家人。

看得出来，继母对她的决定还算满意，这次谈判也就比较顺利。

这大概是这么多年来，狄玥做过的最大的决定，她还以为自己晚上会因此而失眠，但却没有，她睡得不错。

只是入睡前听了 Josefin 的歌，于是那位明艳的女星，也就入梦而来……

梦里 Josefin 的环状耳环晃动着，上一刻她还笑靥如花，听到旁人质疑 L 的相貌，她突然就蹙起了眉毛。

她做过养护的指甲，底油是健康的淡粉色，她的指尖不满地敲在桌面上，急促的“哒哒哒”声引得那些人回头。

Josefin 说：“我说真的嘛！”

那应该都是访谈节目里的片段，可在梦里，狄玥坐在主持人的位置，Josefin 急急地同她讲：“真的很靓仔的，不然我叫 L 来给你们看啊。”

一袭丝绒帘子被掀开了，梁桉一从后面款款地走出来，他两只手插在裤子口袋里，脸上带着淡淡的笑意，他的目光是看向 Josefin 的。

Josefin 很得意，跑过去挽住梁桉一的手臂，扭头对狄玥说：“你看，我说他很靓仔，没骗你们吧？”

狄玥自梦中惊醒，猛然从床上坐起来。

睡前手机被她压在枕头下面了，忘记摘掉的耳机，这会儿被扯得耷落在她的肩头上。

在此之前，狄玥从未想过梁桉一和 L 会有什么关联，可梦中的幻境未必是假的，仔细想想，是她忽略了，梁桉一的快递盒上不是明明白白地写着，收件人是 L？

同样的称呼，同样是作词人，这未免也太过巧合了。

前些天看那条视频时，狄玥还在偷笑，觉得 Josefin 和 L 一定有些什么情愫，不然她怎么会在人前那样护着他。此刻想来，她却笑不出来了。

她甚至恍然想到，梁桉一在吸引人的注意力时，也习惯用指尖轻敲桌面，只不过他敲得缓慢，给人一种从容不迫的感觉。不像Josefin，又急又快地敲下去，先暴露了心事。

狄玥把手探到枕头下，翻出手机，按亮屏幕想了想，又锁屏放下。

这样的关系，梁桉一是不是L，又或者，他是否和出色的女星有过一段情，其实都同她没什么关系。

应该是没关系的。

只是此刻狄玥睡意全消，心里翻江倒海着难以平复的闷。

再次解锁手机屏幕，她忍不住想要去搜索L的相关消息，却意外地看见邮箱APP的右上角静静地躺着红色的“1”——是凉城那所学校的回复，邮件里说希望狄玥这个月月底去参加笔试和面试。

这是好消息，她应该高兴的，可心里总有什么东西在扯着她，让她有一种哭笑不得的摇摆。

何堪最长夜，俱作独眠人。

狄玥彻底失眠了，她握着手机在卧室里转，最后转去了小阳台。

街道阒无一人，灯火顿歇，楼下阳台栏杆上拴着一只黄色的鸭子氢气球，随夜风摇摇晃晃的。她想起梁桉一今晚让氢气球带着玫瑰花飘上来时，她得寸进尺地趴在栏杆上问人家：“为什么每天都是黄色鸭子，没有别的动物卖吗？”

梁桉一问：“你喜欢什么动物？”

做了近20年的提线木偶，狄玥哪里有自己的偏好，想来想去的，觉得小兔子还蛮可爱，白白净净的，还有两只大耳朵。

她问梁桉一："这种气球有小兔子的吗？"

梁桉一说："没有。"顿了顿，又问她，"喜欢兔子？"

"还挺喜欢的。"

于是那懒洋洋地靠在楼下的人，举起两根手指，比了个"耶"的手势放在自己的头顶，面无表情地问她："喜欢吗？"

这一夜无心睡眠。

过去狄玥设想，有朝一日她得以脱身，不用再做不知劳累的机器人，不用再扮演提线木偶，她会不会高兴得彻夜难眠？

确实难眠，但好像也并不都是因为获得自由。明明未来已经掌握在她自己的手里，有太多事情等着她亲自操劳决策，一切都在向着她想要的那个方向进行……

可就像头顶悬着一柄达摩克利斯之剑，让她不安地怀疑，真的是"一切"吗？

狄玥坐在寂静的长夜里，月色溶溶，窗台上那瓶红玫瑰即将凋零，她反反复复地在思量着的，是梁桉一、L 和 Josefin。

要多熟稔、要在一起生活多久，才能沾染上对方的习性？才能在无意间用他惯用的动作，去表达自己的情绪？还是说，原本那样用指尖敲桌子，就是 Josefin 的习惯，被影响的是梁桉一？梁桉一是否也送过玫瑰花给她？

想来，Josefin 那样明艳，红色玫瑰应该与她十分相称。

像蚂蚁在啃噬五脏六腑，她辗转反侧，难以安生。

在网上搜索两个人的名字，几乎什么都找不到，她翻看良久，才从成堆的明星八卦中，找到早年间的一则报道。

报道只寥寥一句“Josefin疑似恋情曝光”，连图片都模糊不清。要把图片调大去审视，才分辨得出其中糊成一片的是男女挽臂而行的背影。

只是媒体为博热度的捕风捉影而已，图片里人物的身高体型统统看不出，也没人说那个背影就是L，但狄玥看完后，仍然怅然若失。

毕竟耳濡目染了狄家的风范，隔天起床时，狄玥已然摒弃了那些杂念，她像失忆了一般，开始专心地收拾行囊，准备步入新的生活。

她在这间卧室生活了将近20年，真正能带走的东西，收来收去却也只有那么一丁点：

书籍都是学科类的，没必要再拿；衣服也寥寥无几，上本科之前，她几乎将校服焊在身上，一直到上了大学，她才有几件自己的衣服，那些衣服没什么时尚潮流之感，只能说整洁干净；至于被褥行囊就算了，到凉城再重新置办吧；奖状、证书这些还是要带走的，到凉城入职也许能用得上……

狄玥有信心通过凉城那边的笔试、面试，但她也做过最坏的打算——她做过功课了，如果没能顺利入职，她可以试试其他教育领域的工作。

她想，去了凉城应该就不会再回来了。

像是故意忽略那些赌气、别扭和纠结，狄玥给自己的理由是：来回折腾，机票、车票也是一笔开销，自己现在还没有收入，凡事都要节省些才好。

东西收拾得差不多时，梁桉一打来了电话，问她今天是否还在“禁足”。

“不不不，我今天，又‘出狱’啦！”

尽管她的语气轻快，梁桉一还是品出了她藏在那份轻松之后的低落，他沉吟片刻：“东西收拾好了？我来接你。”

狄玥原本的计划是找个酒店暂时落脚，她一时被他问蒙了：“接我去哪儿？”

“我家。”

“可是……”

去梁桉一家当然更安全也更方便，他竟然愿意揽这么大个麻烦，狄玥将最后一沓奖状塞进行李箱里，单膝跪压在箱体上，然后去拉拉链：“你不怕我住下来，以后赖着不走？”

梁桉一说：“倒是希望。”

这句话被拉链“滋啦——”的长声遮藏住了，狄玥没听见，她举着手机说：“你说什么？哦，对了，梁桉一，我还要先去一趟银行，得取些现金才行。”

“陪你一起。”

梁桉一的车子很快停到楼下，狄玥在狄家三双冷眼的旁观中下楼，上了他的车，然后由梁桉一陪同，去银行取出 20 万现金。

狄玥抱着装满钱的帆布袋，像暴发户一样。

梁桉一边开车边问：“舍得都送出去？”

她摸摸最上面的两沓钱，道：“是有那么一点不舍得，不过这些不重要，都是身外之物。况且，死守着固有资产生活是不行的，我有学习的能力，将来也会有赚钱的能力，这就够了。”

梁桉一空出一只手，比了个大拇指给她。

狄玥的眼里闪动着光，她傲气地扬起下颌："我不是逃离、不是隐遁，我是要开垦一片自己喜欢的新天地，创一个我乐意为之赴汤蹈火的新世界给自己。"

红灯，车子徐徐地停下。

梁桉一侧身看着她，然后靠过去，托住她的下颌吻她。

他说："狄玥，你可以的。"

这天是 7 月 24 日，距离谈判才过去不到 24 小时。

狄玥抱着现金回到狄家，把帆布袋放在客厅的茶几上，然后去拿了自己的小行李箱。祖父、父亲和继母都在，但他们始终沉默着。

狄玥走上前，站在客厅里，向他们深深地鞠下一躬："感谢你们的多年照顾，保重身体。"

既然她不能成为谢庭兰玉，光耀狄家门楣，无论她说了什么，狄家三个人的表情都如出一辙，目光都是那样的冷漠且不耐烦。

如果其他家庭的孩子想要离开家里，家里的亲人会是什么反应呢？

狄家人虽是血缘亲人，却几乎没有亲情可言，即便如此，她也不愿不仁不义。

无论这些年是否过得开心，是否对她的家人失望过，有一点她总不能否认：强压之下，她确实也获得了一些可以受益终身的能力。

谢谢，再见。

狄玥提着行李箱走出狄家的门，迈出最后一步时才发现，这些天她真的很累，身心困顿，像是被抽光了所有的力气，恨不能立即躺下，疲惫地抬起眼睛时，她发现梁桉一正立在楼梯转角处。

老旧楼道里又阴又冷，只有一扇不大的、窗台积满灰尘的窗户，有阳光从窗户洒入，他就站在光线处，带着光晕走过来，抬手揉揉她的头发，接过行李箱。

梁桉一拉着她的手，温声地说："走了。"

狄玥点点头："嗯。"

她跟着他走出阴冷的楼道，迈进7月的暖阳中。

那天晚上梁桉一亲自下厨，做了一顿丰盛的晚饭。

他做饭时，狄玥搬了一张椅子坐在厨房里，美其名曰观摩学习，其实是她不想独处，但她又不老实，于是走到窗边去招惹那只伺机报复的鸫。

结果，倒霉的还是梁桉一家的窗子。

惹完祸，狄玥无辜地扭头，恶人先告状："这小破鸟脾气真的好大！"

完全忘了自己刚才把手拢在颊侧，主动挑起战争，对着人家鸫鸟无声地"略略略"时的幼稚模样。

天气不错，夜风微凉。

他们把食物搬到楼上露台去吃。

梁桉一的手艺很好，玉盘珍馐，一直恹恹的打不起精神的狄玥，都觉得食指大动，忍不住先动筷子，夹起一块牛肉粒来尝。

好香。

梁桉一去拿了一瓶香槟，边走边把香槟倾入杯中，他走到她的面前，递给狄玥一杯，水晶杯壁相碰，发出清脆的"叮"声。

他说："祝贺你新生。"

喝了香槟之后又喝了红酒，白日短短但黑夜漫长，他们借着酒意相拥、激吻。

卧室的空调风吹不散热望，他们汗涔涔地钻进浴室……

在朦胧的水汽中，狄玥忍不住仰首，恍惚间，看见一盏昏黄如月的灯。

那是 7 月的最后几天。

狄玥住在梁桉一的家里，和他一起去超市买菜，回来之后对着手机视频研究半天，拿梁桉一的味觉做实验。

她终于学会了几道拿手菜，起码能掌握简单的番茄炒蛋、醋熘白菜、炒土豆丝了。

做不好的时候也有，梁桉一家那口漂亮的锅子几乎被她烧漏了，她将排骨烧成碳，油烟机都抽不净满屋的焦味。

狄玥很是心虚，但梁桉一对锅子丝毫不心疼，只夸她的醋熘白菜："行，到那边估计饿不死了。"

他说"到那边"，她心里一惊，因为她并没有和梁桉一提起过要去的学校在哪座城市。

两个人的午餐，只吃醋熘白菜到底是寒酸了些，梁桉一翻出虾仁，做了滑蛋虾仁，又煮了一锅番茄汤。

狄玥记得，滑蛋虾仁是她第一次来时，他做给她充饥的菜，也许最原始的心动，就在那顿饭中，也许更早。

虾仁入口，狄玥突然状似轻松地问："梁桉一，你是不是那个作词人 L？"

梁桉一的反应很快："看见快递的收件人了？"

"嗯。"狄玥喝着汤，"当时没想那么多，后来才反应过来的。"

他并未像她想象中那样排斥这个话题，只说那些以L之名创作的歌词都是比较早期的："那时候心态不太好，写得丧，你还是少听些。"

狄玥点头，很多她以为层层压在心底最深处的话，也顺口而出："那你认识Josefin？"

不该问的，可能是她的醋熘白菜放油放多了吧，话到嘴边收也收不住，只能滑出来。

这次梁桉一垂下眼睛，语气很淡："认识。"

就像他不喜欢谈论雨天，而这个"不喜欢"中，一定有狄玥不知道的羁绊。普通的"认识"也不会是这样的语气，这个"认识"间，也有更深的羁绊，只是他，不愿对她说。

那柄达摩克利斯之剑终于落下了，味觉被斩断，番茄汤和滑蛋虾仁突然食之无味。

吃过饭，狄玥坐在梁桉一的身边，沉默地摆弄手机。

梁桉一偏头看了她片刻，问："在看什么？"

这次狄玥没有隐瞒。

她把手机拿给他看："我是在对比，去凉城的机票和火车票，哪个会便宜些。"

SOUL MATE

第五章

–

致爱丽丝

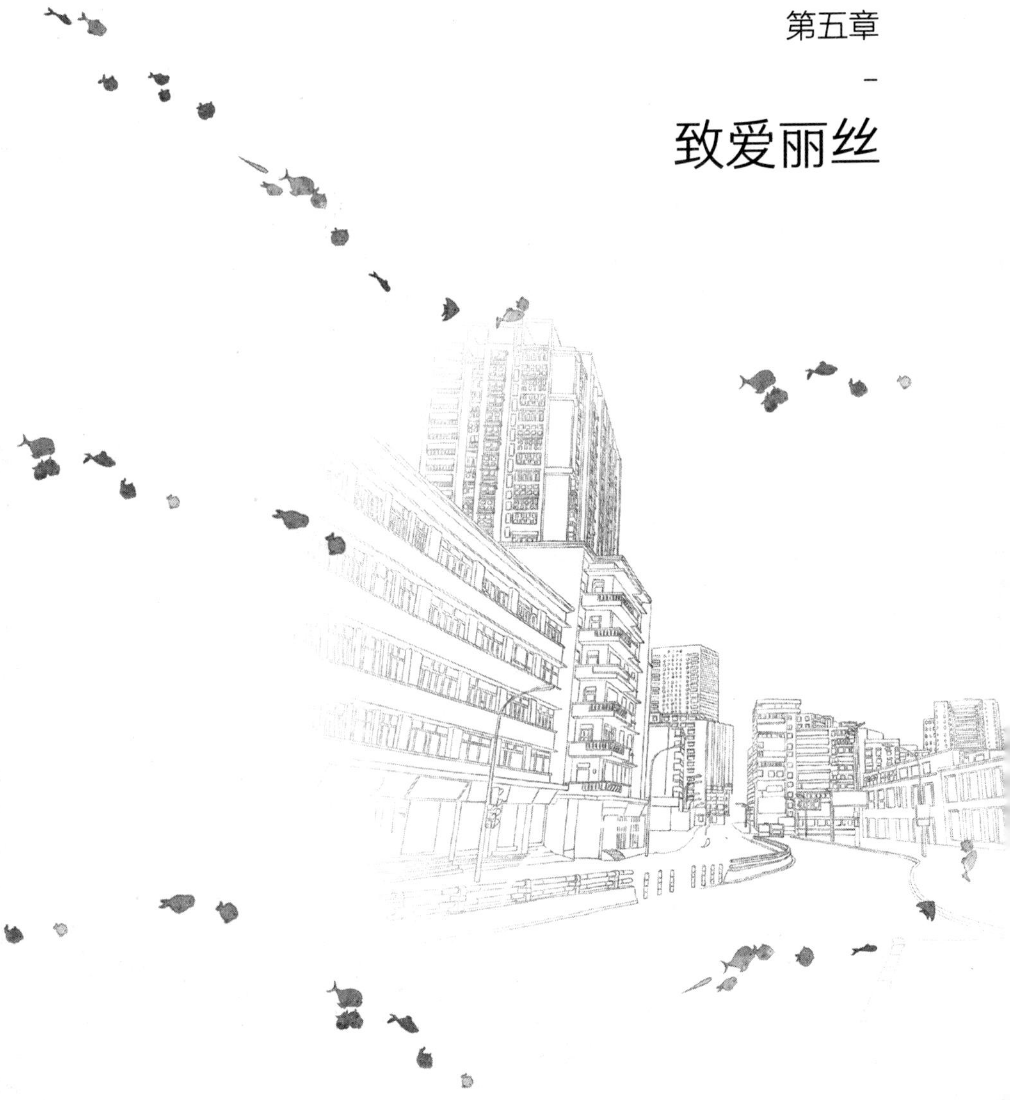

2015.3 西雅图

双桥岛上的这家酒店，是唐良见过狄玥后，才拨电话帮他们订的。

时间太过紧急，尽管和对方沟通时，唐良反复央告，酒店的服务人员还是满怀歉意地表示，余房有限，环境上容不得精挑细选。

最终留给狄玥与梁桉一的这间，屋子还算宽敞，只是位置处于背阴面，赶上阴雨夜，显得有些冷峭。

进门后，梁桉一关上窗子，调试空调风。

空调是节能型的，风力不大。他估计着要吹一会儿，才能驱散室内的潮寒，于是便扭头问狄玥，要不要先去洗个热水澡。

狄玥没吭声，她根本没听到梁桉一的话。

先前在街上，她说今晚可能会睡不着，是真的，那些被颠覆的思维，还盘根错节地印在脑海里，矛盾纷纷，乱成一团“克里普托斯密码”。

据说“克里普托斯”是世界上最难破译的密码，还上过未解之谜的节目，被主持人们用夸张的表情描述，说它历经二十几年，至今仍无人能解开。

可眼下她面临的情况就很好分析吗？明明比密码更难破译……梁桉一怎么会是第一次对女孩心动呢？他在感情里那样游刃有余，明明就是情场老手的表现啊？

不是不信任，只是……

相比之下她的心动也菜鸟太多了吧！

去年狄玥离开燕城那天，梁桉一送她到机场。

分别时，狄玥第一次主动地吻了他，然后潇洒地挥手："有机会再见啦！"

那天的洒脱全都是她拼命装出来的，连那一抹漫不经心的笑，她都在心里反复地排练，她紧捏着机票不敢回头，生怕转身时看到的，是梁桉一漠然离去的背影。

当时狄玥心里所想，不过是希望给他们的关系画上一个较为完美的句号。

新生活已经开始了，无论如何，她不可能因为梁桉一而留在燕城，梁桉一也绝不会为了她去凉城，她想留一个好印象给他。

当然，私心里也期待过，将来能有重逢的机会。

空调的暖风拂面，吹动发丝，狄玥站在酒店房间里无知无觉的，直到靠在旁边的梁桉一用指尖敲了敲桌面，她才回过神来。

她把思绪从 2014 年拽回来，满眼的茫然："你刚才，有说什么吗？"

梁桉一戏谑地说："邀你一起沐浴，你没理我。"

话虽然这样讲，但这座房间浴室的空间有限，莲蓬头的水流也不算充沛，只能容纳一人使用，梁桉一担心热水不足，便让狄玥先去洗漱。

她恍惚地走进浴室，半个小时后，又恍惚地走出来。路过梁桉一身边时，踩了他一脚，连她自己都没有察觉到。

狄玥频频地走神，她吹干头发，把关掉的吹风机捏在手里好半天，也忘记了去拔掉电源。

过去她一直认为，自己才是先心动的那个……

手机接连振了两下，是同事发来的消息，给她看新校区的装修进度。

西雅图和凉城的时差足有十几个小时，凉城那边应该是下午，照片里阳光明媚地洒落，刚粉刷过的墙壁白得晃眼，地面的瓷砖也亮亮的。

同事很快乐地说，凉城居然有晴天了，新办公室的采光超好的，她已经想好了要在窗台上养什么植物。

狄玥机械地回复："很棒。"

但她脑子里在想的却是——现在他们是男女朋友，过去怕逾越畦町而没问出口的问题，是不是现在，她可以稍微问上一句？

梁桉一从浴室里出来时，狄玥正愣愣地盯着手机。

他走到床边，拔掉吹风机的电源线，帮她收好，然后拄着床垫靠近狄玥。

以为他是想看同事发来的照片，狄玥把手机往前送了送，可梁桉一停在咫尺处，偏头吻她，惹得她的呼吸淆乱，然后他才认真地凝视着她说："走神一晚上了，看来冤枉我的事情，还不止一两件？"

他钩钩手指，叫她过去，说给你讲个睡前故事，听完快睡觉，别熬了。明儿让唐良请客，吃阿拉斯加大螃蟹。

窗外有棵不知名的树，叶冠葳蕤茂密，几乎遮住了半扇窗户。

零星的雨滴挂在叶片上，随晚风颤巍巍地晃动，实在敌不过，那晶莹便坠下去几颗。

这是他们出国旅行多天，住得最简陋的房间，但在这间房里，梁桉一第一次同狄玥讲起关于他自己的事情——

3 岁时，梁桉一同父亲母亲出去逛街，在街上遇见一个抱着乐器的男人。那时候家家户户听音乐还用录音机播放磁带，连 VCD 都未正式进入国内市场，很少有人见过尤克里里这种乐器，那东西的模样看起来像是缩小版的吉他，大家觉得新奇，渐渐地人群越围越多。

过去人们都爱凑热闹，父母也带着梁桉一挤进去，看那个男人边拨动琴弦，边和围到身边的人介绍他手里的乐器。

地上用石头压着一沓简陋的宣传单，上面印了“特价”“惊喜”这类夸张的大字。

原来那男人和朋友合资开了音乐教室，没什么生意，所以出来做宣传。

父亲见梁桉一盯着乐器听得入迷，便拿了一张宣传单回去，父亲母亲商量后，觉得音乐课的学费也不是很贵，况且孩子又喜欢，就给梁桉一报了音乐课。

梁桉一本来是要学习尤克里里的，但他的启蒙老师发现，梁桉一居然有绝对音感，且他很有音乐天赋。所以启蒙老师找到梁桉一的父母，和他们商量再补一点点钱，把梁桉一的尤克里里课，调换成了钢琴课。

听起来有点像培训机构的赚钱套路，但梁桉一确实是因此才慢慢地走进音乐行业的。

梁桉一稍微大了一些，开始自己写曲子和歌词，音乐老师偶然间见过他的作品，觉得他的作品很有灵气，于是鼓励他把曲子和歌词寄给不同的唱片公司试试。

最开始寄出去的东西都杳无音信，梁桉一说，那时候他的状态不是特别好，写出来的东西个人情感比较重，不符合当时的潮流。

幸运的是，后来有家唱片公司在扶持新人，因为那位女歌手的定位不是小家碧玉，公司为她量身定做的歌都比较有个性。所以有人来联系梁桉一，推荐他作词，而作曲人则选了唐良。

唐良很厉害，父亲是一位优秀的音乐家，他从小就对旋律敏感，很有灵气。

狄玥愣了愣："可是 Josefin 的作曲人，不是叫 lily 么……"

她一直以为是个女孩子的。

梁桉一忽然笑了："lily 就是唐良，他神经病。"

梁桉一以"L"之名在业界出名那年 18 岁。lily，也就是唐良，21 岁。

"好年轻。"狄玥感叹，这群人也太厉害了，她顺便问，"那 Josefin 多大？"

"和我们差不多吧？不太清楚。"

聊天气氛很轻松，于是她那只戴着钻戒的手，掐上他的手臂："你怎么会不清楚？"

“我和 Josefin 不算熟。”梁桉一的眉心微微地蹙起，似乎是在冗长的回忆中搜寻某种印象，片刻后，他说，“Josefin 的性格太过外向，有点吵，和唐良凑在一起像哼哈二将，吵得人不得安生，实在很影响效率。”

而作词需要安静些的环境，所以除了必要的工作接洽，他都在自己的住处写歌词。私下里，梁桉一倒是和 Josefin 吃过几次饭，多半是消夜，而且大多是唐良组织的。那时候三个年轻人刚因为 Josefin 的走红而赚到第一桶金，唐良是有点喜欢 Josefin 的，年轻时又比较羞涩，每次吃饭都千拜托万拜托，要梁桉一一定来和他们一起吃饭。

但通常梁桉一有歌词没写完，或是中途有了什么灵感，会突然起身，提前离席也是常有的事情。

狄玥眨眨眼睛，和她在一起时，梁桉一明明很有耐心，也很成熟。

当她站在人生的分岔路口，差点就要走不下去时，是梁桉一和他的 7011，做了她最大的后盾。很难想象，过去的梁桉一是那样的性格。难怪唐良评价梁桉一不浪漫，说他会孤寡一辈子。

“下次吃醋了直说。”

“什……我没有！”

谁吃醋了，她不过是问了一句“你怎么会不清楚”。

梁桉一揉揉狄玥的头发，语气有些无奈：“和别人比，我只是对情绪稍微敏感些，没那么厉害，并不是每次都能猜得准，以后有什么觉得心里不舒服的事情，不要自己憋着，问我就好。”

狄玥嘟嘟囔囔的：“明明就很厉害，这不是又猜中了嘛！”

“厉害在哪儿？”梁桉一逗她，“我隔了半年才想明白，你就吃了半年的醋，不难受？”

狄玥的脸红了，但还死不承认：“我说没吃就是没吃！”

梁桉一按亮狄玥的手机看了一眼时间，夜里2点钟，他把手机放到床头，揽着她的肩膀，倒进床里：“今天先讲到这儿？”

其实狄玥不困且意犹未尽，她想了想，决定用激将法，说她的事情他几乎都知道，但他的事情，她知道的还没有唐良多。

但好像没什么作用，梁桉一是这样回答的：“睡觉，明天继续。”

狄玥亮着一双眼睛，却怎么也睡不着，在他身边窸窸窣窣地翻来覆去。

隔了几分钟，梁桉一问：“确定不睡？”

空调风早已吹暖了这方空间，卧室的灯熄灭了，狄玥忽然抓住梁桉一的手臂，同他说：“我也不是一直在权衡利弊的，我、我其实……”

她想告诉梁桉一，她其实心动得很早，她也想过和他有未来……可是那时她刚从象牙塔里闯出来，总觉得自己羽翼未丰，她不够自信又死要面子，明明不懂怎样去喜欢去爱，反而还要遮遮掩掩的，生怕被看穿了。

梁桉一像是知道她要说什么，同她额头相抵，温柔地吻她。

他的声音缱绻又富有煽惑性，他说：“感觉到了。”

凌晨时，外面淅淅沥沥的，又下起了小雨。

春雨簌簌，狄玥困倦地蜷在梁桉一的怀里，迷迷糊糊地叮嘱：“明天要继续给我讲哦。”

在南方生活了半年，她受周围人的影响，讲话时偶尔会带一点凉城方言的软语，像撒娇似的。

梁桉一好笑地“嗯”了一声，算是应下了。

怀里的人闭着眼睛，还在哼唧，居然仗着自己那点不能称之为经验的经验，开启睡前小课堂，说教起来：她说关于他的事情，她知道得实在太少了，这样难免会有误会。就算冤枉了他，也不能全都算是她的过错。让梁桉一以后多讲些自己的事情给她听，好增进彼此的了解，要互相了解，才能、才能……

狄玥的嗓子有些哑，说不上是因为熬夜，还是因为方才的情动，她的声音很小，说着说着就忘了词，干咽了一下嗓子，皱起眉头继续寻找思绪。

梁桉一又吻她，他有些含糊地呢喃：“我不够了解你吗？”

狄玥睁开眼睛，没什么威慑力地瞪人，瞪完，又继续道：“我的事情你全部都知道，但……”

“也没有全部吧。”

狄玥很是不满，她说：“梁桉一你忘了吗，2014 年时我就给你讲过我的事情了，从小到大，几乎每一桩事情，我都讲给你听的……”

“以后我也讲给你听。”

梁桉一在黑暗中伸出手，抚抚她的面颊，问他不知道的那部分：“什么时候学会修灯的？”

“到凉城，刚搬进出租房那会儿。”

到凉城独自生活的那几个月，狄玥学会了很多，连在梁桉一家烧焦过两次的红烧排骨，她现在也能做得很不错。同事们去她家里蹭饭时，都会竖起大拇指，对她做的菜赞不绝口。

换灯泡、通下水管，还有很多生活技能，她都渐渐地掌握了。那阵子她虽然很想念梁桉一，可那种“我有能力可以过好生活”的满足感、成就感，以及脱离了狄家之后，能够成功“独立行走”的快乐，是恋爱所不能代替的。

那是一种，无可取代的底气。

雨滴细细密密地落在玻璃上，像催眠音。

太困了，狄玥的思维逐渐混沌起来，她迷迷糊糊地说：“可是梁桉一，我那时候以为，你一定很快就会把我忘记了……”

真正睡着前，她意识模糊地听见梁桉一说，忘记她太难，做不到。

狄玥心满意足地，挣扎着扯起一抹笑容，算是回应。他大概还说了一句什么，似乎是说分开那几个月他并没有无所事事，也在做一些尝试和改变……

狄玥没听完，大脑停止了思考，忽地陷入睡眠中，沉沉地睡去。

再醒来时已经是早晨 8 点钟，她隐隐地听见梁桉一在同谁讲电话。

狄玥把头钻出被子去看——也许怕吵到她，梁桉一已经拿着手机站得很远了，但酒店房间就这么大，他身上也只不过松松地拢着一件睡袍，总不能出去接听电话吧。

隔着几米远的距离，她听见唐良的声音从手机里传出来，那人大声地问梁桉一：“外面又下雨了，我说，这天气你能行吗？咱们今天还出门吗？”

“出门。”梁桉一的手里把玩着酒店意见簿上的一支圆珠笔，唇角含着笑意，“带狄玥去西雅图转转，然后吃阿拉斯加螃蟹，你请客。”

西雅图的雨季比凉城还长，乌云成片，层层叠叠地压着天幕，给人一种很沉很闷的感觉。

狄玥想说，不出门也行，这天气连她都有些难以招架，忍不住犯懒，何况是原本就讨厌雨天的梁桉一。可她抬起眼睛，窗台上不知道什么时候飞来了一只黑色的鸟，眼睛很亮，正歪头瞧着她。

陈年记忆突然复苏，狄玥钻回被子里：“不好了，梁桉一，那只鸫追到西雅图来了！”

结果是她认错了，一朝被蛇咬，十年怕井绳。那根本不是什么鸫，只是一只羽毛油亮的乌鸦。

梁桉一笑她：“想要当自然科学老师的人，连乌鸦都不认识？”

狄玥没好意思告诉梁桉一，她有个真正做自然科学老师的同事，有一次她瞧见人家备课，便好奇地凑过去，结果那老师在查资料做PPT，电脑页面上停着一张蚂蚁的高清巨幅图片。

那豪横的模样，甚为恐怖，她差点当场尖叫。

刷牙时，梁桉一叫的早餐送到了。

他说上午得先带唐良去挑戒指，不会太早吃午饭，怕她饿，叫她吃点奶酪和面包，先垫垫肚子。

这趟西雅图之旅，已经颠覆了她的不少认知。

狄玥含着牙膏反思，然后扭过头，口齿不清地对梁桉一说：“我知道我为什么一直觉得你有感情经历了，你太老练了，好像照顾过很多人似的。”

梁桉一挑起眉毛："不是老练。"

"嗯？"她吐掉牙膏，"那是什么？"

他说，那是他忍不住的心动，发乎于情的爱。

狄玥拎着牙刷站在洗手间里，沉默了两秒，道："你看，你说情话就是很老练啊！"

没过多久，唐良开着车子来接梁桉一和狄玥，到港口后，他们又换乘摆渡船。

天街小雨，梁桉一和狄玥共同撑着一把雨伞，跟着唐良，由他带领着去逛派克集市、去看一家很古老的剧院，以及非常重口味的知名景色——"口香糖墙"。

狄玥刚巧在这时收到了同事的信息，同事打趣她，问她给他们带什么特产回去。于是她躲在梁桉一的伞下，拍了一张"口香糖墙"的照片发回去，百万块嚼过的口香糖黏在墙体上，各种颜色挨挨挤挤的，令人头皮发麻。

她问——

口香糖小饰品好不好？

同事回了一个呕吐的表情，然后是一连串的叹号，扬言要拉黑她。

狄玥幸灾乐祸地，几乎笑倒在梁桉一的怀里。

集市上人很多，商贩们的吆喝声不断，吵吵嚷嚷的，格外热闹。

地面坑洼，狄玥的裤脚沾染了泥水，却仍然好心情地扒着梁桉一的肩膀，和他咬耳朵说悄悄话。

梁桉一迁就着狄玥的身高，侧耳倾听她讲话。

两个人的脸上挂着笑容，任谁看起来，他们都是感情好得不得了。

“那边就是著名的飞鱼……”

唐良猛然转身，看见这一幕，默默地叹了一声，然后指着自己的眼睛，控诉道：“我说你们两个，亏我昨晚还在担心，怕酒店环境太差你们睡不好，搞得自己失眠黑眼圈都出来了。白担心了，你们休息得不错嘛，看样子精神好得不得了？”

狄玥说话不经大脑，说没有呀，我们也睡得很晚的，将近4点才睡觉。

没说完，瞄见唐良脸上意味深长的笑容，她猛然反应过来，捂住嘴巴，扭头去看梁桉一。

梁桉一笑着，和她低语：“是不是傻？”

她自知理亏，捂着嘴巴点头。

是是是，是傻，是傻，借祥林嫂的一句话，“我真傻，真的”。

这地方阴晴不定，临近中午时，雨又停了，天际隐约露出阳光。

离开派克集市，在去买戒指的路上，唐良又兴奋起来，兴致勃勃地问梁桉一：“要不，我买个带钻的款。”

梁桉一拒绝了，说他不给别人买钻石。

“‘A diamond is forever’是促进消费的骗局，这话不是你说的吗？”唐良搬出梁桉一多年前的观点，反驳他，“怎么现在你又信了？”

梁桉一不说信也不说不信，只说款式随便唐良挑，价格也没有上限，但带钻石的不行。他拉着狄玥的手：“钻石我只会买给一个人。”

这话惹来了唐良超大一声的：“切！”

最后唐良在奢侈品柜台挑挑拣拣的，终于选到了称心的戒指。

等梁桉一刷完卡，唐良戴着他的新戒指，站在商场璀璨的灯光里，一挥手，乐呵呵地说：“走，请你们吃饭去！”

那语气，像是中了彩票头等奖。

梁桉一去刷卡那会儿，唐良同狄玥闲聊：“你怎么会想着去凉城生活？就这种阴雨连绵的地儿，我要不是写抒情歌，为了找歌里面的那种失意感，我才不会在这边一住就是好几年，连续半个月不见阳光的时候，真的太致郁了。等我写完这几首曲子，我要回国住一段时间。”

当时唐良指指不远处的梁桉一，说自己在这边定居将近4年，梁桉一只来过一次。还是提前查了天气预报，确定那阵子几乎没雨，才肯过来的。

“以前我们一块儿工作，雨天公司那边都不敢给他打电话的，这人下雨天从来不出门。”

梁桉一正往回走，唐良瞄着他渐行渐近的身影，压低声音感叹：“他肯为了你去凉城生活，我是万万没想到的，真的是克服了太多。”

这个问题，属于狄玥的信息盲区。梁桉一还没给她讲到为什么讨厌雨天，所以她只是笑着点头，也没过多说什么，心里倒是盘算着，等这几天有空，是一定要让梁桉一给她讲讲原因的。毕竟她现在工作和生活都在凉城，如果梁桉一也打算长期定居在凉城，她起码要知道，他对雨天到底是讨厌到什么程度。

饭店是唐良选的，为了给他们接风，点了太多菜，堆满了一桌子。

席间，狄玥吃过螃蟹，洗完手回到包间门口，她偶然听见唐良问："那你什么时候搬到凉城去的？"

门未关严，她看见梁桉一靠在椅子上，在帮她的杯子添饮料，他神情很自然地说："去年 8 月底。"

怎么会是 8 月底？明明她在凉城见到梁桉一，是 12 月份啊！

SOUL MATE

第六章

\-

Fly me to the moon

2014.12 凉城

到凉城的几个月里，最让狄玥不习惯的，是南方冬季室内不供暖，下起雨来，屋子里浸入刺骨的潮凉。这让她频频地想起梁桉一，想起他家里跳跃着温暖火焰的壁炉。

但狄玥没想到，她会在凉城，见到他。

12 月 26 日，星期五，阴转小雨。

傍晚，狄玥将手机放在桌面上，扬声器里传来愤愤的女声："我服了，这个月有过晴天吗？"

凉城不愧是"雨城"，点开搜索天气的网页，细细地去数，整个 12 月里，有 17 天小雨，11 天阴天，2 天多云，完全晴和的日子只有 12 月 31 日，阳历年的最后一天。

狄玥滚动着鼠标，在电话里把这些分享给同事："只是小雨，好歹年终会有一天是晴朗的。"

同事叫朱笛，是个圆脸的可爱姑娘，和狄玥同龄，年中时刚刚本科毕业，8 月底，她和狄玥被同批补招进学校做编外教师。

朱笛在电话里"哼"了一声："玥玥，你不要相信网上那些天气预测，据我 22 年来的经验，凉城这地方，晴天只能出现在你的幻想里，等着瞧，12 月 31 日那天，必定下雨！”

朱笛是凉城本地人。她不像狄玥，刚来凉城几个月，对阴雨天还存有浪漫的幻想，甚至兴致勃勃地在办公桌上养了一株喜阴喜潮的蕨类植物。

朱笛烦死了下雨天，不是梁桉一那种平静的不喜欢，是每天都要念叨十几遍的，明明白白的讨厌。

狄玥常听朱笛不解地问她：“玥玥，我是真的不明白你，燕城多好呀，北方的一线大城市耶，那么繁华，你说你做什么要来凉城。这地方潮乎乎的，又没个好天气……”

狄玥和朱笛讲，她姥姥有一点凉城血缘，所以会讲凉城话，她很小的时候常常听姥姥说凉城话，于是觉得凉城很亲切。

“我的梦想就是去燕城定居，买一栋朝南的房子，周末不出门，坐在家里晒太阳看电视剧，感受那种太阳西沉，阳光逐渐东迁的静谧之美。”电话里传来朱笛充满向往的声音，顿了顿，她突然像想起什么似的，问狄玥，“你以前在燕城的家怎么样？可以晒太阳吗？”

狄玥那间卧室的阳光不怎么好，只有阳台的采光还可以，但偏偏阳台上堆了不少狄家人的旧杂志、旧报纸，还有几盒旧鞋子，环境过于杂乱，不怎么适合诗意地晒太阳。

7 月，月隐树梢后的夜晚，梁桉一把系着玫瑰花的氢气球升上来，停在她的面前。那大概是那间堆满旧物的阳台，唯一的高光时刻。

不过，她倒是借住过一栋不错的房子，虽然只有几天，她想，梁桉一的家，应该会是朱笛梦寐以求的样子。

朱笛是同事，也是狄玥的好友。

初到凉城时，狄玥的工作并不算顺利，她心仪的学校的面试方式，是几位老师坐在讲台下面，让来面试的老师试讲 20 分钟的课。

学校的课外活动老师仅招一人，狄玥对应聘教师的流程不算熟悉，被评价说试讲的趣味性不足，最终以 0.3 分的差距落榜，所以她只能在校外的舞蹈培训机构暂时找了个助教差事。

刚好赶上暑假，舞蹈培训机构忙得要命，正是缺人手的时候，机构逮住狄玥，给她排了满满的课，实习结束后，她每天工作将近 10 个小时。

是累了点，薪水倒是拿了不少。

连租房子的事情也不能称之为顺利。

刚搬进去的那栋，她只住了不足两个星期，房东的儿子突然带了女友回来，说明年准备结婚，要回凉城生活。于是房子又被房东收了回去，说是要重新装修，给儿子儿媳做婚房。

所幸狄玥的行李不多，又因之前忙于工作，她也没来得及购置什么物品，搬家相对省事儿。她拿着房东给她的赔偿款，住了几夜星级酒店，还奢侈地约了个温泉 SPA 一条龙，算是安慰自己。

否极泰来，8 月底的一天，狄玥突然接到电话。

之前心仪的那所学校准备建新校区，急缺各科教师，找上当时笔试面试成绩第二名的狄玥，朱笛也是被同批补录的教师。

新校区还没建完，所以她们暂时属于编外人员，暂时在老校区上班，新工作环境不错，同事相处得也融洽。

办公室里一位年迈的长辈很喜欢狄玥，见她每天兴致勃勃地加班加点地干活，一点点学习的机会都不肯放过，于是夸赞她“山不让尘”“川不辞盈”。

因为被夸赞被重视，身边偶尔也会出现不算和谐的声音，那好像是 9 月的某一天，狄玥和朱笛结伴去洗手间，碰巧听见有人在谈论狄玥。不明白为什么有那么多人在厕所里讲他人是非，这地方又不是消音房，讲了难道别人听不到？

“听说她的研究生没念完呢，是被开除的？”

“被开除的？什么原因？”

“能有什么好的原因哦？不过人家不给讲，我怎么知道。”

“咳咳。”朱笛清了清嗓子，突然大声地说，“让我听听是谁的嘴巴那么大！”

狄玥“扑哧”笑出声来，拉着朱笛就往外走。别人说什么她一点都不在意，全当耳旁风似的，听过就算了，但朱笛的性格她很喜欢。

朱笛说，如果是她考上了燕城的研究生，她爸妈一定开心死了，连她家腿脚不好的老人可能都会蹦起来。虽然自己不懂狄玥为什么会退学，为什么会来凉城，但狄玥这样做，肯定有她的原因，又不是所有人都要喜欢做同样的事情。

“狄玥，我是不懂你啦。不过呢，我挺你！”

从那之后，狄玥和朱笛成了朋友，周末会约着一起逛街、看电影。

两个姑娘还在初冬时突发奇想，一起跑去超市买了白菜，亲自动手，做手工辣白菜，但她们太心急了，白菜里的水分还没完全被盐渍出来，就已经迫不及待地进行了下一个步骤。

最开始狄玥和朱笛都以为成功了，她们美滋滋地煮了白粥来配辣白菜吃，还拍下一堆照片纪念。但隔了两天，再打开冰箱时，狄玥发现，装辣白菜的瓶子里已经长出了白色的毛。

她大惊失色，打电话给朱笛。

朱笛举着手机去看了自己的那罐，然后在电话里“嘤嘤”地哭诉：“玥玥，我的白菜也长毛了，它不想当辣白菜，想当兔兔。”

梁桉一举着兔耳朵的手势放在自己头顶的画面，就这样猝不及防地闪回颅内，狄玥愣在冰箱前，半晌，才若无其事地继续说：“那，下次我们重新做吧。”

那阵子天天有新鲜事发生，开心的或者不开心的，塞满了生活，可总有一个人的身影，时不时地从脑海里跳出来。

狄玥时常想起梁桉一。

那种想念，不是山呼海啸、大动干戈，是下班后，她撑伞走在微雨的街头，身旁湿漉漉的绿化带里，突然传来一声蟋蟀的虫鸣，她的脚步，便因为这声音，顿了半秒。

半秒迟疑，是她不动声色的想念。

朱笛在电话里哼哼唧唧的，说天天下雨，周末还要加班，真是要命。狄玥安慰她，说很快就要元旦了，这个周末加班，下周能休三天的。

“明天晚上我爸妈不在家，我去你那儿蹭饭好不好？下班咱们去买排骨，你给我做红烧排骨吧，玥玥。”

“好。”

“耶耶耶，玥玥最好了。”

提到红烧排骨，朱笛又忘记了阴雨天的讨厌，她快乐地在电话里叫嚷，她要早点写完教案，和狄玥学学怎么做红烧排骨。她夸狄玥：“你真的好厉害，我就只会煮方便面，我爸妈说将来有一天我要是自己住，那是要饿死的。”

“我也是今年才学的。”

“真的假的？今年才学的，一学就会了？妈呀，考过研究生的人到底是不一样！”

哪有什么不一样，明明几个月前的盛夏，她还把排骨烧成碳，连锅子都差点被她烧漏。那口奶白色的珐琅锅，是梁桉一的。

到了凉城之后，忘记是什么契机，狄玥突然发觉，自己很少想起狄家那些人了。年初时那种几乎撑不下去的失意和压抑、对家庭和家人的耿耿于怀、对未来的迷茫彷徨，好像都在梁桉一的陪伴下，慢慢地自她的生活中剥离，留在了燕城。

凉城是崭新的世界，可爱的朋友、喜欢的工作、充实的生活，可惜的是，当时陪她渡过难关的人，却不在这里。

她是贪心的胆小鬼，喜欢又不敢开口，她是什么时候发觉自己喜欢梁桉一的呢？

“我在对比……去凉城的机票和火车票哪个便宜”，7 月底那天，她这样对梁桉一说。

可犹豫再三，她还是不顾价格，选了最晚的那趟航班，拖到深夜才从燕城出发。

梁桉一开车送她去机场，车子穿行在夜色里，他在某个红灯慢慢地刹住，拿出一个包装过的盒子送给她。狄玥问他是不是分别礼物，梁桉一笑笑，没回答。

过了一会儿，他说："祝你一切顺利。"

他们在机场安检口前分别，狄玥捏着她的机票，一路越走越快，然后顺着人流过安检，不曾回头。

夜里 12 点多，她钻进冷气十足的机舱里，找到自己的座位。

那是靠窗的位置，飞机在嗡鸣声中起飞，视野中航站楼越缩越小，街道、房屋都变成渺小的光点，最后，整个燕城化为暗夜中一片璀璨晖焕。

狄玥的胸腔里积堵着莫名的情绪，闷得发慌，耳边似乎是听见了梁桉一的声音——"狄玥，怕吗？"

那天他带她去看萤火虫，为了吓唬她，故意说起以前有人称萤火虫为"熠燿"，有鬼火的意思……飞机上正在用中英双语播报着什么，狄玥顾不上听，她趴在窗边，紧紧地盯着那些细碎如萤火的灯盏，不断地猜测梁桉一的车灯是否混在其中。

那人却在，灯火阑珊处。

就是在那个瞬间，狄玥意识到，她是真的、真的很喜欢梁桉一。

通话结束后，狄玥拔掉充好电的暖手袋，将它抱在怀里，又拿了洒水壶去浇摆放在客厅的一盆散尾葵。

室内太冷，离开暖手袋简直要人命。入冬时她曾异想天开，想在屋子里装个暖炉，但细算下来，不太现实，这又不是她自己的房子。

写完教案，狄玥放松地倒回沙发里，手肘无意间触到梁桉一送给她的礼物，那礼物发出一声清透的嗡鸣。

分别时梁桉一送的那份礼物，包装精美，最外面包着一层挪威蓝皱纹包装纸，上面用浅孔雀蓝缎带系了个蝴蝶结。的确是很讨女孩子喜欢的样式。

初到凉城那会儿，狄玥没舍得拆开，她私以为，那盒子连带着包装华华丽丽地放在那儿，还能说它是一份惊喜，或是一份礼物，若真的打开，大概就只能是一份“告别”了。

本来是想着不拆的，但第二次搬家之后，机缘巧合，她还是拆了。

某次狄玥去超市采购，柴米油盐、零食琐碎，看见什么她都想买，连打了特价的罐装可乐，她也搬了两提放在购物车里。过去她没有独立生活过，现在猛然开始，多少有那么一丁点举步维艰的意思，连购物也是笨拙的。

推了满满一车的东西，去收银台结过账，她才发觉，凭一己之力，实在难以把如此庞大的它们搬回家……

超市外细雨绵绵，最大号的购物袋，她装了满满登登三袋子，站在超市门口踌躇。

住的地方倒是不远，只需要过一个天桥，就能到达住宅区的小侧门，进门第一栋就是她租住的楼房。因为离超市近，平时的确是挺方便的，但也是这个原因，商场门口的出租车师傅根本不愿意接单。毕竟只是一脚油门的起步价，那个时间段，正是商场人流量大的时候，再等一会儿就要错过好时辰了，多少出租车虎视眈眈地盯着人群，想趁着时间刚好，碰碰运气。万一碰见车程长的，也能多赚些。

狄玥连问了两个司机师傅，人家都不太情愿。

初出茅庐，她也有一腔孤勇，咬咬牙提起三个大袋子，不信邪地想：不就多买点东西吗，怎么也能拎得回去！

那次她是有点托大了。

走天桥要上下楼梯，她三步一歇五步一停，本来胜利在望，结果袋子里的一瓶生抽，做了压死骆驼的小稻草。玻璃瓶颈直直地戳出塑料袋，载着重物的袋子以此为契机彻底裂开，饼干、薯片、食盐、白糖，还有生抽、陈醋和她贪心多拿的两提饮料，统统从袋子里撒出来，滚落一地。

狄玥顶着细雨，顿显手足无措。幸好有路人好心地过来帮忙捡拾，她才得以收场。

收拾好后，狄玥便不再逞强，开口求人，她拜托某位贴手机膜的小哥照看她的东西，自己又跑回超市买了几个大号购物袋，分了两次，才把那些东西运送回家。最后一趟，她送了两包薯片给贴膜小哥。

那小哥只肯拿一包，他笑着对她挥手："以后贴手机膜，记得找我啊！"

狄玥用衣袖拂了一下额头上的雨水，点点头："没问题。"

那时候是 9 月，天气已经凉了。

回到家的狄玥打了个喷嚏，草草地擦干头发，又忙来忙去的，把那些沾染了泥浆的物品清理干净，一一归位。忙碌过后，她打开一罐可乐，抱着零食坐在沙发上，忽然有一种濩落之感。

窗外已是黄昏，雨雾模糊，昏暗的楼房和油绿的植物混在一起，蒙胧看去，颜色像一幅很美的油画。

哪怕她刚刚在天桥上经历过一点点小无助，也仍然有很好的生活。她喜欢雨天，而凉城滴滴答答地总在落雨，买回来的散尾葵是南方植物，因为气候适宜，不需要怎么照顾，便能叶片肥绿，旺盛地生长。

可看着那盆散尾葵……南方漂亮的室内植物那么多，为什么挑了散尾葵来养，原因不说也罢。终究是有些难以割舍的。

狄玥放下可乐，将目光落在窗台上，梁桉一送给她的礼物盒子，还在那里。

那片蓝色，像是从燕城晴空上裁剪下来的。

狄玥仔细去看时，猝然一惊，她放下可乐罐跑过去。

因为凉城太潮湿，东西又放在窗台上，不知从何时起，包装纸的边角处居然霉了一块。

“完了完了完了……”

狄玥举着盒子满屋子乱跑，像只无头苍蝇，拿了纸巾尤嫌不足，又翻出酒精湿纸巾擦拭，可擦又擦不掉。

忙叨半晌，她突然停住了，摇摆不定地自语：“不然，我……拆了它？”

狄玥拿着礼盒，犹豫良久，终于很不舍地拆掉缎带蝴蝶结。

之前她会偶尔拿起盒子晃晃，猜测梁桉一到底送了什么礼物给自己。光听声音是一点头绪都没有的。她猜想，是饰品，或者一本书，也可能是巧克力。甚至打趣地想过，千万不要是糕点零食，不然放了这么久，可能早就坏掉了。

真正拆开时，她发现盒子里静静地躺着卡林巴琴。偏褐色的玫瑰木材质，质地细润，和她在梁桉一家里见过的那个，几乎相同。只有一点差别，那便是送给她的卡林巴琴，下端螺钿了一个小小的图案——夜光蝾螺嵌入玫瑰木，形似一尾鱼，是她颈后胎记的样子。

图案的意味明确，它彰显着这是只属于她的、独一无二的卡林巴琴。她想过各种市面上能买得到的东西，却未曾料到，梁桉一的这份礼物送得这样用心。

那天她说自己要去凉城，他面上没露出丝毫惊讶，好像早已知道了似的，那时候狄玥以为，那是她的错觉。

拿着这把卡林巴琴，无数印象一闪而过，她在脑海里走马观花一遍，可早已经想不清楚，到底是哪个瞬间，他知道了她将要去终日阴雨连绵的凉城，而决定要定做这琴给她。那时候他的不过问，是不在意吗？不在意的话，为什么要定制这样的琴送给她呢？

这应该算是很用心的礼物了吧？

分别了一个多月，狄玥第一次联系了梁桉一，在微信里为礼物道谢后，她忍不住想问，他到底什么时候知道她要走的，可想来想去，后面那句还是被她删掉了。她打了一大段感谢的话，找借口说自己因为一些原因，没能第一时间看到礼物，现在拆开看到了，很惊喜很感谢……那堆字都是这类的客套，她不认为他会回复。

隔了很久，手机突然一振。

狄玥几乎拿不稳手里的可乐，指尖用力，铝箔都被她按得凹进去一块。心像是堆挤到了嗓子眼，甚至连呼吸都开始不畅了。

梁桉一只回了她四个字——

电话号码。

到凉城后，狄玥换了新的手机号码，她换号码时没想过告诉梁桉一，她这只菜鸟已经玩不起地动心了，她并不希望被看出来，惹人为难，想着倒不如给对方留个潇洒的印象。

看到梁桉一的信息，狄玥愣了几秒，试探着把新换的手机号码发过去。

很快，梁桉一的名字出现在屏幕上。

接起来的瞬间，她的脑子有些混沌，不知道接电话的第一句，该说些什么好，可电话里传来的是卡林巴琴清透的声音，对方流畅地弹奏着《致爱丽丝》，每一个音符都拨动着她的心跳。

“有没有特别喜欢的曲子？”

“过去音乐盒里那个曲子是什么，挺好听的。”

她说过的话，他都还记得。

凉城雨夜漫漫，琴声入耳。

狄玥忽然想起，夏天那阵，她野心勃勃地准备开始新的旅程，又怕自己搞不定。她站在人生的岔路口，总想着学聪明点，却总是束手无策。

在某天夜里，她做了一个噩梦，陡然惊醒，睡在她身旁的梁桉一也跟着醒了。

夜深人静，她在旁人面前的逞强龟裂开来，21 岁的姑娘哭丧着脸，惊魂未定地拉着梁桉一说：“怎么办啊，梁桉一，我梦到我去要饭了。”

梁桉一把她揽进怀里，一下一下地轻轻拍着她的背。他安慰了半天，连“君不见长松卧壑困风霜，时来屹立扶明堂”都讲了出来。

也许是安慰了很久也不见效，他皱皱眉头，直接吻上她的嘴唇："分分心，做点别的。"

他那些见缝插针的温柔，让她没有空隙再紧张，槁苏暍醒，最终攒足勇气，开始自己想要的生活。

她做情人，恐怕是最差劲的那种，言不巧、色不令，还和人家彻夜哭诉，毫无情调，这样想来，她其实应该多感谢他的。

于是狄玥心怀鬼胎地想：起码节假日要问候一下，祝人家身体康健。只是这样的话，他应该看不出来她的喜欢吧？

那天在电话里，梁桉一问她："到凉城是否习惯？"

话题由此开始，似乎也没有想象中那样尴尬，通话到最后，狄玥看看时间，居然足足有17分钟。他们熟稔到……让她觉得他们还有再见面的可能。

像风掠过水面，澹淡一漾。

狄玥头脑发昏，居然由衷地去问他："梁桉一，和你在一起过的情人，是不是都对你很难忘？"

因为他太细心、太体贴、太温柔、太……太多词可以形容他，却又好像不足够。

可电话里的梁桉一只问她："你呢？"

窗外一道闪电划过天际，紧接着是闷雷声。

狄玥没听清楚，把手机用力地往耳郭上贴了贴："你说什么？"

不知道燕城是否是个晴天，梁桉一好像心情很不错的样子，他的声音传到狄玥的耳朵里，是很好听的一声轻笑。

他问狄玥："你呢，你是否觉得我难忘？"

梁桉一当然难忘。

他是在她被剪掉羽毛、孤芳无法自赏时，陪她长出羽翼、伴她展翅游翔的人，也是让她感受到最初心动的人。

可忘不掉梁桉一，也有些其他原因，这事儿不能全怪狄玥：

自 9 月那次联系过，每到月中和月末，狄玥都能收到梁桉一寄来的快递，一个月两次，非常准时。东西倒也不是特别昂贵，有时是燕城特有的吃食，有时是小摆件、书籍、帽子……

这些快递成了架在燕城和凉城的一座桥，围绕这些快递，狄玥也有机会，顺理成章地去联系梁桉一。

虽然她不知道，他寄东西给她的原因。

狄玥问梁桉一时，他总是淡淡的一句，“怕你到那边吃不惯”或者“看着不错，和你挺搭”，没有过多解释。

最开始狄玥还会违心地客套客套，叫他不用破费云云，但她心里也清楚，自己其实是期许的，因为这样，她可以礼尚往来地寄一些凉城的物件给他，还可以在收到快递时，回给他电话。

11 月末，梁桉一订了一束红玫瑰给她，狄玥先前全然不知情，还带了朱笛来家里吃饭。

两个姑娘正在厨房忙活着，门铃被按响了，快递小哥隔着门喊：“快递哦。”

凉城人真的很可爱，说话永远柔柔的。

狄玥放下刀子，往门口跑，当时她还以为，是自己网购的衣服到了。

衣服是朱笛帮忙挑选的，或许朱笛也是这样认为的，她把手里没洗完的蔬菜统统丢回水池，跟着狄玥一起往门口去，路过客厅时，还不忘抓了两张纸巾，边擦手边催促："快快快快快，肯定是你的裙子到了，你先别做饭了哦，赶紧拆了穿上试试，看看我挑的衣服是不是绝配你。"

朱笛常说，她实在是受不了狄玥的穿着。明明是个漂亮的北方姑娘，身材高挑又纤细匀称，皮肤也白净，却天天只穿衬衫和牛仔裤，衣柜里连件裙装都没有，真的是暴殄天物。

防盗门被迫不及待地拉开，快递小哥笑眯眯地抱着一束火红的玫瑰，站在门口。

两个姑娘傻眼了。

狄玥愣了好几秒，才讷讷地问人家，是否敲错了门。

"狄小姐吧？"快递小哥核对完订单信息，对她说，"23 号楼 305 的狄小姐，没错嘛，就是你的花。"

"请问，订花人是谁？"

"哦，稍等我看看哦……你看，这里，订花人是梁先生。"

"梁"字入耳，狄玥瞬间脸红，她接下玫瑰花束，道谢后迅速地关上门，生怕慢一点就会被快递小哥听见她疯狂的心跳声。

刚转过身，朱笛正瞪着好奇的大眼睛，绕着她打量，朱笛满脸惊讶的笑容，语调高扬着："玥玥，这位给你送花的梁先生，是谁啊？"

"一个……"狄玥的皮肤仿佛在发烧，她整理了一下措辞，答道，"朋友。"

见她的语气充满犹豫，朱笛不打算放过她，揪着她问"是什么时候的朋友”“怎么从来没听说过”“好啊，你还背着我交了别的朋友啦”。

得知梁桉一在燕城生活，狄玥认识他在前，朱笛才放弃了追问。

但回到厨房做饭时，朱笛冷不防地冒出一句“他想泡你”，吓得狄玥差点一刀剁在自己的手上，她连忙解释说，不会的不会的。

像梁桉一那样的人，应该是很受女人欢迎的。他若是真想谈恋爱，也不会到现在还单着，而且，她估摸着，梁桉一应该犯不着亲自追人，再说，他又不会来凉城生活，追她做什么？

谈一辈子的异地恋吗？

朱笛不知道什么时候绕到客厅去了，她凑在那束玫瑰前嗅嗅，又一朵一朵地数，然后惊呼：“这可是 52 朵！”

修剪好的玫瑰插在花瓶里，馥郁芬芳。

吃饭时，狄玥有些心不在焉的，总是走神，她不慎夹了配菜里的一段泰椒，辣得眼泪都出来了。

同样心不在焉的还有朱笛，她用双手托着脸，循循善诱：“玥玥，我问你，上次你给我吃过的那个，很好吃的，是什么？”

她们一起吃过太多东西了，狄玥哪里知道她说的是什么：“你说哪个？”

“哎呀，就是你们燕城的一种饼，里面很多层，香香的！”

“哦，是麻酱烧饼吧？”

“对，就是麻酱烧饼。我问你哦，那个烧饼是谁寄给你的？”朱笛探着脖子凑近一些，语气很神秘，“我猜又是你那位梁先生，对吧？”

狄玥点头。

朱笛很是激动，拍案而起，筷子骨碌碌地滚到地上，她却肯定地说：“他，就是，想泡你！”

“不会，你想多了。”

烧饼确实是梁桉一寄给她的。

通话时狄玥不过随口说，南北方的饮食差异还挺大，凉城这边完全没有卖麻酱烧饼的，之后到了这个月中旬，她便收到了一包塑封好的麻酱烧饼。

梁桉一在电话里同她开玩笑，说：“要不你瞧瞧这东西在那边有没有市场，做个代购？”

朱笛据理力争，但狄玥均是理智摇头。

清夜扪心，她定是在某个瞬间心猿意马过，不然那天夜里，不会做了那样一个梦。

梦里一夜春风……

狄玥没问梁桉一，为什么送 52 朵玫瑰给她。

只是到底没忍住，她偷偷地查过那家店铺，店铺里的红玫瑰花束不止一种规格，11 朵、13 朵、33 朵、99 朵，想怎样包装都有，但他偏偏选了“52”。区区数字，乱人心，惑人智，搅得她心神难宁。

算了，管他呢。

反正和梁桉一联系时，她挺快乐的，不如就先这样吧。

当然，也有过不顺遂的时候——

12 月中旬，梁桉一寄给她几本精装书籍。快递到的那天，凉城下了很大的一场雨，雨从前夜开始降落，绵延整天，电闪雷鸣，树叶被吹落在路边积水的湍流中，如急水行舟般匆匆而去。

恰逢期末，学校一周前已经发了开家长会的通知。

雨下成这样，其实并不是开家长会的好时候，老师们坐在办公室里商讨，一位低年级的班主任发言，说雨这么大，学生们总要回家，既然家长要来接孩子，就顺便把这会开了吧，免得以后还要再折腾，况且很多家长都忙，临时取消的消息，他们未必接收得到。

狄玥只是个没有学业压力的课外活动老师，但那天她主动加班，留下来帮班主任老师照顾学生，挨到很晚，才搭了一位同事的顺风车回家。

也是那天晚饭后，狄玥翻看手机才发现，原来楼下那家便利店给她发过信息，说是有快递寄存。

便利店的老板很会做生意，小区里的很多人都是独居，或者双双上班，快递没人收时，就会暂时放在便利店里。无论寄存几件，老板都只收一块钱的费用，如果在店里买了什么东西，连那一块钱，老板也干脆不要了。

大雨滂沱，狄玥看完信息，一跃而起，像只出笼的鸟，飞快地往楼下跑。

拿回快递，她边拆边开启手机的扬声器，拨通梁桉一的电话，她将手机放在身边。

十几秒的忙音播放完毕，电话直到自动挂断，那端始终无人接听。

那一夜惊雷几次，狄玥安静地翻看梁桉一送给她的书，书都看了三分之一，但手机始终静悄悄的……

那时候的狄玥完全不知道，窗外这场大雨隐伏着某些秘密。

浅予深深，都藏在其中。

她合上书本，失落地算算，原来她来凉城已经四个多月了，也许，梁桉一的身边出现了新人，才不方便在夜里接听电话。

隔天下午雨停了，狄玥上过两节课后，夹着教案回到办公室休息。

打开办公桌抽屉，手机上有一个未接来电和一条信息，都来自梁桉一。她想要点进去看信息，却被办公室里的前辈叫去帮忙。

学校的走廊要换标语海报，她这个没课的闲人便被抓去充壮丁，一贴就是几层楼，等走廊焕然一新时，也到了放学时间。

回家的公交车上，狄玥才看了梁桉一的信息。

他说昨晚状态不太好，睡得很早，今天上午也没留意手机，等看到她的未接来电，已经是午饭后了。

信息的最后，他问她，是不是收到了书籍。

梁桉一以问句做信息结尾，尽管狄玥心里埋着些小别扭，但想来想去，也还是觉得应该回答他。

电话回拨过去，这次梁桉一倒是接得很快，她连忙音都好像没听见，就先听见了他的声音："下班了？"

这给她一种错觉，好像他守着手机，只为了不错过她的电话。

原本昨晚那些胡猜乱想尤在，可突然被这么温柔地一问，她又像是被蛊惑了似的，顺着人家的问题便答："嗯，下班了。"顿了顿，她问，"你昨晚怎么了？"

"天气不好，多睡了一下。"

“燕城的天气也不好吗？”

他不答，只问：“也？”

于是狄玥同他讲起，昨天凉城的暴雨。

同梁桉一聊天，只是随便说点什么，她就会开心，连狄玥自己也搞不懂自己。

从前坐公交车，偶尔遇到路口急刹，车子猛晃，她都会觉得有些不适，像要晕车。可当她和梁桉一通话时，急刹倒成了轻快地摇晃，她的笑声都会被晃得颤起来。

梁桉一问她吃了什么，她说今天不想自己做饭了，她很馋，想去吃小区外面的那家豆花。

“这边的豆花和燕城的不一样，它不是我们早餐店里那种放了卤汁的，它有甜的，还有辣的，很神奇的吃法。梁桉一，你吃过甜豆花没有？”

“还没尝试过。”

“真的？”

狄玥迫不及待地同他分享凉城的新鲜事物，讲这边特色的美食，讲她住的那条街，她说街口有一棵美丽的树，夏天来时满树蓝紫色的花，特别漂亮。

“如果你有机会来凉城就好了，我一天三餐都请你，你来几天，我请你几天，还能给你当导游，陪你四处走走……”

说到后面，她才惊觉自己想得太天真了，这地方常年下雨，他怕是不愿意来的。

电话里的人，似乎是没意识到，她定居的是一座“雨城”。

梁桉一饶有兴趣地问她："狄导，我如果去了，住哪儿？"

他这问句，语气听起来全然不像作假，狄玥居然真的顺着他的话，思索起梁桉一落脚的地方。

脑海里转来转去的，都是她那间出租房。

到底是因为房租便宜，才租的一室一厅的小户型房，只有一间卧室，沙发很小很小，蜷睡一只猫咪大概可行，人肯定是睡不下的。

床嘛，倒是双人的……

公交车到站后，身边的几名乘客拿了随身物品起身，广播播报起到站信息，狄玥因思路受扰，脑子停摆了一瞬，突然羞赧地埋怨起自己，干什么把人往家里带？

"可你又不会真的来。"

"谁说我不会？"

"你……梁桉一你真的要来吗？"

"是啊，不是你讲了半天的凉城特色，吸引我过去？怎么了，说完就反悔了？"

这事儿没定准，可是狄玥的心跳好快。

因之前的搬家风波，她住过几天酒店，觉得那家还不错。酒店窗口能看见江景，入夜时分，江边灯火星星点点地亮起，映在水面上，随水流悠悠荡荡……

"很美的。"狄玥在电话里这样和梁桉一说，"你真来的话，可以住那里，我请你。"

梁桉一听她认认真真地介绍完，似乎并没多大兴趣，只说两个字："不住。"

也是，他自己家窗口的景色，已经美过星级酒店了，转念想想，他工作上的身份是 L，那在国外发展了几年的人，他什么没见过？和知名女歌手合作，出门住得总不会差。

可是，那怎么办呢？

凉城又不是多大的城市，最好的酒店，也就是那家了吧？

那天细雨霏霏，狄玥戴着耳机，与梁桉一通话时，还不忘搜索凉城的各大酒店，她一边搜索一边汇报，梁桉一统统不喜欢。以前也没觉得他是这样挑剔的人，怎么突然较真起来？

最后狄玥到站了，外面下着雨，不方便再通话，于是她和梁桉一说，等他真的要来时再商量，她要下公交车了。

她没留意到自己话里行间总在强调“真的”，生怕他说话不算数，用玩笑诓人。

这边狄玥刚准备挂断，他忽然叫她：“狄玥。”

狄玥把公交卡放回口袋里，撑开雨伞，问：“什么？”

冬雨瑟瑟，丝丝缕缕。携日沉，落木樨。连风雨里，都是一股淡淡的桂花香味。

梁桉一在电话里说：“我住你那儿。”

…………

7 月份她从狄家搬出来时，人家梁桉一也是二话没说，把她接回家里住了好几天，他要是真的来了凉城，把他送到酒店去……

狄玥一路魂不守舍的，到了家门口，戳了好几次钥匙，才对进锁孔，她站在进门处，环视自己的家，实在是有些登不得台面。

早知道梁桉一会来，她就不会租这么狭窄的房子了，租房信息上写了 30 平方米，除去公摊面积，这儿可能和梁桉一家的厨房差不多大小。

他会不会嫌弃啊？

整个 12 月中下旬，狄玥时常惦念起这件事情。

十几天的时间过得飞快，转眼，便到了 12 月 31 日，那天果然如朱笛预测的那般，并没有晴朗的好天气。

早晨 6 点钟，狄玥起床时，外面已经是乌云密布了。等到她出门时，阑风伏雨，又是阴雨连绵天。

下午狄玥只有一节课，小孩子们排队走在她的身后，个个脸上洋溢着兴奋，“狄老师”“狄老师”地叫个不停。

上周活动课，狄玥拿了一大盒润湿的棉签，带着孩子们到处“捕捉”细菌，她同孩子们一起，用“捕捉”过细菌的棉签，去摩擦提前准备好的琼脂培养皿，给细菌们找了个属于它们自己的酒店，让它们在其中肆意地繁殖。

培养皿由狄玥保存，等待一周，孩子们终于能够看到结果，早已经翘首期盼。

窗外雨声阵阵，教室被灯光笼盖。

狄玥和孩子们围坐成一圈，她带头举起手，像进行什么古老的神秘仪式般，带领孩子们发誓：“我们绝不打开袋子！我们绝不触碰细菌！”

发过誓后，孩子们才拿到用自封袋封好的琼脂培养皿。

一周时间，培养皿早已经不再是干净的样子，里面滋生出各色的菌，孩子们发出声声惊呼，“天哪，这太恶心了”“我课桌上居然这么多细菌”“哈哈哈，我擦的是你的鞋子”“我只是擦了保温杯啊”……

欢声笑语，直到下课。

狄玥是很受欢迎的课外活动老师，孩子们喜欢她。

下课时她挥挥手，和那群眷恋不舍的小可爱们告别：“那我们，下周见哦。”

一转头，她就在走廊里遇见了办公室的前辈。

老前辈笑着说：“我在隔壁都听见这帮孩子们宣誓了，喊得那么积极，他们真是喜欢狄老师的课呢。”

狄玥嘿嘿一笑，心里涌出无数的成就感。

一路都在和老前辈聊天，到了办公室，关了门，她才发现办公室里只有几位老师。

老前辈突然话锋一转：“小狄啊，你今年22岁？我家有两个孩子，小儿子年龄和你差不多，他啊，在咱们凉城机关单位上班，工作还算说得过去，个子呢，比我高点，有182cm呢……”

办公室里的另一位老师打趣道：“老爷子，您这是给自己挑儿媳妇呢？”

老前辈大大方方地笑起来，说他喜欢狄玥身上那股活力四射的劲儿，年轻人就是要这样朝气蓬勃。他想在元旦假期找一天，约狄玥到家里吃饭，和他的小儿子见见面。

老师们笑道：“那不就是相亲了？”

朱笛刚刚下课，她从外面进来后，只听见个话尾：“谁？谁要相亲？”

“张老爷子。”

“不是吧，张老爹，您这么大岁数了，还再婚啊？”

“胡说八道！”

“哈哈哈，不是的，朱笛，老爷子是要给咱们狄玥，介绍他的小儿子呢！”

提到相亲，狄玥从记忆的犄角旮旯里揪出一段印象，那仿佛是上辈子的事情了，拍拍灰才能抖落出细节——

那是狄家第一次带着她去见杜卓航，两家长辈坐在一起，互相吹捧。

祖父说狄玥这名字不是他起的，如果让他起，可能就会选“卓”字，叫“狄卓”。

杜父马上殷勤地接话，说哎呀，这样啊，那这两个孩子可真是有缘分。

那天听了太多让人恶心的话，导致狄玥对相亲有了浓重的阴影。她很喜欢这位张姓前辈，因为他说过“兴趣才是孩子的老师，逼迫不是”。

可喜欢归喜欢，相亲还是算了，她措辞几秒，拉着老前辈委婉地拒绝。

“真是可惜哦。”老前辈很可爱地挠挠头。

朱笛在旁边摇头晃脑：“老爹，那您看我行不行哦？我可太想谈恋爱了，我去见见您小儿子呗？”

老前辈拍拍朱笛的头，说她是懒蛋，不让她见。

朱笛还在据理力争，说自己明明也很勤劳的，初冬时还做了辣白菜给大家。

老前辈点头：“嗯，是，隔天就发霉了。”

他们办公室的气氛很好，经常笑声一片，上课铃声响起了，大家才各自埋头去忙。

下班时，同事们边收拾东西边感叹，说是忙忙碌碌又一年，到底是元旦前夕，大家嘴上不说，但离开办公室时，脚步却都是轻快的。

连朱笛都乐盈盈地和狄玥挥手：“玥玥，明天我早早地去陪你呀。”

朱笛家里的老人来了，说是全家人要一起跨年，他们也邀请了狄玥，但狄玥没应约，她没经历过正常家庭氛围的节日，怕自己说错做错，扫了人家的兴。

这是 2014 年的最后一天了，回头想想，真的是充满各种意外的一年。

不过……狄玥按亮手机，每到月底，梁桉一都会给她寄快递，怎么今天一整天，手机都没有快递到达的消息？

出了办公室，狄玥遇见一位学前班的小女孩。

那女孩留着西瓜头，脸蛋圆圆的，她牵着妈妈的手，手里拿着美术课做的手工元旦卡片，语气稚嫩道：“狄老师，无旦快乐。”

也许因为孩子读错了字，那位妈妈的脸马上红了，纠正说：“是元旦快乐啦，来重新和老师说，元旦快乐。”

狄玥笑着点头：“谢谢，也祝你们元旦快乐。”

一个人过节倒也谈不上寂寞，之前在狄家时，那么大一家子人，节假日也没有该有的气氛，总是不声不响地吃完一桌饭菜，然后各自回房间忙碌。

狄玥撑着伞独自走在雨中。

转年就是羊年了，百货公司的橱窗上已经换上了“羊”的元素。走到公交站旁等车时，她忽然听到耳熟的旋律。狄玥听过的歌曲不算多，但这首她却格外熟悉。

那是她第一次去梁桉一家时，听到过的 *Fly me to the moon*。

声源处是相隔不远的街边公园，树木绿荫葱葱，在不下雨的日子，常有很多人聚集在那边跳广场舞、打麻将，那儿像是人类的灵魂乐园。

不知是谁在弹奏，有三两簇人群围在那边。伞挨叠着伞，远远地看去，像一朵朵蘑菇。

狄玥不由地向那个方向张望——

细雨中，隐约能看见有人在拨动吉他，那人的身高很优越，层层人群也挡不住他的身影。

似乎在哪里见过类似场景？对了，是2月14日那天的情人节，她在 Live house 遇见梁桉一时！

In other words, hold my hand（换句话说，请握住我的手）

In other words, darling kiss me（换句话说，亲爱的，吻我）

……

You are all I long for（你是我所有的渴望）

All I worship and adore（我所敬仰与热爱的一切）

……

梁桉一的身影逐渐清晰，他边弹边唱，缓步地走下石砌阶梯，他的指尖扫在琴弦上，凝眸看她，一步步地朝她走来。

石砖的缝隙里嵌着零落的桂花，他指下的旋律仿佛是有形的，每颗音符都篆书于她的心房。

狄玥几乎忘了反应，恍如梦寐。

直到他走近，停下弹奏，伸出手掌到她的面前："您的快递，签收一下？"

公交站台所在的街道，是凉城市区较为热闹的一条老街。

它的一侧坐落着街边公园，公园里的林间空地被改造成篮球场；另一侧则多是与餐饮相关的街店小铺，正逢晚饭时间，各家生意红火。

那是 2014 年的年尾，全国各地突然流行起韩餐，部队火锅、韩式烤肉、炒年糕、芝士排骨、裹了甜辣酱的炸鸡……为顺应行情，凉城这条街上，已有两三家店开始经营韩餐。

月初时，朱笛曾拉着狄玥去尝过一家新开业的部队年糕火锅。

浓稠的辣酱汤咕嘟咕嘟地沸腾，芝士片溶在泡面上，只是新奇，但味道并没有多令狄玥惊艳，她总觉得这和辣白菜的味道，异曲同工。

狄玥夹起一筷子年糕丸子，明明风马牛不相及，她却莫名地想起春天时在燕城，某次气温突降，梁桉一邀她去家里，他们在壁炉旁的茶几上燃了酒精小锅，用滚水烫熟羊肉片，蘸麻酱调料来吃。

一口羊肉下去，她烫得龇牙咧嘴的，梁桉一则笑着递来饮料，他的眸中映着炉火，叫她慢点吃。

朱笛说了半天，见她不予回应，不满地用石锅拌饭的不锈钢大勺子敲敲她的餐碟：“喂，玥玥，回神啦。”

那时候还只是时时想起、隐隐心期，现在梁桉一本人居然突然出现，就站在她的面前。

这实在是不可思议。

细雨蒙蒙，街面呈现出一种湿淋淋的墨色，远处黛色山影连绵，街灯朦胧，满世界都是暗沉沉的烟雨色。

只有梁桉一，如此鲜明生动。

好像有一种酒，酒名酂白，像米酒那样浊浊沉淀，颜色温柔。

梁桉一此刻就身着一件酂白色的高领毛衣，笑着望着她，他的掌心上落了几滴疾雨。

像是雨水都在替她欣喜，急急地帮她签收了他这份“快递”。

“你……怎么会……”

梁桉一拿开吉他，张开双臂。

狄玥终于反应过来，鼻子发酸，猛地扑进他的怀里。

雨伞歪斜，雨丝细细密密地洒在他们身上，他却逗她：“狄老师，大庭广众的，怕不怕碰见你的学生？”

说完，狄玥把头埋在他的肩头上，暗暗地捶了他一拳。

无论分开过多久，她还是和他最熟稔。

狄玥转头时，她要乘坐的那趟公交车刚好过来了，她便顺手拉了梁桉一，带着他往车上跑。

她真的很开心，开心到一根筋地觉得，梁桉一既然来了，她就要把他带回家安顿，就像在电话里他们说好的那样。

狄玥丝毫没有留意到，被她拉着手腕，跟在她身后的梁桉一，满眼都是几乎要漾出来的笑意。

凉城的公交车不像燕城那样拥挤，只是上车时会感觉稍微有点挨肩接踵，但一定会有座位，狄玥来了 5 个月，还没站着到家过。

上车时她问梁桉一，为什么他突然就来了，也不提前打个招呼。

梁桉一说了什么她没听清楚，他的声音隐匿在那些“嘀”“嘀”“嘀”的刷卡声音中，等到上了车，两个人并排坐在最后一排，梁桉一才偏头在她的耳边说：“因为想见你。”

公交车开启，摇摇晃晃的。

狄玥透过车窗的映影，看见自己红透的脸颊。她顾左右而言他，赶紧拉着梁桉一让他看窗外，像个导游似的，给他介绍路过的那些景色。

讲那一片墙体斑驳的老巷是古城，里面的墙角满布青苔，青苔在这里如鱼得水，油油绿绿的，居然还会开花，不像在燕城那样长势不佳；也和他讲附近哪里有老手艺人在卖手工制品，上次她寄给他的草编蒲团，就是从某条深深老巷里买的。

“明天我休假，你要是想去，我可以带你过去转转。”狄玥想了想，忽然看了一眼窗外的天色，很是忧虑地问梁桉一，“不过，凉城这几天怕是没有晴天了，都是这样的雨天，你……是不是不太喜欢？”

梁桉一说不碍事，已经适应些了。

当时狄玥并未多想，还以为他是因为下了飞机后，一路都是阴雨，对接下来的天气已经有了心理准备，所以才会这样说。

后来想想，那天梁桉一出现得太过突然了，她既惊喜又意外，忽略了太多太多的细节。甚至连他没带行李，她都没有疑惑，还以为这人出门就是这样，轻盈上路，等需要时再买。

人都带到了家门口，狄玥才突然有些犹豫——

出于某种不能宣之于口的心思，她这间出租房的布置，很多地方都参照了梁桉一家的样子，散尾葵绿植，客厅的格子置物柜，那些复古感的小物件，暗色带花纹的地毯……

她将钥匙握在手里，迟迟没去触碰锁孔。

“怎么了？”

梁桉一从背后贴近，他毛衣袖口柔软的绒毛碰到了狄玥的腕间，他握着她的手指，牵引着她旋转钥匙。

那把梁桉一在雨中弹奏过的吉他，被擦干水痕立在玄关处时，狄玥站在客厅，整个人都有点慌。

手足无措了片刻，她才突然想起，应该给他找点喝的东西，招待一下。

“梁桉一，你喝……”

茶吗？

她的话音停住了，是因为梁桉一俯身同她对视。

他的眸色那样邃袤，他很认真地问：“狄玥，想我吗？”

狄玥心跳如擂鼓，而梁桉一似乎在她的眼中看出了某种答案，忽然拉她入怀，俯首深吻。

他们的唇齿眷歆地纠缠在一起。

身体好像很熟悉梁桉一的怀抱，她的手臂下意识地攀附他的脖颈，与他贴近。

来凉城的这5个月里，狄玥自己搞定了住房和工作的问题，也慢慢地学会了与朋友、同事、学生相处。她不在意自己是不是别人口中“恋爱脑”“堕落”“离经叛道”的傻子，也不在意别人对她到阴雨城市定居的质疑，她认真地照顾自己、仔细地打理生活。无论别人怎样想，她始终很确定，自己从未如此坚定地“活”过。

离开燕城时，梁桉一说的“自洽”，她做到了。

她会在休息时学习、备课，也会养花、看书、学做菜，甚至还用卡林巴琴学了几支简单的小曲子。上个月朱笛过生日时，她还用电饭煲烤了蛋糕坯，并在上面裱了粉色的奶油花朵，来庆祝朋友生日快乐。

也许在狄家人眼中，这是一种“不求上进”和“偏安一隅”，但狄玥并不觉得自己碌碌无为，她觉得自己在进步，并且很快乐。只是在这些快乐里，总是少了些什么。

她越是想要理智地避开那部分去分析，就越是看不清咂不透。

直到此刻，被梁桉一吻得几乎难以喘息时，她才恍然发觉，她是真的太想念他了。

她从未想过在2014年，还能有见梁桉一的机会。

当初打包行李时，也许她曾有一刻奢望，希望把梁桉一也塞进行李箱，带到凉城。

吻到某个程度，梁桉一停下来，捏捏她的脸颊：“来凉城开心吗？”

狄玥缓了几秒，才答得出话：“开心。”

那天的晚饭是狄玥下的厨，她说要给梁桉一证明，什么是“土别三日，当刮目相看”。

红烧肉炖熟时，西芹百合也刚好被她装入餐盘，狄玥转身拿了两颗鸡蛋磕入碗中，用筷子熟练地搅散，又手到擒来地做了个蛋花汤。平时自己一个人吃饭，她倒也不会做这么多菜，只是梁桉一这一来，她总有些想要显摆的小心思在。

梁桉一站在客厅的一端，看狄玥贴在墙上的那些东西——

她来凉城时的机票；入职当天的早点票单；和朋友去看电影的电影票；一张很长的购物小票，不知是吃了什么苦头，她在购物小票下面写着“下次少买”，还画了三个大叹号；教师节收到的、做工稚嫩的祝贺卡片；手抄植物养护小技巧；几首曲子的简谱；课程表；月度计划和年度计划……

看起来，她的生活丰富多彩，她似乎还办了护照，准备攒钱出国去玩。

他偏过头，厨房里的人穿了裙装，腰身纤细，围裙的带子系得松松垮垮的。

她正举着汤勺在尝味道，动作急切了些，嘴唇刚挨上去，便被烫得肩头一缩，但她脸上的表情却很愉快，她咂咂嘴，满意地转头：“梁桉一，我这汤进步超大！”

窗外恼人的雨总也不停，可梁桉一见她全身散发着愉快的气息，便也跟着笑了。

都值了。

那天晚上会发生什么，他们彼此是很有默契的。

元旦晚会 8 点开始，开场的独唱歌曲还没表演完，他们已经纠缠在了一起。

夜里几度微雨，天气转凉。

空调未开，卧室的玻璃却蒙上了霜气，原来南方不供暖的冬天，室内也会这样沸热。

午夜 12 点，梁桉一的指尖滑至狄玥的脸侧，他撩起她一缕被汗濡湿的头发，亲吻她的耳郭：“元旦快乐，狄玥。”

凉城的夜无星也无月，只有街灯星星点点，点缀着潮湿的夜色。

这段快乐来得突然，即使这快乐让她短暂地忘怀一切，可她心里终究还是蛰伏着些许不安。

狄玥睡得不算安生，凌晨时，她梦到老前辈要给她介绍男友的情景。

白日难以启齿的细节，统统入梦而来。不得不承认，当她委婉地拒绝老前辈时，她脑海里反复闪现的，都是梁桉一的身影。

狄玥忽然醒来，梁桉一同入睡时一样，紧紧地拥着她的后背。

明明不久前还那样快乐，此刻她却难掩失落。

如果她说，她想要的不只是这样的关系；如果她说，她想同他恋爱……

是她太贪婪了吧？

额前的碎发突然变得有些碍事，惹得人不舒服，狄玥小心地从梁桉一的怀里抽出手臂，抬起手去整理碎发，却意外地瞥见一抹细微的光。

她愣住了，停下动作，凝神去看——中指不知何时，多了一枚小巧的钻戒。

身边的人被她扰醒了，阖着眼皮握住她的手，听声音他还没睡醒，可他问的却是：“答应我吗？”

露晓昏昏，光线模糊。

可借一分天色，仍然能看清楚，手上戒指的款式精致，是符合梁桉一审美的复古样式，从侧面看去，形似玫瑰开在指间。

狄玥的心理素质不算差。

小时候为了讨好狄家人，她报名参加了很多比赛。

早些年她参加市级演讲比赛，进了决赛圈。各学校的代表班级加起来，有近千人聚在礼堂里观赛。她站在演讲台上，脱稿发言，侃侃而谈，不曾有过分毫紧张，最终夺得头筹。

可梁桉一那句“答应我吗”，实在乱人心曲，害她结巴得不成样子，嘴唇开合了半天，也才堪堪地挤出这样几句：“我……你、你这是什么意……思？怎么突然……”

也许是她太紧张了，梁桉一听不下去了，所以才缓缓地睁开了眼睛。

他握着她的那只手，用指腹轻抚着她的手背，他安慰般的话语，温柔地荡在破晓的微光中，似乎怕她听不明白，他说得很慢，像是在解释。

梁桉一叫她别紧张，他说你好好想想，这事儿是不是也没有很突然？他其实已经示好几个月了，本来想再等等，可今晚实在有些忍不住了。况且，要紧张也该是他紧张才对。

末了，他说：“狄玥，我是认真的，你愿不愿意和我在一起？”

狄玥的目光放空，梦游般地叫他：“梁桉一。”

“嗯？”

“你掐我一下。”

梁桉一笑笑，这他哪儿舍得？他只能扣着她的后颈，把人拉进怀里，用力地亲吻她的嘴唇：“看，不是梦。”

心脏像是浸泡在温暖的液体中，原来梦境成真是这样的感觉……

狄玥愣了良久，突然流泪了。

梁桉一似乎是手足无措，皱着眉头抚掉她的泪滴，竟然显得有些嘴拙，他温声地哄她：“欸，别哭啊……”

天光大亮时，狄玥疲惫地入睡。

这次，她没再做那些揪心的梦，睡得很踏实，一觉醒来，她成了梁桉一的女朋友，狄玥从来没想过，谈恋爱是这样简单容易的事情。

睡醒后她仍然觉得有些不真实，但有个更大的问题摆在眼前，容不得她多想，昨晚……

他的裤子好像脏了，今天恐怕没办法再穿了。

梁桉一来凉城时什么都没带，晚饭后她本来想同他商量商量，要不要去买几件衣服备用，结果什么都忘了。

凉城的空气潮湿，不像在燕城，衣服洗过之后，只需要晾挂一夜，隔天早起也就干了。

狄玥这是出租房，洗衣机都是很老旧的款式，根本没有烘干的功能，等梁桉一起床时，他今天穿什么？

狄玥勉强打起精神，往床尾爬去。梁桉一也睡醒了，握着她的脚踝，问她干什么去。

她吃力地蹬开那只手："给你，找，衣服，穿啊——"

梁桉一靠在床头笑起来，饶有兴趣地看着她乱翻，就她那女士衣柜，能找出什么给他穿的？

卧室的空间很窄，衣柜就在床尾处。

其实狄玥也没什么新鲜衣服，大多还是在燕城穿的那些，梁桉一都见过，只有几条裙子，是朱笛帮她选的，挂在衣柜里撑门面。

也许是心情好，不知道为什么，狄玥突然想要做个顽劣的人。

她拎出一条蓝色的连衣裙，强作正经，扭头问梁桉一："要不你凑合凑合，先穿这个？是新的呢，我只穿过一次……"

话让她说得一本正经的，梁桉一眯眯眼睛，直接过去掐她的腰侧，戳她的痒痒肉。

他说："你的腰这么细，我能穿进去？"

两个人在床上打闹了半天，那件裙装还没等上身，先被蹂躏得都是褶皱。

狄玥敌不过他，笑得上气不接下气的，连连告饶："梁桉一，我错了我错了。"

其实这些事都不用她操心，隔了不到十分钟，快递小哥敲响了房门："快递哦。"

一个超大的纸箱，梁桉一早已经提前把自己要穿的、要用的，都邮寄到了这边。

快递签收后，没隔几分钟，又换了一位快递小哥来敲门，小哥用同样的方言，隔着门柔声说："快递哦。"

"你到底给自己寄了多少东西——"

她嘴上这样说，心里却还是有点高兴的，寄来的东西多，是否就说明，他住下的时间不会太短?

狄玥拉开防盗门，怔了一下，一大束红玫瑰出现在眼前。

“狄小姐，您的快递。”

“哦，好的，谢谢。”

从小到大，狄玥几乎没有被真正爱过。

太久太久不被爱的人，早已经习惯了这种现状，突然得到了一些意料之外的喜爱，总觉得惶惶，杯弓蛇影地自相惊扰。

所以在最初认识梁桉一时，她从未想过“缘分”“一见倾心”“默契”“邂逅”“灵魂共鸣”这类浪漫的字眼，只敢从“长期关系”尝试，自我哄骗，说那不是好感，不是喜欢。

太宰治在《人间失格》中写：“胆小鬼连幸福都会害怕，碰到棉花都会受伤……”

现在，“胆小鬼”抱着“99”朵红玫瑰转身，嗓子里像堵了一团棉花：“怎么买这么多……”

梁桉一早已经穿戴整齐，凑过来吻她。

他说：“‘99’这数字寓意好，今儿不是在一起第一天吗，庆祝一下，图个吉利。”

所以……上次的“52”，他也是知道寓意的。

好开心。

“梁桉一，你还有点迷信吗？”

“以前不会。”他想了想，自己也笑了，“遇到你之后，可能有点……”

朱笛来敲门时，狄玥刚把家里搜罗了一遍，好不容易翻出各种瓶瓶罐罐用来插花。

她蹲在地上修剪玫瑰枝叶，不方便起身，还以为是梁桉一寄的什么东西到了，便直接唤他去开门。

防盗门打开后，门口堆着几个超市袋子，朱笛弯腰拎起两个，嘴里念念有词："你看我多好，怕你一个人过元旦无聊，超市一开门我就冲进去了，买了不少好吃的，昨晚给你发信息你怎么……欸？"

看到站在门口的梁桉一，朱笛退后一步，茫然地开口："不好意思，走错了！"

狄玥听到她的声音，赶紧叫了一声："朱笛……"

门口忽地探进一颗脑袋，朱笛的眼睛瞪得大大的："玥玥，你家里怎么有个男人呀？"

进门后，朱笛听完狄玥的情况说明，她趁着梁桉一不在，戳戳狄玥的手臂，"玫瑰哦""梁先生哦""这么浪漫哦""难怪都不回我信息嘛"……

正说着，朱笛忽地看见狄玥中指上的戒指，她捂住嘴巴，然后兴奋地拥抱住狄玥："你是不是恋爱了，祝贺你！"

那天中午是梁桉一请客，他找了一家价格不菲的饭馆，请两个姑娘大快朵颐。

在饭桌上，他没有推杯换盏地谢来谢去，说"多谢你照顾狄玥"这类的漂亮说辞，他的话并不多，大多数时间都在倾听。但梁桉一很会照顾人，每端上来一道菜，都会转到她们那边，让女士先尝；偶尔也会开个玩笑，或者顺手帮她们添满饮料……

朋友圈里，有人驾车去100多公里外的雪山跨年，住山脚下的民宿，吃篝火晚宴。

朱笛把那些照片拿给狄玥看，两个姑娘的眼里闪着光，明摆着是羡慕和向往，她们就这个话题讨论了半天，才发觉梁桉一始终安静。

狄玥担心他会觉得无聊，但抬起眼睛时，梁桉一也恰好举起手机，把屏幕给她们看。

上面显示着的是那座雪山下的某间民宿，预订信息已经填好了，只等一声令下，便可出发。

于是他问了他的掌权人：“去不去？”

“去！”

距离雪山有些远，不知什么时候，梁桉一居然把他那辆白色越野车也运到凉城来了。

当时狄玥并未深劾，她还以为这顶多是几天前他的谋划。

饭后，三个人简单地收拾了东西，上了越野车，开启一场说走就走的旅行。

元旦的三天假期，剩下的两天时间，他们都是在雪山上度过的。

白雪皑皑，沉凝于山巅，风里有一种凛冽的味道，一草一木都带着灵韵。

民宿里的壁炉燃着火，恍惚很像是回到了2014年，他们初识那会儿。

山脚下的咖啡店，物价偏高。

狄玥看了一眼咖啡的价格，想了想，举起三根手指：“老板，三杯手冲。”

梁桉一要付钱时，被她拦下了，她小声地凑近告诉他：“我来吧。”

她的脸上洋溢着笑容，发现能够自力更生后，独立的底气，令她容光焕发。

梁桉一笑着收起手机：“那行，你来。”

相处了两天，朱笛悄悄地拉着狄玥说：“梁桉一这个男人，长了一张让人不放心的脸，居然还挺一往情深的。”

狄玥好笑地问：“怎么看出来的？”

她疑心自己的这位朋友，是因为蹭车蹭住又蹭吃蹭喝，收了“贿赂”，才要替梁桉一说好话。

朱笛从手机里翻出证据，用指尖扒着照片给她看：“你看你看啊，我抓拍的这些照片，这雪山这么美，这景色这么棒，他就没有一张在看别处，都是在看你的！”

“那你……”狄玥的脸红红的，像民宿老板烤在壁炉边的秋柿，她捏捏朱笛的手肘，“发给我呀。”

假期终究短暂，准备回程的那天下午，梁桉一抱着吉他，坐在民宿外面拨动琴弦。

彼时狄玥正在整理她的包包，窗户敞开着，听到吉他声，她停下动作，侧耳听了一会儿。

那旋律似乎在哪里听过，但她对音乐真的不算敏感，于是趴在窗台上，探身出去，迎着微风叫他：“梁桉一，你是不是给我弹过这个？”

梁桉一整个人浸在冬日的暖阳中，背后是苍茫的雪山。

他笑着答“是”。

狄玥忘记了，7 月在燕城时，她像个一朝得宠、恃宠而骄的妃子，娇气地赖在床上不肯下来，一会儿让梁桉一喂她吃红酒烩牛肉，一会儿又让他弹曲子给她听，那天梁桉一弹的，便是这首曲子。

作为作词人，工作和音乐相关，梁桉一当然有自己崇敬的音乐家、作词作曲人、歌手，也有自己偏爱的曲子。

这首歌名为《关于我爱你》，对他来说并没有多么喜欢，但如果是弹给狄玥听，他总会选它。

不为别的，只因为整首歌中，有九句“我爱你”。

那阵子，凉城正是难挨的深冬。

寒流带来不停歇的降雨，室内只靠一台低配置的小空调，根本吹不散潮湿寒凉。

那是连当地人都不喜欢的冷天气，办公室里不只朱笛，其他同事也多有抱怨：“这鬼天气哦，什么时候能过去呢？冷死人啦。”

所有人都盼着冬天快些过去，但狄玥迅速地坠入热恋中，并不觉得时间有多漫长。

同梁桉一在一起，无论做什么，都心生欢喜。

某个星期五的晚上，狄玥和梁桉一看午夜场的恐怖电影，面容恐怖的角色伴随着诡异音效突然冒出来，吓得她直往他的怀里钻。

梁桉一拍着她的后背，问她要不要提前离席。

狄玥像鸵鸟般地缩着脖子，瞥了一眼他目光落在银屏上的淡定样子，小声地问他：“梁桉一，你为什么就不怕呢？”

深更半夜的，又是名不见经传的小成本电影，本来就没什么人看，整个放映厅只有不足十个人，大家又都隔得比较远。于是梁桉一凑在她的耳边，给她讲起早些年 Josefin 拍的恐怖主题 MV。

他作为作词人和灵感提供人，被公司安排去了现场，亲眼看到过演员化妆和拍摄的全过程。可能印象太深了，他之后也就无法代入各种恐怖片，看什么都差点意思，觉得是假的。

提起 Josefin，狄玥警觉起来，觉得自己不能输了阵仗，马上挺胸抬头。

她拒绝了梁桉一要带她提前离场的建议，后半程，她把脸埋在梁桉一的手掌下，透过他的指缝，才勉强撑着看完了整部电影。

回家的路上，狄玥仍惊魂未定，雨后湿答答的草丛里水珠晃落，突然跳出一只拇指大的小青蛙，狄玥像见鬼了一样，惊声尖叫。她在那天举三指发誓，以后再图便宜买 9.9 元的午夜场电影，她就是小狗，把名字倒着写。

回家之后，狄玥还是害怕，她自己不敢起夜，只好坐在床上捅了捅梁桉一，挠挠头，很不好意思地问他："愿不愿意起床，陪你胆小的女朋友去上个洗手间。"

梁桉一睁开眼睛，给她披了一件毛衫，利落地起身："乐意至极，走吧，女朋友。"

到洗手间门口时，他还做了一个"请"的手势："请如厕，女朋友。"

狄玥狠狠地踩了他一脚。

但她只强势了那片刻，进了洗手间，关上门后，淋浴头"滴答""滴答"地滴着水，镜子也诡异得像要钻出来什么似的。

狄玥那点气势被灭了个一干二净，哆嗦着喊人："梁桉一，你等我啊，一定等我，别走。"

门外响起他轻声的哼唱，他的声音里有未睡醒的慵懒，柔柔地驱散了恐怖的气氛。

隔天狄玥早起洗漱，她进了洗手间后发现，镜子上贴了一张便签，他在上面画了一朵玫瑰简图，写了一句英文——

Love you three thousand times.

昨晚恐怖电影里的那些画面历历在目，狄玥对着镜子，本来心有余悸。

可梁桉一说，"爱你三千遍"。

她拿着便签一笑，好像也没有那么怕了。

日子每天都这样欢欢喜喜的，但也有过丢脸的时刻。

狄玥喜欢校门口的各种小零食，有一些零食的确不算特别健康，曾被学生的家长明令禁止。她作为老师，白天一本正经，可到了周末，也总是想起那些飘散在潮湿空气里的迷人香气。

有些嘴馋，她就在家里磨梁桉一，让他借一件外套给她。

她穿着男式秋冬大衣，把头发统统塞进毛绒帽子里，还戴了口罩，鬼鬼祟祟地拉着梁桉一去校门口买炸土豆、小糍粑、3 元钱的奶茶……

本来周末没什么孩子往校门口来，但烤肠老板家的小孩子，也在这所学校上课，好巧不巧，还是在狄玥带过的班级。

小男孩认出了狄玥，没什么坏心眼地问她："狄老师，你今天好像男人呀。"

被认了出来，狄玥一脸的尴尬，付过款后，她拉着梁桉一灰溜溜地钻回车里，在逃跑的路上，她还不忘摘掉口罩，吃两口炸土豆，给自己压压惊。

她对着倒车镜照了又照，确定看不出任何破绽，于是扭头问梁桉一，说自己和平时的差别那么大，怎么就被认出来了，这计划问题出在哪儿？

梁桉一开着车子，忍不住笑起来，提点她："问题出在和我借衣服时。"

狄玥很不解，她借的这件衣服，已经是他颜色最深的大衣了，哪里有问题？结果梁桉一说，她不该借衣服的，应该直接说，梁桉一，你去校门口给我买小吃。

真的！何必自己买！

"梁桉一，你是不是故意不提醒我的？"狄玥的嘴里塞着小糍粑，气呼呼地问他。

被问的人很诚实，居然承认了，说是有那么一点故意为之。

狄玥很生气，试图报复，可想来想去，也只有这个能威胁得了他："我不给你吃了，一口都不给！"

车里传来一阵梁桉一猖獗的大笑。

到了学期末，办公室的老师们聚餐，吃得高兴了，于是饭后又一起去 KTV。

夜里，梁桉一把车子停在 KTV 楼下，按照狄玥发给他的房间号码，上楼接人。还未走到包厢门口，他已经看见狄玥抱着外套和帆布包从里面溜出来了。

她来开门时，包厢里传来老前辈们欢快的“苍茫的天涯是我的爱”“绵绵的青山脚下花正开”……

大概是暖气开得太足，空间又密闭，狄玥的脸红红的，她看见梁桉一后，快乐地扑过去，挽住他的手臂。

里面有人探头出来，问:“狄老师也要走了吗？”

狄玥转头笑笑:“嗯，男朋友来接了，先走了，明天见。”

那人夸张地大笑，扭头对包厢里面喊:“老爷子，别‘天边最美的云彩’了，你的小儿媳妇和别人跑啦！”

梁桉一“嗞”了一声，捏捏她的脸，说她:“才几个月，行情还挺不错？”

降温最严重的那几天，狄玥和梁桉一在夜市买了夜光拼图，他们吹着空调，在家里头挨头地拼了一个星期，完全没感觉到天气有多难挨。

1 月中旬时，狄玥在她研究生导师的朋友圈里，看到了杜卓航的婚礼视频。

杜卓航红光满面，牵着新娘的手，那位新娘狄玥似乎见过，她忘记是在哪次礼尚往来的饭局上，同那位知书达理的姑娘有过一面之缘。

导师并不是录制者，原视频几经辗转，画质堪忧。但狄玥还是在宾客中看见了祖父和父亲，他们坐在席间，脸拉得比驴还长。

隔着屏幕都能感觉到，两个人的如意算盘被打碎之后，“珠落满地”的那种郁闷和愤愤。

也是那天，狄玥收到了一封家长和学生共同完成的手写信。

他们在信中很真诚地感谢狄玥，说她的课很有趣、很长知识，家长说孩子自从上过狄玥的课后，开始饭前主动洗手，还养成了“求知”的习惯，凡事总要问个为什么。如果家长们答不出来，孩子就自己想办法去搜寻答案，这是他们很乐意看到的。

信的结尾，贴了孩子自己压制的枫叶标签，上面写着——

提前祝狄老师新年快乐。

狄玥很高兴，她在休息时间给梁桉一发信息，说要请他吃饭，且叫他什么都不要管，地方要由她来定。

梁桉一来凉城也已经有了半个多月，虽然他没表现出对凉城的食物有多不适应，但狄玥仍然觉得，他大概是有个北方胃，于是定了一家北方菜馆。

菜馆的老板和厨师都是北方人，连传菜的服务人员也有两三个是北方人，在这样的环境里吃饭，总是有些亲切感的。

狄玥端着满满一杯碳酸饮料，郑重其事地发言：“今天，我们要庆祝两件事情！”

首先庆祝，她做老师的这几个月，第一次收到家长的手写表扬信，觉得十分有成就感。说到最后，她就像是在表彰大会上发言一样，郑重地承诺自己会认真对待课外活动课，让孩子们在快乐、开心的同时长知识！

第一件事情她说得行云流水，语气铿锵。

说到庆祝的第二件事情时，狄玥蓦地脸红了，她把装满饮料的杯子向前探了探，去和梁桉一碰杯，然后不大自然地垂了垂眼睛：“梁桉一……”

来之前她无数次地打腹稿，希望自己能表达得流畅一些。但她没有生长在爱里，对表达爱意这件事情，总是难以自如，话到嘴边了，她的声音生生地低了好几个度：“第二件事情就是庆祝我们……我们在一起 19 天了，你不是说‘9’吉利么，希望我们‘要久’……”

她的声音小得像蚊子，可梁桉一却全都听见了。

他隔着桌子倾身，吻了一下她的额头：“会的。”

“我还有别的想说，你看出来了吗？”

餐厅生意红火，人声鼎沸，梁桉一望着狄玥，含笑颔首：“嗯，看出来了。”

很多事情无须言语，是能够感受到的。就像他们在这天晚上，吃过晚饭后，举着伞漫步回到住的地方，然后借着小酌后的酒意，在玄关处热吻。

可狄玥突然用手碰了他一下，惊慌地叮嘱：“包，我的包，小心点，别压坏了。”

她的包总是一个帆布袋，不晓得今天里面装了什么，突然这么宝贝。

梁桉一问狄玥是什么，她蹲下来，把手探进帆布包里，小心翼翼地托出一串东西，居然是手工制作的“晴天娃娃”。

狄玥说，这是今天美工老师在课上带着学生做的，她听说要做

“晴天娃娃”，特意在午休时就买好材料，跟着去蹭了一节课。

她把那几个晴天娃娃挂在卧室的窗边，双手合十，闭上眼睛认真地许愿：“希望凉城的雨稍微停一停，出现梁桉一喜欢的晴天。”

隔天早晨掀开窗帘，出乎意料的，窗外真的是少有的大晴天。

狄玥一怔，快乐地叫他：“梁桉一，真的晴天了，你看你看，你喜欢的天气来啦！”

她的眼睛弯弯的，里面堆着发自内心的快乐，她明明喜欢阴雨天，却为了他，真心诚意地在求天晴。

2015 年的春节，是整个 21 世纪中最晚的。直到 2 月 18 日，才过除夕。

于是学校放假，便也相对晚些。

天公作美，刚巧在放学时放晴了。

雨息雾止，朱笛挽着狄玥的手臂，走出校门，和她一起钻进了梁桉一的车子里。

朱笛坐在后排，扒着前排座椅的靠背，把头钻到前面去：“你们说，我这几天总是去你俩那里蹭饭，是不是有点不太好哦？我吃得还多……”

“有什么不好的？”狄玥回过身，摸了摸朱笛的脸，心疼地说，“可你好像还瘦了些呢。”

“瘦点好呀，省得我减肥了嘛。说真的，我这样天天去，你们会嫌弃我这个电灯泡吗？”

梁桉一发动车子，说：“倒是不嫌弃，不过，下次办公室里再有给狄玥介绍相亲的，麻烦给拦着点儿。”

“没问题！”朱笛马上高举着手机，“再有人给玥玥介绍呢，我就把你俩在雪山上的合影给他们看，郎才女貌的，我看谁舍得拆散。”

狄玥扭头看梁桉一的侧脸，和他相处就是这样，很舒服，无时无刻都能感受到他的细心。

朱笛是她的朋友，以前也经常去她家里，但现在她不是一个人住了，人家是怕蹭饭会给他们带来麻烦。

朱笛的问话要是由她来答，总觉得不够让人放松，可由梁桉一回答就好多了。他一定也知道这一点，所以才和朱笛开玩笑，叫她安心。

其实朱笛这阵子不爱回家，是有原因的——

她家里的老人岁数越来越大了，需要考虑养老了。几家长辈最近都在争论老人跟谁的问题。

按朱笛父母的想法，想让老人住在他们这边，他们都退休了，有时间，也愿意伺候老人，绝无怨言。他们本来是好心，可朱笛的叔叔伯伯们却不是这样想的。

老人手里有些积蓄，这些人不想照顾老人，却又觊觎这笔钱，不肯让老人在朱笛父母家常住，怕他们私吞老人的财产。非要出馊主意，说每一家住 3 个月，轮流照顾老人。

老人本来腿脚不好，又喜欢安静，这样每家轮着照顾她，她是不愿意的，因此老人私下和朱笛父母商量，想住在朱笛父母身边……

“可这样呢，我叔叔伯伯他们又不同意，几个人加起来，得有上亿个心眼子，有话又不直说，拐弯抹角地恶心人，真！讨！厌！”朱笛咬着一块鸡翅，囫囵地吐出骨头，说他们天天借口看老人，实际上都是各种打探，家里没有个安生的时候，所以她总要躲出来。

“可能人都是趋利避害的吧，我现在就是不乐意回家吃饭，不乐意看他们那些人的嘴脸。”朱笛又愤愤地咬了一口鸡翅。

狄玥夹了一块肉，又夹了菜，统统塞进朱笛的碗里：“那你就来我这里吃呀，多吃点，不要再瘦了，天气这么冷，都不能御寒了。”

“还是玥玥好！”朱笛放下筷子，转身拥抱她，然后叹着气，“干脆别放寒假得了，要么晚点放也行。工作着有事情忙，我还能顺心些。”

那晚朱笛喝了一罐啤酒，吃鸡翅吃得满嘴油花，说的话本来是没什么逻辑的，可谁能想到，她说的那些醉话，居然一语成谶，学校还真就差点没放成寒假。

事情是这样的：

新校区那边，还没装修完。但领导们觉得，新入职的老师们需要锻炼。所以安排老师们去一趟为期半个月的冬令营，让新老师给学生安排课程、照顾学生的起居饮食，也会在学生休息时间，给新老师安排培训。算是让新老师们提前适应岗位，锻炼多方面的工作能力……

发到手里的文件上，是这样说的。

狄玥倒是挺开心的，她喜欢和孩子们相处，看着孩子们开怀大笑时，她总有一种感觉，像是那些轻松的笑容，能穿过岁月，治愈她童年的伤痕。但她有时也忧心忡忡地和梁桉一说，有些事表面上是给孩子们减压的，说是能让小孩以后的路轻松点，可她总觉得，有些孩子过得太辛苦，每天被安排太多事，连休息时间都没有。

梁桉一注视了她良久，狄玥问他看什么，他说是在看温柔的狄老师。

“不过，我们的旅行可能要推到年后了。”

“都可以，看你的时间。”

狄玥攒了一点小钱，计划着在寒假出国玩玩，梁桉一当然会陪她一起去。

那天她的嘴比脑子快，脱口而出：“像度蜜月一样。”

说完，她的脸色泛红，一头扎进被子里，死活不肯出来了。

梁桉一笑了半天，最后问她，想去哪个国家。

她想来想去，其实她也没有特别的喜好，但她想到一点，从被子里传出闷闷的声音：“要去一个，阳光明媚的，日日都是大晴天的地方。”

那天睡觉时，狄玥和梁桉一说：“你觉不觉得，这房子虽然很小，但是气场挺不错的。”

她掰着手指头数给他看：“你看呀，之前我许愿说希望晴天，是不是足足放晴了三天呢？这可是很难得的，我来凉城这么久了，几乎没有过的；还有那天朱笛说的，希望不放假，这不就成真了？真的要多上半个月班的。不过开学也会晚半个月左右，如果经济条件允许的话，我们可以在国外多逗留几天……”

狄玥只列数两件事，但她弯下去三根手指，还有一件也成真了，只是她没说而已，那天她在梦魇中惊醒，希望和梁桉一开始一段正式的、稳定的恋爱关系。当时她还道自己是痴心妄想，谁知道只隔了几分钟而已，居然夙愿成真，她戴上了一枚钻戒，成了他的女朋友。

冬令营在另一所学校，和之前上班的地方隔了两条街。

那阵子梁桉一天天接她下班，两个人有时候回家做饭，有时候出去吃，也经常带上朱笛。

1月月底时，朱笛请两个人吃饭，红光满面地说，家里的事情终于平息了。

老人那阵子很不开心，后来在夜里哭诉，说不想去叔叔伯伯家住，朱笛父母心疼得要命，也想明白了，隔天那些人再来找碴时，被她爸妈从家里赶了出去。也许会被人嚼舌根说他们贪图老人的钱财，可是，他们爱怎么说就怎么说吧，老人的感受最重要。辛辛苦苦地付出一辈子了，总要过得顺心才行。

三个人碰杯，庆祝朱笛家的事情解决了。

温热的白酒下肚，身心皆暖。

1月的最后一天，梁桉一擎着一把透明雨伞，立于细雨中，在等狄玥下班。

身旁的公交车站台正在更换广告栏内容，工作人员穿着雨衣，撤掉褪色的旧宣传页，换上新的，新换的宣传页是蓝底红字，很有警戒的意思。

上面写着“HIV”病毒的相关科普知识，防护与正确认识之类，也有国内外现存感染者的条形图统计。

数字触目惊心，足以让大家引以为戒。

梁桉一无意间看见“HIV”的字样，眉心下意识地蹙起，脑海里出现父亲生前那张消瘦、痛苦的面庞，也想起邻里间对父亲的躲闪不及、闲话诋毁……

梁桉一皱了皱眉头。

“梁桉一！”狄玥从学校里出来，见他等在雨中，隔着街道对他挥手，她还举起一个纸袋子，指着它很欢快地喊道：“等我过去给你看，是办公室前辈送的礼物……”

下学期再上班时，她就要告别原办公室里的那些同事了，他们很多人都要留在原校区的，只有她和朱笛几个人，会去新校区。

之前给她介绍自己小儿子的那位老前辈，今天特地来了冬令营，送给她一盆绿植，说是很好养活的。

人行横道路边的灯变为绿灯，狄玥左右看了看车子，抱着纸袋跑过来，钻进梁桉一的伞下：“前辈说这是幸福树，祝福我们的。”

梁桉一忽然抬起手，把她拥入怀中。

狄玥的脸变得透红，也抱了抱他，但还是小声地提醒：“这是学校门口呢……”

被提醒的人“嗯”了一声，隔了几秒才放开手臂，揉揉她的头发，若无其事地说：“走了。”

不知道是否是错觉，狄玥总觉得梁桉一有些不对劲。仔细回忆起来，刚才她走出校门时，梁桉一似乎正盯着什么东西出神，他脸上沉寂着一种落寞的安静。

狄玥挎着梁桉一的手臂，走了几步，突然皱起眉头回头去看，可身后那个方向，除了公交车站台，似乎也没有旁的东西了。站台上倒是有几个穿着厚雨衣的人在忙碌着，像是在换宣传广告牌？

一切都没有什么特别的。

但说不上什么原因，狄玥突然感觉，有某些事情对她探出了一小节马脚。

那天晚上，出租房里吹着空调暖风。

和往常一样，狄玥在写教案，梁桉一也在工作，他戴着耳机，似乎正在听一段曲子，偶尔他会用指尖敲击桌面，然后记下几笔灵感。

狄玥把教案推开了，第一次打扰梁桉一工作，她凑过去摘了他的耳机，郑重其事道：“梁桉一，我问你个问题。”

也许是她的表情过于严肃，梁桉一看上去有些意外，他好脾气地摘了另一边的耳机，示意，问吧。

狄玥知道他今天心情不佳，她只是想要找个方式哄哄他。可哄人，她并不擅长，她冥思苦想了一个晚上，最后只想到了一个有点土的哄人话术。

狄玥站在客厅中央，问梁桉一：“你知道你住在什么地方吗？”

“嗯？”

“梁桉一，你住在化学元素周期表第30号元素的位置。”

她是学化学的，梁桉一又不是，他大概一时没反应过来，轻轻地挑了下眉梢。

狄玥执意想哄男朋友开心，用两只手比了心形，放在自己左身侧，耳朵先羞红了，但还是顽强地坚持把话说完：“你住在，我‘锌’上。”

SOUL MATE

第七章

-

《围城》

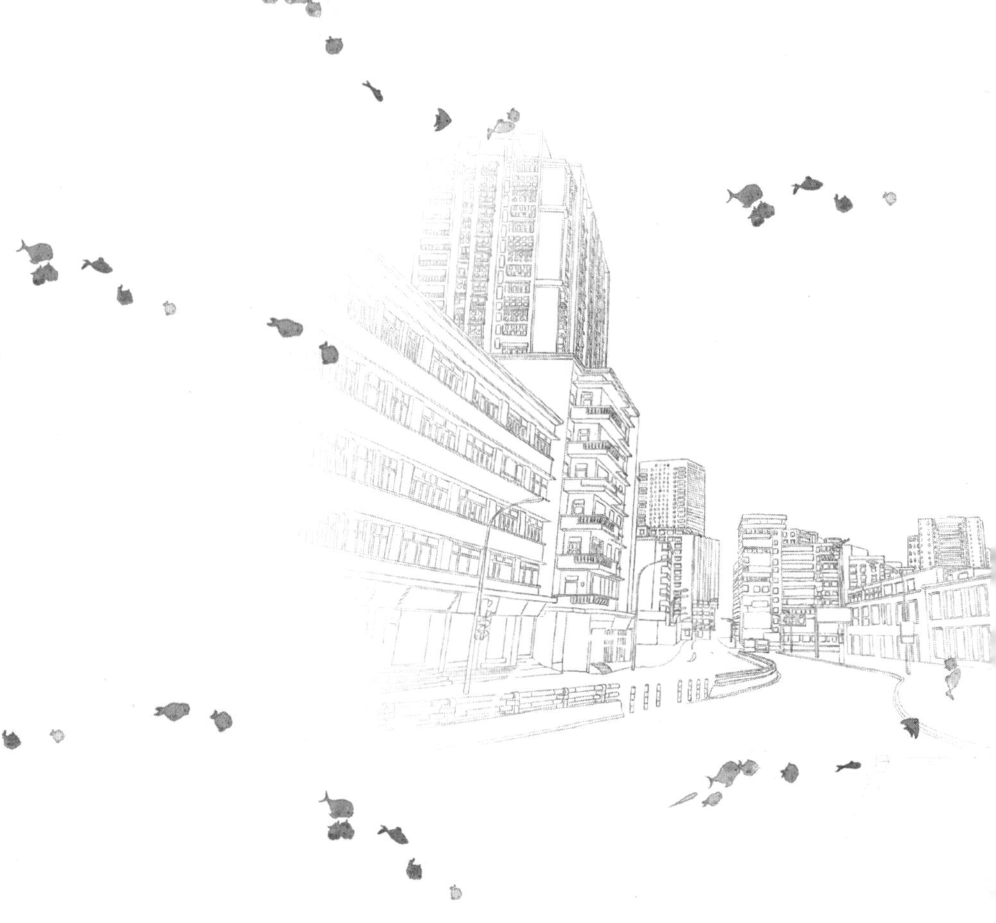

2015.3 西雅图

饭店的走廊逼仄，店员歉意的声音自身后传来：“Excuse me, sorry, can I get through?（对不起，打扰一下，可以让我过去吗？）”

狄玥回过神来，马上侧身让开路，她的表情，比那位端着大份生蚝的店员更加不好意思，连声地抱歉。

实在不怪她走神，思及过往，怎么想她都觉得，梁桉一明明就是在 12 月才到凉城的。

狄玥摇摇头，总觉得与她共同书写这段记忆的另一位主角，好像在其中空掉了很多关键点，付之阙如。

店员在她面前推开了包厢门，原来那份生蚝，居然是他们这桌点的。

狄玥跟着店员进去了，看着满桌堆积的佳肴壶飧：“唐良，这会撑死人的……”

“多吃，多吃，昨晚没做什么安排，我心里已经很愧疚了，今儿是正式给你们两个接风的，多吃些。其实你们来啊，我也高兴，我这阵子心情也是不怎么好，失恋嘛。总一个人憋着，快疯了，你们来了我也有个伴儿，能聊聊天、说说话。”唐良一定要用他的右手接下生蚝盘，因为那只手，戴着新买的戒指。

得到店员的一句“Ring is beautiful”（戒指很漂亮），唐良如遇知己，攀谈了几句，差点又要加些菜肴，但被狄玥和梁桉一及时拦住了。

狄玥坐回梁桉一的身边，端了一杯饮料，她心不在焉地抿了一口，然后小声地问他，刚刚在外面好像听见他说，是8月月底去的凉城，可明明她记得是12月份，而且是12月31日那天。

“梁桉一，你在那之前，也有到过凉城吗？”

她问话的声音不大，但旁边竖着耳朵听的唐良还是听见了。

唐良放下生蚝壳子，随便抽了一张餐巾纸抹抹嘴，挪了挪椅子，八卦兮兮地凑过来，连问两遍：“怎么回事儿？怎么回事儿？”

梁桉一夹了一片松露鸭肉给狄玥，轻描淡写地说，之前他不喜欢雨天，但又想和狄玥有情感上的发展，所以提前去凉城住过一阵，算是让自己适应适应。但那时他也只是订了一家酒店常住，偶尔也会回燕城。

比如给她寄快递时，签收她寄回的快递时，他都会算好日子，提前回去。

“你那可不只是不喜欢雨天……”

唐良插了一句，但被梁桉一轻轻地抬起手，打断了。

梁桉一笑着说：“还以为凉城那边有多难适应，其实也就还好，3个多月就习惯了。”

他的语气那样随意，好像在讲连浅析都没有必要的、很稀松平常的事情。像数学课老师讲到某条过于常用的简单公式，连板书都懒得再写，只说，这题简单，就用它就行。

可狄玥的鼻子蓦然一酸，那时候她初到凉城，偶尔也会翻一翻和梁桉一的对话框，她嘴上说要潇洒，其实心里也埋怨过。

“纵我不往，子宁不嗣音？”

纵然我不去找你，难道你也就此断了音信？

今天才知道，梁桉一不是断了音信，他只是知道她喜欢凉城，所以她走时，他并没有挽留，而是默默地来到凉城，等适应了南方阴雨连绵的天气后，才来见她。

狄玥的眼睛红红的，眼泪噙满眼眶。

梁桉一笑她：“怎么了，哭什么？”

他拆了一条肥美的蟹腿肉，喂到她的唇边，连哄带安慰地说：“你看，四舍五入，也算是和你同甘共苦过了，在你为开始新生活努力时，我也努力尝试了一些过去没想着要做的事情。怎么样，这个男朋友，是不是也勉强算合格？”

狄玥含着蟹腿肉，努力地嚼了两下，强忍着没让眼泪掉下来。

她忽然想起某次，凉城雷电交加、暴雨如注，那晚梁桉一没有接听电话，他那时也一定在凉城吧，那场暴雨他一定十分不喜欢吧，可他还是留下来了，来找她……

坐在旁边的唐良忍不住问：“那你到凉城那会儿，没找过狄玥啊？”

“毕竟不喜欢雨天也十几年了。”梁桉一说，“能不能留在凉城，起初确实没什么把握，也就没去找她。但她在凉城，总像是有人在召唤我，这不，我就去了。”

包厢的灯光是暖橙色的，餐桌上堆着的食物散发着鲜香。

西雅图细雨淋漓，点点滴滴的，模糊了整座城市。

梁桉一凑到她的耳边："以后别总冤枉好人，我爱你挺深的。"

狄玥猛地点头，她好想哭。

可……

"啪"！

唐良突然一拍大腿，声音之大，把她的眼泪都给吓回去了。

"'良缘由夙缔'啊！"唐良拍着大腿，"这可真是'良缘由夙缔，佳偶自天成'！你俩可真像拍电影啊，Eason 那首歌怎么唱来着？'我来到，你的城市，走过你来时的路''你会不会忽然地出现，在街角的咖啡店'……"

后来话题跑偏到音乐创作与灵感上，梁桉一提前去凉城的事情，狄玥也就没再继续问。

那天下午，他们自西雅图回到双桥岛。

晚饭依然由唐良招待，但中午实在是吃得太多了，晚上他们便选了简餐，在相识的饭馆打包了菜饭后，三个人回唐良家里用餐。

也许因为刚失恋，唐良喝了不少酒，醉得不行，扶着梁桉一的肩膀去阳台抽烟。

烟酒哑了唐良的嗓子，狄玥隐约地听见，这个从见面起就极其外向热络的男人，用他那副沙哑的嗓子，吐出一声叹息。

声音中藏着的，是浓重的愁绪。

这样的情况，很多事情便不好再当着唐良的面开口了，刚失恋过的人总是伤心的，不能戳人家的痛处。

隔天上午，微雨。

狄玥先起的床，她撑伞去那家咖啡店买咖啡。

这地方的生活节奏不像燕城那样快，很舒缓，上午 9 点钟，咖啡店几乎没什么人，老板还在悠闲地哼着歌，擦拭那些杯具。

狄玥把伞立在店门口，推门走进去，老板认出了她，于是主动地和她攀谈起来。

她坐在一旁，边看老板做咖啡，边听他讲自己的见闻：老板说，他在某植物园，曾见过一棵近百年树龄的咖啡树，但绝大多数咖啡树，都因为果实产量大，而折损了寿命，有一些只活几年或者十几年，就要死掉……

手动咖啡机搅动着，传出“呼噜”“呼噜”的磨豆子的声音。老板把那些咖啡豆递给她，让她闻优质老豆特有的香味。

门口的风铃“叮当”一响，有新的客人迈进来了。

狄玥下意识地转头，恰巧和那位新客人对视，是唐良。

唐良没打伞，长发上落满了细小的雨珠，他见到狄玥，扭身就要走，狄玥叫住他：“唐良，你跑什么呀，我请你喝咖啡？”

昨晚唐良喝多了，露出了些丑态，说是羞于见人。

但狄玥笑笑，解释着说，昨天后来是梁桉一留下照顾他的，她不懂喝洋酒，又实在太困了，便先回酒店休息了，走时他是清醒着的，还挥手和她告别，并没醉到那么夸张。

“我……是怎么和你告别的……”

狄玥实在不忍心告诉唐良，他靠在沙发里，坚持给她唱完了整首《好久不见》，才肯放她离开。

咖啡煮好了，袅袅飘香。

唐良的表情极不自然，他拢拢长发，说自己后来应该是吐了，而且不是普通的呕吐，是呈喷状……

“这个你要问梁桉一了。”

狄玥说昨晚梁桉一很晚才回酒店，洗个澡就睡觉了，也没和她说上几句话，到现在还在休息，她是因为惦念这家店的咖啡，才悄悄地溜出来的。

“问你个问题，你们的感情是很好吧？”

狄玥露出一个浅浅的酒窝，笑着说：“嗯，就像你看到的这样。”

唐良张了张嘴巴，一副欲言又止的样子。

“你是不是有话和我说？”

“啊，有点吧。”

唐良灌下整杯咖啡，说其实这些不该他和狄玥说的，但梁桉一那人，什么事情都喜欢自己扛着，过去很多与他共事多年的朋友和同事，都没看出过这些。

“狄玥，梁桉一他真的不只是不喜欢雨天那么简单的。”

春风慢慢，空气淡泞。

店里放了一首陌生的慢摇滚音乐，老板又哼着曲调，去擦拭他那些杯具，用大麻袋包装着的咖啡豆堆积在角落里，烘焙机被擦得锃亮。

这是个很适合闲话生活的环境，可唐良的面色凝重，这让狄玥的心里充斥着不安，她放下咖啡杯，坐直了些：“那麻烦你……给我讲讲吧。”

其实故事的开始，就和狄玥预想中的情况，完全不同——

2014 年 2 月 23 日的夜晚，她走进梁桉一的家。他是她见过的所有人中，气质最轻盈、最松弛的，品味也很优雅。因此，狄玥曾在心里羡慕地猜测过。

她想，梁桉一的人生一定是一路顺遂的，家庭和睦、不愁钱花，所以可以随心所欲地去做自己喜欢的事情，选择自己想要的生活，而没有任何压力。

可唐良推翻了她所有的假设。

梁桉一的母亲，确实是家境殷实。

梁母是燕城人，念大学时，认识了在校外餐馆勤工俭学的梁父。谁也说不上当年是怎样特别的缘分，让温室里生活的富家小姐，爱上了满身油烟气的穷学生。

梁母的家人曾尝试着拆散他们，但都无果。

到他们毕业那年，6 月中旬，梁父家里的老人突然病危了，梁父回到南方小城，照顾老人。

仅仅十几天后，老人便过世了。

梁母家里经商，梁母的家人原本计划在梁母毕业后，举家去国外发展。

但梁父变成了孤儿，梁母毅然决定放弃出国生活的机会，离开家人，到南方小城去发展，顺便陪伴梁父。

过世的老人给梁父留下一间经营了近 30 年的早点店。

梁父继承了早点店，而梁母则在附近找了一家公司做文员。夫妻二人的收入不算多，但两个人的感情很好。二人精打细算，结婚那年，也攒够了买下早点店楼上那套房子的钱。

夫妻同心，也算是很好的生活。

梁桉一确实出生在幸福的家庭里，父亲吃苦耐劳，母亲温柔体贴。

在他很小的时候，他们一家三口坐在温馨的小家庭里，看春晚、包饺子，也去户外贴春联、放爆竹、看烟花。父母很宠梁桉一，从小培养他学习音乐。

时隔多年，当初决裂的家人也渐渐地恢复了联系，偶尔母亲收到国外寄来的信笺，脸上也并无羡慕的神色。她只是微笑着提笔写下他们的生活琐碎，夹一两张三口之家的照片，寄给梁桉一的外公外婆。

那是他们最好的时光。

南方小城的空气温润，梁桉一在父母的爱与陪伴下，生活得无忧无虑的，拥有快乐美满的童年。

事情的转折，是在他 8 岁那年的梅雨季节。

那天的雨几乎下了一整夜，梁父与往常一样，凌晨 3 点钟起床，为早点店做营业前的准备。

他的手工牛肉丸，格外受街坊邻居的欢迎，每天都要排长长的队。

哪怕雨天，也有人举着伞冲进来："梁哥，牛肉丸来五份啦，家里老小等着我买回去吃，没有牛丸汤，都不肯吃饭的啊！"

那时梁桉一正在上小学，遇上阴雨天，便格外犯懒，起床后他睡眼蒙眬地洗漱，晃悠到下楼，坐在早点店里的小桌旁，等着父亲给他煮早饭吃。

惊醒他的，是外面的一声叫骂。

街上突然骚乱起来，对面的巷子里有人在打架。

赤着上身的男人揪着一个姑娘的头发，拖行着她，那姑娘不知是哪里受了伤，满身是血，狞呼不绝，但男人没有丝毫怜悯，满脸的凶相，回身继续踢打她。

很多人围观着，有人隔着人群，试图用言语阻拦，但又都被男人的目光吓住了，事故中心围了一群人，却无一人敢上前。

不知是什么时候，梁父放下了手里的大汤勺，跑过去，勒令那男人放手。

那时候手机远没有普及，梁父向不远处电话亭的婆婆喊话，拜托她报警。

梁父的这个行为激怒了暴徒，那人上前和梁父扭打在一起。

梁母从楼上下来，刚好看见了这样一幕，她惊呼一声，然后紧紧地捂住了梁桉一的眼睛，虽然声音颤抖，但仍强作镇定地道："宝贝别怕，你爸爸很厉害的。"

其实在一起生活久了，梁母早已经和梁父一样，张口总是温柔的南方口音，只有那天，她的指尖战战兢兢的，说了燕城的方言。

那暴徒是个惯于寻花问柳的混混，没什么真本事，也就对姑娘才敢动手，梁父每天做手打牛肉丸，剁馅搅拌，在几百斤牛肉里练出来的力气，那暴徒岂能招架。

梁父把人按在地上时，民警也迅速地赶到现场，检查过后，民警知道姑娘只是受了皮肉伤，便把两个人一起带走了。

争执之时，梁父曾不慎摔倒，被一旁的铁栏杆所划伤，手臂上留下一道很长的伤口。

梁母带着哭腔，拿了医药盒，帮梁父消毒包扎，她心疼得不得了，小声地埋怨他：“逞什么英雄呢，看看你伤成这样。”

梁父是好人，周围邻居谁家有什么事情他都会去帮忙。

梁父抹抹额头的雨水，回到自己的工作岗位：“来来来，牛肉丸管够。”

早点店内的食客和外面排队的人，都为他鼓掌，说他路见不平，便拔刀相助，是真英雄。

梁桉一在满室的夸赞声中，溜到父亲的身边，看着他缠着绷带的手臂，担心地询问：“爸爸，你要不要去医院呀？”

“不用，小伤，不碍事。桉一好好吃饭，一会儿妈妈送你去学校，要乖哦，听老师的话。”

“嗯！”

临走时，梁母不无担忧地退回来，说她去单位请个假，送完梁桉一就回来帮他干活儿，让梁父好好地休息。

梁母瞪了他一眼：“你不许逞能，忙完就去歇着。”

梁父笑笑：“好好好。”

可舆论就是在那个早晨，悄然改变的。

早餐时间还未过，那些食客还拥在餐厅里讨论刚才发生的事情，“好好的姑娘给打成那个样子”“作孽哦”，店里一片热闹唏嘘。

派出所的民警匆匆忙忙地跑来，说要带梁父去医院，他们说，那对男女打架的缘由，是因为被查出得了“AIDS”。

他们彼此间私生活都不干净，都怀疑是对方带来的，男人的指责谩骂，最后上升为拳脚相加。

起初店里只是安静了一瞬，像是所有人都没反应过来。

民警见梁父愣怔着未动，便急了：“走啊，快跟我们走啊！你知道‘AIDS’是什么不？那是艾滋！你那手臂上的伤口那么大，肯定沾上他们的血了……得赶紧去筛查，看你有没有被感染‘HIV’病毒！”

梅雨季的雨，像是总也下不完，窗外一声闷雷。

食客像是忽然被惊醒了，各个起身，惊慌地逃窜，好像空气里弥漫着致命的毒气，再稍微晚一秒跑出去，他们就会死亡。

梁桉一被人从学校里接回来，街坊邻居们看见他，马上掩住口鼻，退回去紧闭房门，避他如蛇蝎。那时候他还小，不懂得到底发生了什么事情，到家后只看见梁母哭肿了的眼睛。

梁父坐在一旁，像是想要伸手拍拍她的背，可手刚伸到一半，又急急地撤了回去。

那时候，科技与医疗远没有 21 世纪的现代先进，甚至，距离国内首次发现“AIDS”和“HIV”，还未超过 10 年时间，国内“HIV”病毒的检测设备并不算完善，光是等待结果，便需要几个月的时间。

那几个月，像有一柄利刃，悬于他们一家三口的头顶，随时可能落下。

比生病更让人难熬的，是人言。

住在巷子里的那位姑娘没什么生活本领，辗转于几个男人之间，因而，她患“AIDS”的原因，被人们冠以诸多妄断。往日同她走得近、有交集的人，也多被猜疑。

流言发展到后面，梁父也被牵扯进去。

有人说自己亲眼见过，那姑娘来早点店买牛肉丸汤，梁父对她很是和颜悦色，还多送给她牛肉丸子吃。

“他们喏，万一是有过不正当交易的呢，男人嘛。”

“就是，要不然那天别人都看热闹，就他急着往前冲。”

“外面的女人有几分姿色，就比家里的老婆顺眼，瞧瞧，现在还可能得艾滋嘞！”

“哎，我说呢，怎么那样急着逞英雄。”

善举已然变成了“逞英雄”，行为也不再是单纯的路见不平，而是成了“别有用心”。

那些非议，梁桉一的父母并没有让他听见。

起初梁母和梁父告诉梁桉一，爸爸可能会生病，所以不能和他一起吃饭、一起居住，要等几个月，检查结果出来后才知道该怎么办。父母把梁桉一保护得很好，给他在学校请了假。家里的早点店也关了门，梁母待在家里，整日陪梁桉一弹琴，虽然大部分时间母亲的情绪低迷，但偶尔也还是会有欢声笑语。

可后来，事情再次生变。

邻居家 20 岁出头的男孩突然不规律地发热近月余，体重严重下降，腹泻又咳嗽，在家里吃药，总也不见好，似乎还越来越严重了，他家里人怕出事，慌忙把人送去医院，经医生初步诊断，居然怀疑他是“AIDS”患者。

男孩的家人拒不承认儿子接触过巷子里的那位姑娘，一口咬定，一定是因为在梁父的早点店吃过牛肉丸，才会患病。

一时间，在早点店吃过牛肉丸的街邻们人人自危，稍微有个头疼脑热，便被吓得都跑去医院，觉得自己是感染了“HIV”病毒。

事情愈演愈烈，那些污秽的话，再次四散，措辞比之前那些揣测难听一万倍。

梁母、梁父虽然做着普通的工作，但都是大学毕业，两个人商量过后，把搜集到的关于“AIDS”和“HIV”的知识，手写在纸上，由梁母带着梁桉一，去外面张贴、宣传，希望能以此平息或者安抚这场恐慌。

空气不会传播！普通接触不会染病！请大家不要怕！

这些手写的标语，并没有起到任何作用，他们出去，仍被人泼水丢菜，邻人们大叫着让他们滚回家去。

某天夜里，梁桉一正在熟睡，二楼的玻璃窗突然被人打碎了，有人丢了一串爆竹进来，爆炸声乍响，他们一家三口都被惊醒了。

那些人在楼下泼了猪血，用红色油漆写了很过分的字样。

那时梁桉一年纪太小，心理承受能力远不及成年人，原本他就十分担心父亲，突然又受到这样的惊吓，因此应激性失聪了。

那夜之后，长达 7 个月，梁桉一都无法听见声音，也正是那几个月听不到声音的时间，让梁桉一变得敏感，自此之后，无论是对他人的情绪，还是周围气氛的感知，他都变得比旁人更敏锐。

唐良说，刚认识梁桉一时，他也觉得这人挺神奇的，偶尔这人像是能看懂人的心思似的，但他没想到原因竟然是这样。

学做炸酱面的那天，狄玥站在梁桉一家的厨房里，追着梁桉一问：

“梁桉一，你有读心术吗？”

“你还说你没有读心术！”

梁桉一给她送氢气球和玫瑰的那天，她趴在阳台的护栏上，兴奋地向下望，问他：“你怎么知道我想见你？”

他轻轻地笑了，说：“读心术。”

唐良顾叹这段往事时，那些场景一帧帧地自狄玥的脑海中闪过。

根本不是什么读心术，骗子！

那只是他的陈年旧痂脱落后，因伤口过深而留下的受伤痕迹，虽然看上去比其他皮肤更强韧，可那总归是疤，是承受过深重的痛苦才会留下的。

“你猜我是怎么知道这些的？”

狄玥摇头。

唐良嗤笑一声，说了另一件残酷的现实：当时在国外发展得十分良好的 Josefin，突然打算隐退，公司与她周旋良久，却未能达到目的。他们只有那么一棵摇钱树，失去 Josefin 后，公司便开始走下坡路，那时的领导层居然想把梁桉一推出去，把他包装成新的艺人。

毕竟 L 很神秘，本来就自带话题。

“那群小人，特意去查了梁桉一的身世，我知道的这些资料，都是从公司一哥们儿的手里看来的。”

不过幸好那时，有其他领导惜才，极力反对这一举动。且梁桉一也有了一定的经济实力，直接走了法律流程，顺利地和公司解约了，然后回国发展。

雨声泠泠，狄玥觉得冷。

不知是否是错觉，她感觉有一股凉气，从头顶蔓延到脚踝，像是身处南极，她隐忍着没有开口，怕自己会哭出来。

现在不能哭。

唐良一定知道更多更多，她要听他讲完。

他们是用中文交谈的，咖啡店的老板大抵听不懂。

但也许，他们之间的氛围太过悲伤了，老板不知何时关掉了音乐，端了一杯咖啡坐去了远处，把空间留给他们。

因为昨夜宿醉，唐良一口气说了太多的话，嗓子都哑了，可他喝了两口咖啡，又继续说了下去。

随着唐良的讲述，狄玥像是被带回到上世纪 90 年代初期。

她想象着那座南方小城，梅雨季节，那里大概如同凉城，雨水连绵不绝，那些人冷漠地对待着幼小的梁桉一和他的家人。

梁父不能再经营早点店了，梁母也不能再去上班了，没有人愿意与他们交往，他们失去了经济来源，失去了社会属性，退缩回自己的家里，守着最后的阵地，依然乐观地自我安慰：明天会好的，面包总会有的。

生活已经举步维艰了，可最艰难的，还是到来了，几个月后，梁父的筛查结果出来了——

他被确诊感染了“HIV”病毒。

那柄利刃，终于落了下来。

造谣、流言蜚语有多简单——切几段被夸大无数倍的事件“原貌”，佐以些许道听途说，再撒上自己的主观臆测。

只需要这些，将它们盖好，闷起来发酵。

好了，敬请享用吧。

如此简单。

简直比早点店的牛肉丸子更容易，它甚至不用五更天起床，大动干戈地烹制，只用几句话，咂咂嘴就好。

反正出了事情，那些人个个都龟缩在群体里，都说与自己关联甚微，哪怕真的有人出面，那轻飘飘的几句道歉，谁又需要呢?

南方小城已经没有办法再继续生活了，梁父确认感染“HIV”后的第二个星期，他们举家搬到燕城。

梁父在这儿念过书，又在这儿认识了梁母，燕城也算是他除了家乡外，最熟悉的地方了。

而梁母本来就是燕城人，这边的生活她原本也能很好地适应。

起初生活环境确实变好了一些，他们已离开了多年，燕城没什么人认识他们，妄议也逐渐地退出了生活。

但日子仍过得如履薄冰。

对普通人来说的每一个平凡日子，梁父和梁母都过得心惊胆战，他们焦虑、不安、惶恐。

在这种折磨下，连爱情也不再纯粹了。

接吻变得需要反复思量。

梁父张开嘴巴，用手电照亮口腔，对着镜子疑神疑鬼的，不是觉得自己有口腔溃疡，就是觉得自己牙龈出血，他用生理盐水不断地漱口，生怕出现一点点意外，把病毒传染给梁母。而梁母也逐渐分不清，在得来不易的唇齿相依中，她心脏急速的跳动，到底是因为爱和心动，还是因为对病毒的恐惧和担忧。

不知何时消息不经意地扩散，身边又有人知道了梁父的病情。

在那时，偏见是存在的，“HIV”的感染，通常被人联想到混乱的私生活或者犯罪；就算没有偏见，出于某种自我保护，大家也都会尽量避开病患。

他们的生活，像“莫比乌斯带”，无限地循环，无论逃到哪里，都逃不开流言与避讳。

国外亲友那边打探来的消息，则更令人沮丧：依现有的医疗手段，“AIDS”尚无治愈方法。病毒会攻击人体的免疫系统，使病人更容易感染各种疾病，这种病后期病征极多，且死亡率非常高。

生活变得没有盼头，没有指望，就像是古装片里做士兵的群演，上千人穿着厚重的盔甲，在酷暑天的沙尘里跟着队伍前行，浩浩荡荡的，似乎很有气势，可其实放大来看，他们的表情都禁不起推敲，个个眼神麻木，只浑浑噩噩地混着走下去。

漫无目的，只是走下去而已。

在那几年难挨的时光里，即便他们的经济压力如影随形，但父母对梁桉一的爱，却至深至浓，他们对梁桉一音乐方面的培养从未停歇。

他们说：“宝贝，别怕，都会过去的。”

无望的生活，留不住的生命，这些精神压力，击垮了原本乐观积极的梁母。白天她是坚强的母亲，是顶住经济压力的妻子，可在无数个深夜，她脆弱地被梦境惊醒，却无法说服自己，去亲吻她的爱人。

那些年，梁母总能接到国外的信件、电话。

谁也不知道是从什么时候开始，她动了离开的心思。

在梁桉一升入初中后的某个春夜，燕城暴雨，雨势大得像是要把整座城市倾贴。

梁父和梁母就是在那天夜里，决定离婚，他们征求了梁桉一的意见，问他是否愿意同梁母出国，去外公外婆家学习、生活。

梁桉一拒绝了。

他那时才十几岁，还是个孩子，但他仍然觉得自己可以撑起他和父亲的生活，他毅然决定留在燕城。

窗外大雨倾盆，梁母愣了愣，突然掩面，失声地痛哭。

也许在某一刻，她在梁桉一坚毅的眼神里，看见了曾经的那个自己，那个大学刚刚毕业，便辞别亲人，毅然奔赴南方小城去找梁父的自己。

梁父拍拍梁母的头，轻声地安慰：“别哭啊，明天还要去办离婚手续，眼睛肿了，出门要不漂亮了。”

那夜之后，家里只剩下梁父与梁桉一。

也不是不曾被幸运眷顾过。

梁桉一的音乐启蒙老师在他们搬到燕城不久后，刚巧也到燕城发展，说是一线城市教育认知稍微好一些，做艺术培养也会相对赚钱一些。

音乐老师极重视梁桉一，对患病的梁父也没有偏见，经常来家里做客，也经常让梁桉一帮忙做些工作，然后付给他报酬。

世事漫随流水。

在那之后的几年，梁父的病情并没有出现奇迹，某个雨夜，他的父亲逝世于卡氏肺孢子虫病，简称“P/CP”，那是因“AIDS”引起的免疫力低下而感染的。

大多数时候，回忆是以联想为基础的。

也许是那些回忆让梁桉一难过，所以此后的很多年里，他都极度排斥降雨时的阴冷潮湿。

偶尔严重时，他也会因天气不佳而头疼、失眠。

唐良给狄玥分析，他个人觉得，梁桉一对雨天的那些反应，有些像心理创伤，但梁桉一这个人，对自己的事情几乎闭口不谈。

唐良最初也是一无所知，还以为L只是有个性、孤僻、喜欢独处，才找了这样的借口打发公司的人。毕竟艺术家们多的是怪癖，公司里连给脚趾戴戒指的人都有，不喜欢雨天又算什么？

他真正发现端倪，是某次唐良不请自来，去梁桉一家闹事儿。

“我那会儿觉得，他是我情敌来着……”唐良摸了摸鼻尖，挺不好意思地说，“有一阵儿我很迷恋Josefin，我自己感觉时机挺成熟了，便买了花和人家表白，结果Josefin告诉我，她倾心的人是L。”

那天唐良闯到梁桉一的住所，一脚踢开房门，却意外地看见梁桉一面色泛白，闭着眼睛靠在沙发里……

讲到这里，唐良瞥见狄玥的表情有些变化，也许连她自己都没意识到，她此刻不赞许地蹙起了眉头。

唐良连忙解释："欸，都是过去的事儿了啊，现在我们哥俩儿感情挺好，那时候小，才 20 多岁，冲动，都是冲动！"

那天唐良计划中的斗殴，也并未发生。

梁桉一靠在沙发里瞥了他一眼，然后从抽屉里拿出止头疼的药片，服用药物后，理都没理会唐良，直接回了卧室，并反锁了门，睡觉去了，把雄赳赳而来的唐良晾在了客厅。

唐良气不过，痛饮了梁桉一的两瓶红酒，才肯罢休。

"不过，那是我唯一一次见他不舒服，后来再问他，他也不愿多谈，只说不喜欢雨天，会头疼……"

雨势不减，咖啡店里零星地来了两三位客人。

前天夜里被孩子们踢过的空马口铁罐，不知何时，已经回到了屋檐下，它被落雨敲击，发出金属特有的轻响。

见狄玥始终不说话，唐良觉得自己把话题聊得太沉重了，声声想要往轻松方向上引，于是又讲了几件他和梁桉一一起工作时的趣事。

狄玥配合着，露出淡淡的微笑，她甚至得体地谢过了唐良，感谢他肯告诉她这么多。她离开之前，执意为他们的咖啡买了单。

"狄玥，别忘了和梁桉一说啊，晚上一起吃饭。"

"好。"

出门后，狄玥对唐良挥挥手告别，一切似乎都很正常，但她忘记了立在咖啡店门口的雨伞，只身走进细密的雨丝中，越走越快，越走越快，最后发泄般地奔跑起来。

那些不公、不幸，已经太久太远了。

远到狄玥难以伸出手臂，穿越时间去拥抱幼小的梁桉一，去抱一抱他患病的父亲，甚至他黯然离去的母亲……她胸腔里积着不知该对谁发泄的愤懑，无力极了。

“梁桉一！”狄玥冲回酒店的房间，扑过去喊他。

昨晚被唐良折腾得够呛，梁桉一几乎天亮才入睡，听见声音，他才懒洋洋地睁开眼睛，掀开眼皮时，忽然听到一声啜泣，他整个人如遭电击般，瞬间坐了起来：“狄玥，怎么了？”

见她的发丝沾着雨水，梁桉一皱起眉头：“出去遇见什么了？”

狄玥抱住他，流泪不止。

为什么要去凉城，梁桉一，你为什么要去凉城……

事发突然，梁桉一不知是何缘由，只能拥着她，安抚似的轻拍她的后背。

2014 年年初时，她在酒吧街街口被人纠缠的画面，重回脑海。

“是不是遇见了什么坏人？吓到了？”

狄玥冲破哽咽，终于问出了声：“你为什么要去凉城？”

梁桉一打量着狄玥，确定她真的安全无碍，且所有的情绪只是针对他，他才忽地放下心来，认真地回答：“为了和你有感情上的发展。”

“可是你为什么没说呢，为什么没告诉我你根本就不喜欢雨天……”

梁桉一帮狄玥脱掉那件淋过雨的外套，用纸巾擦擦她头发上的雨水，然后把人揽进怀里，下颌往她颈窝里钻，他说：“这你可就冤枉我了，我不是在很早就说过，不喜欢雨天？”

结果他的一小块皮肉被狄玥揪住，掐了一把。

被掐的人眯了一下眼睛，然后收敛神情，同她对视。

他拢了眉心，认真地看她那双山雨欲来的眸子，似乎在深思。梁桉一确实很敏锐，只是片刻后，便还原了这个早晨里，他未参与到的真相。

“去喝咖啡遇见唐良，他惹你哭了？”梁桉一大概知道狄玥都听见过什么，他怕她难过，为了哄她开心，还说了一句粗鲁的话，“别哭，一会儿我就去杀了他。”

狄玥哭得很凶，梁桉一越是哄着，她越是停不下来。

明明也很想冷静一些，也想刚毅起来去安慰他，可事情邈如旷世，攸隔太久太久了，令她哽咽难言，不知从何说起，无论说些什么，都像是马后炮，一定对他产生不了任何实质性的帮助。

狄玥此刻所有的痛苦，都源于爱，她甚至荒谬地产生一种期盼，恨不能穿越时间、身份，代为受之，她希望在梁桉一历尽困厄时，自己能陪伴在他左右。

读本科那会儿，某次在实验室，她剥开芦苇秆，取下一片薄膜状结构，书里称之为“莩”。此刻她与梁桉一家庭的不幸，就像隔着一层莩。

太无力了。

狄玥只能紧紧地拥着梁桉一，把头埋进他的怀里，她的情绪太激动了，哭得连话也说不清楚，但磕磕巴巴间，她已经连“把凉城的工作辞掉”“我们去不下雨的地方生活”这种话，都决然地说了出来。

梁桉一把人从怀里揪出来，托起狄玥的下颌，用指腹拂拭她脸上的泪珠，故意逗她："哪儿不下雨？沙漠？"

狄玥安静了两秒，"哇"一声重新哭出声音。

"欸欸欸……"

梁桉一只好又把人按回怀里，说不喜欢雨天那事儿，只是他的一点小毛病，过了这么多年，早就好了。就像他妈妈一北方姑娘，初嫁到南方时，那种饮食上的不习惯，适应适应也就习惯了，甚至后来搬到燕城，还常想念南方小城的吃食。

"现在叫我搬走，我想念凉城的雨怎么办？"他打着轻松的比喻，轻拍她的背部，"外面雨都停了，还哭？"

雨确实停了，只剩树叶湿答答的，偶尔落下几滴积水，彩虹悄然横于天际，室内的光线明亮了些，一片植物斑驳的拓影，落在酒店的房间里。

"梁桉一……"

"嗯？"

"我在凉城请你吃饭那次……"

那次他们吃了燕城菜，席间她有话想要和他说，但因为太害羞了，没有说出口，只紧张地问他，是否看出来她想说什么。

梁桉一当时答她，"嗯，看出来了"，她也就露出甜蜜的笑容，没有把那几个字说出口。

梁桉一捏了一下狄玥的脸颊："你爱我，我知道。"

又被看出来了，但狄玥这次没有退缩，她擦擦眼泪，很认真、很认真地对他说了那三个字，一字一顿，咬字清晰。

这些爱，也许无法抚平他们一家人所受的苦难，可她希望做填海的精卫，只一小颗一小颗石子填下去，哪怕能让他稍微开心一点呢？

梁桉一吻过来时，狄玥下意识地闭上了眼睛，他的吻落在她的额间。

她感觉到他嘴唇的张合，他轻声地说，他也很爱她。

也许为了转移狄玥的注意力，梁桉一和她讲起他的父母。开讲前，他先帮她找了个舒适的姿势，他让狄玥靠坐在床上，然后往她后腰悬空处塞了个枕头，又给她递了纸巾。

“没你们想象的那么糟。”

这是梁桉一风格的故事开端。

梁母离开后，梁父只是消沉了一阵子。

后来这位坚强的父亲同梁桉一说，他们并不是不再相爱了，只是人生太长，意外太多，他们走散了而已，爱情又无法像那些牛肉，放进冰箱里就能保鲜。

梁父是个很乐观的人，他从未放弃过生活。

邻里躲避他，他就主动穿上厚厚的雨衣，戴上手套和口罩出门，即便“HIV”并不能通过空气传播，可他为了让邻里们放心，放弃了正常生活的机会，画地为牢，把自己囚禁其中，只希望不要惹来更多的麻烦。

梁父总说：“桉一啊，会好的，你相信爸爸，一切都会好的。”

“老梁，你也得信我，会好的。”

父子俩互相打着气，以这种美好期许为脊檩、为椽樽，支撑起他们人丁单薄的家。

梁桉一初中毕业的那个暑假，大概是梁父感染病毒后，最快乐的一段时间。

那年夏天，梁桉一考上了燕城最好的高中，在全国作文比赛中又得了一等奖，梁父得到消息时，高兴得居然唱了几句歌。

也许是因为儿子的上进，给了梁父莫大的勇气，几天后的餐桌上，梁父忐忑地同梁桉一商量，说想要去参加一个活动。

那是医院组织的一次“AIDS”公益活动，旨在给百姓们科普正确的“AIDS”与“HIV”相关知识，那几年，整个大环境都在变好，连小学生的必背知识点里，都有“HIV”的传播途径……

病友们燃起一线希望，打算在活动中手托“AIDS 患者”的牌子，走出“地牢”，勇敢地、光明磊落地承认自己的病情，也希望会有人，打破偏见和曲解，去拥抱他们……

那场活动，是梁桉一陪同梁父一起去的。

说实话，和预期比，效果差得太多了。

宣讲医生拿着麦克风卖力地解释，可下面那些人，仍然在领取过医院赠送的牙刷、牙膏等礼物后，毫不留恋地走掉。偶有留下的路人，但他们也没怎么听，三两成群的，围逐着病友们最不想听到的话。

那些言语，让病友们原本信心满满高举着牌子的手，渐渐地落下，病友们的目光，也从满怀希望，变得不安起来……

狄玥能想象到那个场面，她鼻子一酸，眼泪“吧嗒”“吧嗒”地又流下来。

她想，如果那时候她在就好了，她就可以去拥抱梁桉一的爸爸，亲吻他的脸颊，告诉他，叔叔，您一定要加油呀！

讲到这里，原本是很悲伤的，但梁桉一忽然目光柔和，唇角微微扬起，露出微笑。

连狄玥都留意到了他的异样，略感纳罕地看着他，不明所以。

梁桉一说："那天情况很糟，但我们遇见了一轮小小的太阳。"

在所有人都沮丧时，小小的狄玥出现了。

她的手掌还留有刚处理过的伤口，伤口处缠着层层叠叠的纱布，她看上去有点老实，不太爱臭美，在假期里，她仍然穿着某小学的夏季校服。

那天狄玥鬼迷心窍，拿着买书的钱去了小商店，人生第一次为自己挑选了各种零食，然后心满意足地抱着那些零食，打算找个地方藏起来，把零食统统吃光后，再回医院去找小姑姑。

她脑子里都是快乐的盘算，可一抬起眼睛，就看见了人群。

就是那天，她遇见了那群落寞的患者，他们手里拿着白纸糊的牌子，在上面写着几个英文字母——AIDS，字母后面还写了一句话——"别怕，请抱抱我"，有人在空白处画了小花朵，每一朵，都代表着举牌人殷切的渴望。

她太小了，不懂那串英文字母的含义，周围有人讳莫如深地说，他们是病人。

小狄玥觉得，他们比她更需要那些零食。

她走上前，挨个拥抱他们，并把零食送给了他们，最后她抱到一位笑得眼角堆满皱纹的伯伯，她把剩下的零食统统塞给他，认认真真地说：“这个请您吃。”

燕城的阳光从未那样明媚过，天空从未那样湛蓝过。

梁桉一当时就站在几米开外的地方，看到小狄玥踮着脚，用力地拥抱他的父亲，她还伸出手，在他父亲的背上拍了两下，像是安慰，也像是鼓励。

小姑娘有着灿烂的笑容，她甜甜地一笑，说：“这家医院很厉害的，有好多教授都在，您的病一定会好的，要加油呢。”

下一秒，一位穿白大褂的女人疾步走来，骂骂咧咧地揪着那小姑娘的耳朵，把她揪走了。

小姑娘一定觉得糗透了，她脸红得要命，像秋天枝头上的柿子。

事情发生得太突然，梁桉一甚至没来得及问她的名字，但他看见，她被推搡得衣领歪斜的后颈，露出了一抹淡红色的胎记，形似一尾鱼。

“狄玥，那是我第一次见你。”梁桉一拥住发愣的狄玥，吻她，“谢谢，老梁他们那天，真的很高兴。”

SOUL MATE

第八章

-

《罗密欧与朱丽叶》

2015.3 西雅图

那是一个分外绵长的吻。

狄玥本来就是蒙的，同梁桉一这样唇齿厮磨着，脑子就更加不够用了，只昏昏地思忖：原来，她和梁桉一之间，居然有那样的渊源；原来，自己真的拥抱过他的父亲。

梁桉一抬起手，拂走她擦眼泪时暴力揉掉的睫毛，用目光摹画着她的眉眼："我见过你，不止那一次。"

他再见到狄玥，已经时隔多年。

梁父去世后，梁桉一完成了高中学业，凭自己的能力到海外读书。其间也卖出过几首歌词、几段作曲，后来他遇见 Josefin 所在的公司，顺利地签约。

他年少成名，自此便成为职业作词人。

多少不知情的人，觉得他走运，羡慕他的好运气。

再遇见狄玥那年，梁桉一刚和前公司解约，开始作为自由作词人独立发展。

那时觉得解约是一步险棋，但后面看来，脱离公司的束缚，反而对他的发展更好，也许是因为这样的经历，他作词也越发独到。

过了 20 岁，梁桉一的风格逐渐柔和。

他的词，那种字里行间的故事感是难以复刻的，因而一时间在业内炙手可热，也是在这个时候，他辞别唐良等友人，决定回国内生活。

那一年，燕城的夏季格外炎热，高温预警频发，正午的街头酷暑难耐，鲜有人烟。

梁桉一刚归国不久，即便拿了国内驾照，但一时间从右侧驾驶改为左侧驾驶，也常有不适应。

某个早晨，从车库出来时，他一时不留神，把车子划了一道长痕，只好送去 4S 店修理。

随后的几天时间里，他不得不打车或者乘公交车出行。

遇见狄玥，便是在公交车上。

那天的路程有些久，梁桉一戴了耳机阖上眼睛休息，到某一站时，司机刹车踩得猛了些，车子晃动，他睁开眼睛，发现不知何时，身旁多了个十几岁的小姑娘。

起初他并未留意她，可那姑娘似乎很是疲惫，只过了不到半分钟，她已经在晃动的车厢中沉沉地睡去，原本抱着书籍的手臂也耷拉下来，落在他的腿上，她的手一松，那张原本被她握着的公交卡也掉了下去。

梁桉一帮她捡拾起那张卡片，礼貌地托起她的手腕，放回原处。

他本来想把人唤醒，然后将公交卡还给她，但他无意间看清了她的表情，睡着时眉心蹙着，嘴唇也紧紧抿起，倦态尽显，于是梁桉一夹着公交卡的手顿了顿，放轻了动作，把那张卡塞进她怀抱的书籍中。

那都是些厚厚的课本和习题，上面写了她的名字——狄玥。

也许因为这个姓氏不常见，梁桉一倒是记住了。

到学校附近的某一站时，广播报起站名，那姑娘像是被清早的闹钟吵醒了，一个激灵坐直，蒙眬着睡眼，四处寻找她的公交卡。

梁桉一提示："习题册里。"

"哦，谢谢。"

狄玥没看他，道过谢后，急匆匆地刷了卡，下车去了。

她的头发不算长，梳着马尾辫，才将将到颈侧，走动时，发梢晃动，露出后颈的一片淡红色胎记。

年岁久远，梁桉一看到那个胎记，先是怔了片刻，随后才猛然反应过来，刚刚那个叫狄玥的小姑娘，原来就是当年拥抱老梁的那个。

匆匆一面而已。

公交车门缓缓地闭合，继续向前行驶，生活也继续向前，此后又是几年，他们不曾见过。

第三次见面，是在燕城的酒吧街。

当时已经是 2014 年，娱乐行业加速发展，某家娱乐公司几经辗转，托人高价购买了梁桉一的一首歌词，另请人配曲，只为力捧新人，他们也许还在隐隐地期待，新人能再创当年 Josefin 的辉煌。

那家公司实力雄厚，情人节那天，为了给即将出道的新人造势，他们在酒吧街给他开了个小专场，并雇用了几家媒体，要媒体装作"不经意"地拍到新人，并发布于网络，为新人出道铺路。

娱乐公司的人邀请梁桉一去听，这种场合，他鲜少参加，但负责接洽他的那位，恰巧同他的音乐老师相熟，听闻老师也会去，梁桉一才答应了邀约。

2 月 14 日那天，他驱车前往。

情人节当天，酒吧街异常红火，车子开到路口，已经难以前行。

在人群里，梁桉一看到了狄玥。

时隔四五年，但这次，他一眼认出了她。

狄玥应该是个成年姑娘了，她出落得越发亭亭玉立，个子高挑，依然梳着马尾，穿一件厚厚的冬装。糟糕的是，比起几年前的第二次遇见，这次她看起来更累，她的累，似乎不仅仅是疲劳那样简单。

周围人群热闹，有人欢笑有人闹，狄玥抱着一个帆布包，漫无目的地自梁桉一面前走过。

在这个年轻人都会觉得有些喜庆的日子里，她的目光是空的，没有开心也没有难过，她如孤魂一般，顺着人群游荡。

几年前在公交车上遇见时，她那种累的状态，还能解释为学习压力大。梁桉一自己也是参加过高考的人，到了高三，人人拼命地学习，辛苦些的时候确实是有的。但狄玥现在这个状态，真的不太妙，她很像父亲当年某些病友的样子。

莫名地让人觉得，她像是不想活了。

梁桉一站在路灯下看她，皱了皱眉头，下意识地跟上去，见她买了一张黄牛票挤进一家 Live house，他也跟着高价收了一张票，进了现场。

大衣口袋里的手机振动了，大概是老师他们在催他过去，梁桉一没理会，始终跟在狄玥的身后。

灯光闪烁，把人群切割成无数个不同颜色的光影，狄玥站在舞台下面走神。

她的眼里盛满灯晖，其实她长了一双很美的眼睛，可不知是不是她最近哭过，因而眼皮略有浮肿，显得无精打采。

她似乎羡慕眼下的快乐，但又没能力融入进去。

场地里做了人工降雪，周围的女孩子尖叫连连，被一团泡沫拍在额头，狄玥才惊讶地回过神来。

梁桉一那时已经接到了电话催促，不得不赶往赴约地点。

机器突然出现故障，泡沫大团大团地砸落，他看着她慌乱地在其中躲避，于是走过去，为她撑开雨伞。

…………

原来那天，他是跟着她才进了 Live House 吗？

狄玥已经止住了泪水，她揪着梁桉一的袖口问：“然后呢？”

后来再遇见，也是偶然吗？

哪有那么多偶然。

梁桉一笑笑，说怕是他这辈子的好运气都用在后来那次见面了。

自情人节那天之后，他常想起她，所以常常开车去酒吧街，试图碰碰运气，看能不能再遇见她。那时候的梁桉一还不清楚，自己为什么夜夜跑到酒吧街等她，起初他也以为，自己是因为她当年的善举，才放心不下狄玥。

可到底为什么会放心不下？

这一切都在 2014 年 2 月 24 日的 8 点 16 分，有了答案，他在那一刻发觉，他对面前的姑娘如此心动。

梁桉一这个人，经历了太多太多，他看事情太透彻、太敏感了，他也曾在词里描绘动人的爱情，但他如隔岸观火般，冷静地旁观，并未打算搅进去。

深爱如他父母，又怎样呢？真的做得到不离不弃吗？多少家庭是没有爱的？又有多少人打着爱的幌子招摇撞骗？当年接触过的那些“AIDS”患者中，有多少人身边有人生死相依？

寥寥无几罢了，大难临头各自飞。

可即便他对情感的态度消极，偶尔还持讽刺态度，在自己的人生计划里，也从未书写“伴侣”“女友”之类的相关词汇，可遇见长大了的狄玥后，他似乎也顾不得这些了。

好像爱一个人的滋味，也并不糟糕？

梁桉一帮狄玥把碍事的发丝掖到耳朵后面，他说：“别哭，那些事情发生过就是发生过，没人有能力改变。不用你来救我。只要你出现在我的生活里，无论在哪儿，我都会为了你，完成自救，然后漫溯到你的身旁。”

他们谈了太久，于是午间给唐良发了一条信息，告知他不必等他们用餐，说晚上再约。

但过了下午 3 点钟，唐良还是按捺不住，拨了电话过来。

西雅图的天气难以捉摸，虹桥尚未消散，又是一片雨膏烟腻。

梁桉一将手机开了公放，唐良紧张兮兮的声音从里面传出来：“那个……咳，就是吧，是不是我和狄玥说了那些，把她惹得有点难受了？我说，你们两个，没什么事儿吧？”

狄玥马上看向梁桉一，她确实差点哭岔气了，但这都属于“家丑”，他是自己人，哭一哭或者丢丢脸，都是没关系的。

可唐良……她实在不好意思叫人家知道，自己在咖啡店装得那样冷静，一进酒店便原形毕露，揪着梁桉一号啕大哭了好一阵子。

梁桉一懂她的意思，只说中午是懒得出去，待会儿收拾收拾，晚饭可以一起吃。但挂断电话前，他批评了唐良，说唐良讲话太不温柔、太不浪漫了。

堂堂知名作曲人 lily，被作词的这位撑得莫名其妙的。

唐良在电话里疑惑地反驳：

“拜托，我说的都是事实啊，就你那些事实，有什么可温柔可浪漫的？

“你自己想想，你那都是能温柔、浪漫的事儿吗？

“不然要我怎么说？用喜剧口吻吗？像讲相声那样？

“不是，就你那些事儿，是个人都得觉得挺难受的好吧，我讲的时候也挺不舒服呢，都心疼你了。

“回来我还自己哭了一鼻子呢，我们 L 可真是惨啊，我都打算给你写首歌……”

梁桉一无奈地打断唐良：“谁听你这些。”

挂断电话后，他把手机丢在一旁，对狄玥说，唐良和她说说也好，本来他也是打算最近讲给她听的。

“不过，和你说这些，也只想告诉你一件事。”

“什么？”

“我接触过‘AIDS’患者了，知道那些人有多痛苦，是不会随便约女孩子到家里的。”

梁桉一躬身，平视着坐在床上的狄玥：“我对你，从来不是你以为的那种关系，狄玥，我是认真的，从一开始就是。”

晚餐时，唐良不知打哪儿淘来一箱红酒。

三个人聚在他那个装潢简单的家里，喝酒、谈天。

“雨馀风软碎鸣禽。迟迟日，犹带一分阴。”

红酒很不错，狄玥这两天知道了太多隐情，心有千千结，不免多喝了一些，酒精消融掉了矜持，令她坦诚。

她用双臂支撑在桌案上，手捧酡然的脸，认真地同梁桉一道歉，说她感到很内疚，不该那样狭隘，明明他都已经荆棘载途了，她过去还局限地揣测，觉得他那些细心、那些打磨历练而来的从容，都是从旁的感情里生长的经验……

阳台的窗子开着一扇，夜阑人静，水域淙淙。

几艘私人游艇静泊在码头上，夜航船上灯光忽闪，斑斓地映在玻璃上。

狄玥家里那几个演讲赛、辩论赛的奖状和奖杯，大抵是真的实至名归，这姑娘自我检讨起来话还挺多，都是诡辩。

先前她又不知情，误会一二也是正常的，可她偏偏要说得头头是道，说自己这不该那不该……

唐良抽了支烟再回来时，狄玥还在和梁桉一说着。

她喝多时很可爱，脸红扑扑的，一双眼睛明亮异常，满是真诚，她拉着梁桉一的衣袖，掏心又掏肺：“可是梁桉一，我是真的很爱你的，你要相信我呀！”

信，怎么不信？她都把他脑补成情史那么丰富的人了，也没给自己留个退路，高高兴兴地就成了他的女朋友。

那些孤勇，当然是因为爱。

梁桉一想吻狄玥，可因为唐良在场，只好作罢，隐忍到夜里返回酒店后，他才同她纠缠在一起。

房间未开灯，关上门后，满室昏霾，正好任暧昧滋生。梁桉一把狄玥抵在门上，低头吻住她的嘴唇。

距离回国的日期越来越近了，在国外的最后几天，狄玥和梁桉一借了唐良的车子，冒着蒙蒙细雨，出去兜风。

兴许是听了太多，那几天狄玥对梁桉一紧张得要命，像中邪了似的，连他看乐谱时戴上眼镜，她都要敏感地问一问，他的眼睛是不是受过伤。

“有些近视而已。”

见她仍疑神疑鬼的，梁桉一把人搂进怀里，半是解释半是玩笑，说真要是眼睛受了什么大伤，戴眼镜还有什么用，那不得装个义眼？

谁知道狄玥紧张地盯着他，马上反问他的眼睛是不是义眼。

顿了顿，她又恍然般惊呼：“唐良说你有一段时间听力不好，那你的耳朵呢，有没有做过人工耳蜗？”

梁桉一扶额大笑：“倒也没惨到那个程度。”

某天下午出行时，雨势骤涨，车子不得不停靠在路边。

狄玥的驾照还没考到手，她分秒必争，哪怕到了国外，空闲时，也会去软件上刷科目一的题目。梁桉一打开双闪时，她条件反射地在脑海里过了一下雨天要开警示灯的知识点。

梁桉一像她肚子里的蛔虫，见她失神便说：“给指点指点，我操作得对吗？”

“没问题的。”狄玥这才回过神来，她把科目一的知识点丢到一旁，终于和他说起这些天绞缠在她心间的头等大事，“梁桉一，你真的能习惯雨天吗？我可以去其他城市生活的，工作没了可以再找，房子也可以再租的，我愿意陪你有新的开始，真的，真的是真的。”

一着急，像说绕口令似的。

她其实很担心他，担心梁桉一其实并未适应雨天，担心那些雨水引他想起不快，担心他为了她而屈就，这些担心如同顽症，淤积在心底。

车窗上的层层雨水，不断地被雨刷刮刷掉，然后又淋满新的一层，又被刮掉，如此反复。

在暴雨中，梁桉一扭头看向狄玥，表示他们并不用换座城市生活。

他温声地开口：“狄玥，爱是铠甲。”

狄玥一怔，终于放心下来，也不是很简单就能放心的，她确实又哭了一鼻子，梁桉一抱着她又哄又亲，半晌才好。

雨势减小到可以继续行驶后，梁桉一带着狄玥去看红杉林。

那些树木笔直，高耸云霄，狄玥像所有恋爱中的女孩子一样，兴奋地跑到树林的小路上，让梁桉一给她拍照。怕照出来不好看，她脱掉了臃肿的春季外套，只穿着裙装，摆了几个姿势。

其实狄玥不怎么会拍照，过去照相都是证件照，她习惯了，所以拍照时连剪刀手都不比，总是傻傻地站直，挺胸抬头。

上次在雪山上玩，朱笛实在看不下去了，曾恨铁不成钢地叹着气说过：“玥玥，你这个姿势，我军训时站军姿都没你标准。”

朱笛言传身教，给她临时上了“小朱老师私房课”，教给她不少拍照姿势，狄玥听得认真，也用心地记了几个。

拍完照，她一连串地喊着“冷冷冷冷冷”，扑回梁桉一的怀里，钻进他的外套，汲取温暖。

狄玥想要挑几张好看的照片，发给朱笛，给她验收课程成果，可梁桉一故意找了一张拍得丑的给她瞧。

狄玥果然噘起了嘴，有点苦恼地问：“梁桉一，我和这些红杉树在一起，怎么好像个小矮人啊，这也太矮了吧。”她不埋怨男友的拍照技术，反而只挑剔自己，“好像个冬瓜哦。”

梁桉一笑得差点没拿稳手机：“逗你呢，是我拍得不好，角度问题，看看这张。”

狄玥的眼睛一亮：“发我，发我！”

海岸边有一家创意餐厅，据说融合了很多国家的美食元素，餐厅内的环境也不错，用屏风隔开了桌与桌间的空间，有效地避免了淆乱。

落地窗外是一望无际的深蓝色海洋，夜幕降临时，服务人员端了烛火过来，每桌一盏，燃灯续昼。

店内有一道菜很特别，是用蚂蚁做的食材。

作为品尝过“Gaeng Kai Mot Daeng”的人，梁桉一并未震惊，他见狄玥的目光时不时地瞥向菜单上的那幅图片，于是问她是否想要尝试。

狄玥瞬间想起在自然老师那里见过的蚂蚁高清面容，吓得差点把菜单丢掉，连连摆手说算了，她其实只是有点好奇蚂蚁是什么味道，她小声地问梁桉一：“会不会是……黑芝麻味的？”

梁桉一扬起眉毛：“酸的。”

当天晚上，狄玥拒绝和梁桉一接吻。

梁桉一见哄骗不成，干脆强吻，结果挨了女朋友的拳头，说他是吃过蚂蚁的流氓。

在西雅图的最后一天，狄玥和梁桉一坐在太平洋沿岸看日落。

那天天气很不错，傍晚时，太阳躲在轻薄的雾霭后面，缓缓地滑落进海平线。

天空是玫瑰色的，一弯新月悬于天幕。

唐良忙完赶过来时，狄玥正在和当地的孩子们一起喂海鸥。

梁桉一戴着金框眼镜，在看手机。

唐良以为他是在记录作词的灵感，凑过去看了看，才发现他的手机屏幕上，是一张戒指的设计图。

梁桉一放大了图片，圈了其中一小部分的花式，标出箭头，手写了几个英文字母，意思是叫人家设计师稍加改动，把那部分化繁为简。

还挺挑剔。

起初唐良没反应过来，一屁股坐在梁桉一的身边，玩笑着说：“哟呵，你挺闲啊，什么时候兼职做起珠宝设计……”

话没说完，他突然反应过来，梁桉一说过，不会给别人买钻石，所以这枚钻戒……

刚坐下的唐良，“噌”一下又站起来，说话的声音有点高：“梁桉一，你这是准备……”

准备求婚呢？！

梁桉一不急不慢的，挪开原本落在手机屏幕上的食指，举到唇边，比了个“嘘”的动作。

不远处，狄玥手里擎着一些面包碎，引来海鸥展翅于她的手掌旁，不住地啄食物。

她笑着转头，声音浸满快乐：“梁桉一，快看，快看呀！”回首间，她看见了唐良，于是也同唐良打招呼，“嗨，唐良，你看，海鸥！”

她的笑容如此灿烂，晚霞的貌美，也不及她半分。

梁桉一的眉宇柔和起来，他垂眸浅笑。

唐良先前对他准备求婚的惊讶，也被这温馨的一幕所感染，逐渐平歇下来。他用胳膊肘碰碰梁桉一，压低声音问：“准备求婚的这位，采访你一下，请问，你现在是什么样的心情？”

什么样的心情呢？

多年前梁桉一和唐良也曾这样肩并肩，那会儿年轻，参加友人婚礼时，唐良问梁桉一：“怎么样，你现在是什么心情？羡慕不羡慕，想不想结婚？”

当时的梁桉一只是淡然地笑笑，摆明了不羡慕也不想结婚，他打心底里认为，爱没有那么纯粹，也并不能天长地久。

此一时，彼一时。

时隔多年，现在友人再问他，什么心情。

爱尔兰“意识流”作家詹姆斯·乔伊斯有句旷世名言，梁桉一想借用它来回答：

“love loves to love love。”

爱是爱上爱上爱的感觉。

在西雅图机场告别唐良时，唐良曾说，等他们结婚时，他一定到场。

狄玥当时只是羞涩地笑笑，不置一词。

没想到仅仅三个月后，唐良就不得不飞回国内，赴他当时许下的约。

凉城的一间咖啡厅内，狄玥同唐良讲起他们的求婚过程，她用了曾经自己非常唇疑的词——“soul mate”。

回国后，狄玥一直在忙碌。

新校区初投入使用后，有不少事情尚未捋顺。狄玥白天在学校里兢兢业业的，下班后，时常抱着电脑看与教育或心理相关的付费课程，听到自觉有用的地方，便按下暂停键，做笔记、做思维导图，帮助自己记忆。

课程里，老师们经常会推荐一些相关书籍，狄玥也常会买书来看。出租房里很快便多了几大摞书籍，那些书被折页标记，贴满了便签。

时隔一年，她终于找到了属于自己的生活节奏，轻盈，且努力上进。

那阵子狄玥对梁桉一感慨，说过去被迫学习时，从未有过这种想法，现在居然会觉得，自己能够在几天里读完一本书、听完一期课程，把那些著名的心理学家、教育家，花十几年才积累到的经验和知识记到脑子里，简直是赚到了，且大赚特赚。

梁桉一说，那大概是主动学习和被动学习的区别。

被动学习很痛苦，主动学习很快乐，且乐此不疲。

狄玥亲身体验过，所以她希望自己的课程，也能让孩子们快乐，成为他们主动学习的动力。

在她孜孜不倦地努力着时，常规生活突然被打破了，出现了一个小小的意外，也是“甜蜜的意外”。

5 月中旬，狄玥惯用的购书软件办了周年活动，优惠力度很不错，每买满 100 块都可以减掉 20 块。

她沉浸于满减，拼杀良久，把之前收藏过的书籍加得七七八八的，临付款时，距离最后一个 100 块，还稍差一点点……软件付款界面下端，有些热门推荐书目。其中一本，便是钱锺书老先生的《围城》。

去年夏天，狄玥在梁桉一家里翻看过这本书，还将其中的某句话画了线，然后将画线的书邮寄给了杜卓航，用来讽刺他。

好像当时确实承诺过，“有空我买本新的还给你”。

狄玥正上瘾地计算着满减，想得也简单，觉得刚好趁这个机会，买了书还给梁桉一嘛。

而且用了优惠券后，这本书不但等于没花钱，还能让其他的书籍便宜几块，很划算，这样盘算了一番之后，她果断地下了单。

晚上临睡前，她还把订单页面调出来看了几遍，暗自窃喜薅到了羊毛。

购书软件的效率很高，隔天下午，书籍已经邮寄到家了。

那是个周末，当时狄玥正在朱笛家里，而梁桉一最近似乎也很忙，经常不在家，快递小哥上门时，正好家里没人，于是小哥便将快递寄存在了楼下的便利店里。

便利店老板给她发信息，说她有很大一箱快递，超级重。

是她的书！

狄玥欢欢喜喜地给梁桉一打了电话，约他晚上一起去便利店拿快递，顺便买零食和水果。

快递被梁桉一抱回了家里，狄玥拿了一把美工刀，兴冲冲地拆开。

翻到那本《围城》时，她下意识地就递给了梁桉一："去年从你那里拿过一本这个，买了新的给你，不要太感动哦。"

离开那些枷锁，她是如此活泼，带着些可爱的小贫嘴，明明整箱书里，只有那么薄薄的一本是凑单才给梁桉一的，还叫人家别感动。

梁桉一拿到书籍，眯了眯眼睛，瞬间回忆起去年她找他要书时，是什么状况，他干脆秋后算账，把人抱起来，带回卧室。

狄玥手里还拿着一本厚厚的书，刚拆了一半，有些不明所以。

风雨晦暝，书籍刚扯掉薄膜，弥散着崭新的油印味道。

狄玥醒来时，枕边放着那本《围城》。

梁桉一学着她去年的样子，翻开了一页折出折角，然后画线——

他所说的“让她三分”，不是“三分流水七分尘”的“三分”，而是“天下只有三分月色”的“三分”。

画线句子旁边，有梁桉一的笔迹，他写——

以后也这样让你。

情话很动人，但……狄玥随手摸了一件家居服，他们的家居服是同款，穿上身后她才发现衣服是梁桉一的，大了些，但也顾不得了，她甩着袖子去厨房找人，控诉道：“梁桉一，你哪里有让着我了？”

厨房本来是油烟重的地方，可梁桉一做饭总是那样不急不慢的，操纵自如，他翻炒着锅里的肉片，问狄玥，他哪里没让着她，没做好的地方他得知道，方便以后改正。

狄玥没什么气势，目光飘忽，脸“唰”地红了，喊打喊杀地追出去，嘴里却被梁桉一塞了一颗酸甜的圣女果。

她咬着圣女果，含混不清地哼哼，说他这是贿赂。

梁桉一拉开餐桌旁的椅子，示意她还有更多的贿赂，果然晚饭间，一只虾也不用她亲自下手，他都给她剥好了。

出租房不过几十平方米，面积很小，可饭菜飘香，洗过的圣女果挂着水珠，色泽如红宝石，摆放在小碟子里。

他们在一起，总是温馨又甜蜜。

比起之前狄家那栋大些的房子，这里反而更像是家。

饭后，狄玥看视频课程，梁桉一就陪在她身旁不远处，忙他自己的事情。

先前在朱笛家时，朱笛给狄玥贴了甲片，说是周末过过瘾，反正是贴的，等周一上班前再拆掉就行了。

甲片上有钻饰，动情时狄玥难以自控，曾不慎划伤了梁桉一的手腕，在他的腕骨处，留下了一道淡红色的痕迹。

视频里的老师讲到重点，狄玥赶紧暂停视频，记下几行笔记，还圈了重点字样，她脑子里还在思考着，目光却无意识地扫到梁桉一那边——

5 月的凉城很美，在充沛雨水的滋润下，植被枝繁叶茂，油亮亮地伸展在路灯下。

梁桉一身侧有一盏落地灯，护眼光柔柔地落在他的身上，他戴了眼镜，斜倚在桌旁，耳朵里塞着耳机，正在工作。

南方的气温要比燕城稍高些，即便这个 5 月频繁地下雨，也还是热的。

梁桉一换了夏装，穿着一件质地柔软的短袖，撑着额头，食指指尖缓慢地、带着某种节奏地落在桌面上。

区隅间只有那么一点动静，狄玥的视线被吸引着，看见了他的手，也看见了他腕间的那道痕迹。

大脑瞬间宕机，停止思考正经事，她走神地想起那些缱绻热烈，耳根发烫。

偏偏在这个时候，梁桉一回眸，同她对视。

他的目光柔和，可狄玥却觉得无所遁形，像上课走神被抓包的学生，她瞬间埋下头，装模作样地在笔记上胡乱地写了几个字，幸好朱笛在这时候发来信息，拯救了她的慌乱。

好姐妹！

朱笛给她转发了电影票的链接，信息上说，过几天是5月20日，问狄玥和梁桉一有没有什么安排。

狄玥是个很不浪漫的姑娘，对这些仪式感的日期并不敏感，并未和梁桉一聊起过什么安排。但看到这条信息后，她灵机一动，忽然想搞一件大事。

从西雅图回来后，狄玥暗地里把L的歌词都收集起来看，她请了唐良帮忙，也找到了梁桉一以其他署名所写的歌词。她把它们悄悄地排序，一一读过。

文字是不会骗人的，即便梁桉一不说，她也能从中感觉到，这些年，他的心态也并不是毫无波澜的。

“Rome was not built in a day”，罗马不是一天建成的。

在某些无人看见的地方，梁桉一也一定独自疗伤、逐渐成长，才最终成为现在轻盈的、沉稳的、刀枪不入的样子。

狄玥盯着信息里“5月20日”的字样，忽然心潮澎湃地想：她要嫁给梁桉一，要和梁桉一结婚，要同他组建一个小小的家庭。

这个念头冒出来后，便迅速地在脑海里生根发芽，越发茁壮。

可是，要怎么和他说结婚的事情呢？总得浪漫点吧？“锌”什么的，肯定是不行的。上次她说完，梁桉一笑了她好久好久。

百思不得其解，狄玥决定把问题抛给闺密。

像是去年下定决心要离开狄家那样，她激动得连打字都不利索了，也忘了自己这个闺密的感情经验还不如她，甚至几乎为零。狄玥认认真真地敲下问句，发送出去——

笛笛，你知不知道怎样向男朋友求婚？

两个姑娘在夜里神聊了良久，提出了各种不切实际的设想，连用烟花炸出求婚字样、用直升机吊着条幅这种离谱的方式都聊到了，却还是没找到一种能够实际操作的。

直到临睡前，她们才潦草地策划，商量起是否要购置一些布景道具。

网购肯定不行，快递寄到家里，会被梁桉一发现的。所以要用到的所有东西，都得在凉城选购。

可商议那天已经是 5 月 16 日了，可供准备的时间，根本没有几天。

隔天早晨，狄玥比平时上班起得更早，收拾过自己后，她抱着帆布包慌忙地往门口跑，跑到半路，又折回，正用目光四处巡视时，她要找的手机，忽然出现在面前。

“找这个？”梁桉一把手机递给她。

他穿着家居服，一身慵懒的气息，将她揽入怀中，问她这么大清早的，准备去哪儿折腾。

狄玥支吾着，说是陪朱笛出门买东西。

“买什么要这么早？”

外面是阴天，沉沉的天色像是还处在半夜，6 点钟的凉飔自窗口拂入，窗边的晴天娃娃晃悠着，散尾葵的叶片也轻轻地摇动。

梁桉一熬夜创作，很晚才入睡。

洗漱收拾时，狄玥已经尽量减小声音了，脚步轻得如同猫咪，看样子，她还是把他惹醒了。

他把鼻尖蹭在狄玥的颈间，声音惑人地问她："这个时间，商铺开门了？"

当然没有，可她的计划才堪堪有个雏形，还要再商量商量才行，当然要早些出门。

狄玥想，毕竟是人生大事。

见她执意要走，梁桉一翻出车钥匙，问她是否需要司机。

狄玥果断地摇头，提上鞋子跑了，边跑边交代："我要晚点才回来！"然后又补充，"晚饭也不回来吃啦！"

跑到楼下，她接到了梁桉一的电话，举着手机抬起眼，果然看见他立于阳台窗边。

手机那端的人用凉城人的语调同她开玩笑："早点回来，别让我独守空房哦。"

狄玥挥挥手，像个渣男般，假意为难地说："那……好吧。"

她和朱笛碰面后，一整天如无头苍蝇般奔走忙碌，到傍晚时，仍然成效堪忧，只买了些手持烟花和氛围蜡烛，她打算很老土地摆个心形，至于地点，狄玥想来想去，也只想到了他们现在住处的天台。

他们都不是喜好喧哗热闹的人。

那上面鲜少有人去，护栏处不知曾被哪家住户栽种过几棵鸭掌木，现下那些植物郁郁葱葱的，枝叶葳蕤茂盛，其间留有大片空地。

在晴天的夜里，她和梁桉一在上面看过星星。

不知道5月20日那天晚上，天公愿不愿意作美，给她一个晴朗的星空。

两个姑娘找了一家小店，坐下来休息，顺便解决晚饭。

店里的环境虽然简陋，但东西很好吃。

有人点了鱼丸面，端着坐在隔壁桌，那些圆滚滚的鱼肉丸子，让狄玥蓦然想起，4月份的某个周末，梁桉一带她去他的家乡。

那是一座山清水秀的江南小城，烟雨蒙蒙，如诗如画。古人诗句中的“风细柳斜斜”“江水绿如蓝”“疏雨酒家深”都一一对得上。

梁桉一说他们搬走后，也没再回去过，20年间这里变化很大，他不一定认得出当年那条街上，哪一间是父亲曾经的店面。

狄玥随他乘坐一叶乌篷小舟，自细雨中的河面慢慢地泊着。

梁桉一指给她看，哪边是他儿时去上学的路；哪片楼区是过去没有的；哪座桥曾有老人挑了扁担，卖酒酿与青团。

附近有一座古镇，现在是著名的旅游景点。

因而连带着这条街也红火起来，游人颇多，熙熙攘攘的。

下船后，他们撑着伞沿着青石板路走，几分钟后，梁桉一忽然顿住了，狄玥顺着他的目光看过去，心里明白，大概那就是过去他们家的早点店了。

听闻当年他们离开时，盘店的价格压到最低，也鲜少有人问津，好像他们触碰过的物件，都像染了病毒似的。后来以很低廉的价格，才终于顺利地盘出，现在店面早已经不知换了多少个主人。

狄玥不满地想，他们居然好意思挂着“五十年老店”的招牌，骗子骗子骗子！

相比之下，梁桉一倒是很淡然，只是脚步稍顿，随后若无其事地同她说，这条街都重新翻修过了，过去没有这样精致。

那天狄玥有些伤感，她的道行不够，不如梁桉一平静、城府深，眼看着那些人安居乐业、无忧无虑的，总有些愤愤难平。她心里不住地猜测，往来的那些居民里，其中会不会有哪一位，就是当年流言蜚语的贡献者……

狄玥频频地走神，不留神和梁桉一走散了些。

“狄玥。”

她擎着伞，闻声抬起眸子。

梁桉一的身影在熙攘的人群之外，他站在一间饭馆的台阶上，笑着对她招手：“来，带你尝尝好吃的。”

他带着她品尝当地有名的牛肉丸，狄玥想着他们一家的遭遇，心神不宁，趁热咬下去，被烫得缩了缩肩头，可牛肉丸的味道真的很香，和北方的牛肉丸子完全不同，口感筋道。

“好吃吗？”

狄玥点头：“好吃的，真的很不错。”

顿了顿，她环顾四周，压低声音问，这家店怎么也会做牛肉丸子，是不是和梁桉一家有亲戚关系。

梁桉一居然告诉她，这是他父亲竞争对手的店，他说这家店也开了几十年了，老板也是从老一辈就做早点，牛肉丸并不是最拿手的，但觉得赚钱，所以一直在卖。不过，同行是冤家，他们和梁家走得一直不算近。

“和你家比，谁的更好吃？”

“老梁在我这儿有亲情分，你说呢？”

小店的生意很红火，老板的头发已经花白了，却还在店里忙来忙去的，带着方言同熟客聊天，说儿子和儿媳五一假期要回来，儿媳怀孕了，来年就要生娃娃。

狄玥咬着丸子，总觉得这里欠梁伯伯一份安宁、幸福的生活。

回去时，又坐了乌篷船，似乎是感觉到了狄玥的郁闷，梁桉一忽然像变魔术似的，从袖口里抽出一枝红玫瑰。

闷沉的天色里，玫瑰如火如荼。

他把花递到她面前，逗她：“狄老师，笑一个？”

狄玥的鼻子酸酸的，问他：“梁桉一，你是不是也不开心？”

梁桉一同她十指相扣：“不开心谈不上，有些想念老梁倒是真的。”

她拿着那朵玫瑰，用力地拥抱他。

梁桉一，你一定要春祺夏安、秋绥冬宁啊！

大概就是那天吧，狄玥第一次动了心思，想要同他结婚。

“玥玥？玥玥？”

狄玥被朱笛唤回神，见朱笛那只同她贴了同款甲片的手，在她眼前晃来晃去的，朱笛问她：“再不吃面要凉啦，你想什么呢？”

狄玥说也没想什么，总觉得自己这次求婚，还是不够浪漫。毕竟她的爱人那么厉害，是在乌篷船上，都能为她变出玫瑰的人呢。

她被热烈地爱着，所以也殷切地希望，自己能那样热烈地爱他。

“挺浪漫的吧？”

朱笛是个没心没肺的姑娘，闺密找她策划求婚这事儿，已经够她兴奋三天的了。

她觉得万无一失，呼噜呼噜地吃着面条，空出一只手拍拍坐隅的大袋子，说：“你看啊，蜡烛、小烟花都有了，网上那些求婚视频里，不也就是这样子了嘛，顶多再多一束花，我们这已经很厉害了好吧？”她嘬了嘬油乎乎的嘴唇，“然后你再给他一个吻，说你爱他，就成了！这多浪漫啊！”

“真的？”

“真的！”

狄玥将信将疑的，日子很快到了5月19日。

那天是星期二，晚上梁桉一提前和狄玥打了招呼，说有些事情要忙，很晚才回来。

下班后，狄玥把朱笛拉到家里，带她上了天台，准备先走一遍流程。

10分钟后……

两个姑娘各自举着伞，蹲在天台上，像一对蘑菇，对着一袋子的蜡烛和手持烟花，面面相觑。

狄玥蹙起眉头：“忘记买打火机了。”

朱笛前些天的兴奋劲儿也过去了一些，嗫嚅着和狄玥说：“玥玥，我有个问题……你和梁桉一以后住哪儿啊，求婚的话，得结婚吧，办婚礼，搬新家，还得有戒指……”

是啊是啊，这些她都没想到呢，狄玥的情绪瞬间低落下来。

太潦草了，她什么都没有。

刚从国外回来时，手里还是有些存款的，可那时候她还没有这个意外的计划，且刚听过梁桉一家的事情，她便格外关注“HIV”和“AIDS”，因此把钱都捐给了相关的公益项目。就算不捐款，让她这个刚工作不到一年的人，去买房子，那也是不太现实的。

狄玥算了算自己的工资，这样算的话，可能几年内都别想结婚了。

送走朱笛后，狄玥仍然有些郁郁寡欢，可能是有些心急了，可她真的很想嫁给梁桉一。

过了夜里 12 点，电子日历上的时间，已经变成了 5 月 20 日。

房门被从外面打开，梁桉一捧着一大束玫瑰进门，看见狄玥还未睡觉，怔怔地坐在沙发上，不知在想什么。

他举着花束走过去，拥抱她：“我爱你。”

狄玥的鼻子一酸，搂着他的脖子，掉了好几颗眼泪，把梁桉一看得直皱眉头，问她怎么哭了。

她很委屈，却又不想说实话，只肯说无关痛痒的部分，拿出几根手持烟花，说是没有打火机。

梁桉一吻她的额头，忽然把她从沙发上抱起来，往外面走。

“去哪儿？”狄玥缩在他的怀抱里，蔫巴巴地问。

梁桉一垂眸浅笑，眸光里盛满温情：“看你也不困，带你去个地方。”

车子驶入某个崭新的社区，狄玥顿生狐疑，感到些许不对劲儿。

大半夜的，跑来陌生的小区做什么？

夜色静静，万物沉睡。

梁桉一轻描淡写地说：“买了一栋房子，请你过目。”

去年时，曾发生过一件事。

当时梁桉一和狄玥还未互通心意，只靠着那些快递，偶尔通话联系。

某个晚上，狄玥在电话里同梁桉一说，她看到了一些燕城那边的消息，好像是祖父生病了，这些天都住在医院里。

毕竟是上了年纪的老人，万一生死攸关……她想来想去，做不到不管不问，还是拨通了父亲的电话号码，想要问问情况。

电话是继母听的，大概周围没人在，继母也犯不上和她装端庄，继母冷嘲热讽的，说只要她这个丧门星不再出现，祖父很快就可以出院。

“她还有心情阴阳怪气，我猜想，祖父应该不会是太严重的病吧……”

毕竟在同一屋檐下生活了近20年，梁桉一听出狄玥语气里的担忧，他刚好在燕城，便主动地询问：“哪家医院，我帮你走一趟，过去瞧瞧？”

狄玥在电话里期期艾艾的，似乎在犹豫是否该给他添这档子麻烦。

梁桉一随口编了一个理由，说刚好他最近睡眠不佳，也想去看看中医、号号脉，开些安神的中药喝，但一直拖着，懒得去。要是两件事情并行，倒是值得跑一趟。

他都那样说了，狄玥马上担心起来，说让他哪里不舒服及时看医生，要真生了病可不是好玩的。然后她犹豫片刻，才告诉他，她看了家里阿姨的朋友圈动态，了解到祖父似乎是在某某医院的住院部。

隔天一早，梁桉一便去了医院。

他问过医生，狄玥的祖父是下楼时不慎摔倒导致的腰部骨折，不算严重，做了个微创手术，再住两三天院，就可以回家休养了。

他靠在走廊里，向狄玥打电话汇报情况，说她的祖父无碍，精神很不错，刚刚他拨通电话时，老爷子还在病房里拍着桌子，大声地数落儿子和儿媳。

由于过分中气十足，被护士沉着脸推门警告，说他们这样会吵到其他病人休息。

那天梁桉一把手机举在耳侧，听见狄玥像松了口气似的轻笑声，悬着的心这才放下来。他想，女孩子内心都是柔软的，狄玥独自生活在陌生的南方小城，本该有家人做她风里雨里的屏障，有家庭做她披荆斩棘的后盾，但她却什么都没有。

从某种角度上来讲，她是被家庭放逐了。

这种感受，儿时经历过背井离乡、全家搬迁至燕城生活的梁桉一，格外懂得。

医院走廊里弥漫着消毒水的味道，医护人员脚步匆匆，梁桉一忽然想起2月份时遇见的狄玥——小时候拥有那样灿烂笑容的小小太阳，在狄家的强压下，濒临崩溃的边缘，Live House里五光十色的射灯，照不亮她眸中深不见底的孤寂，她如同游魂，满面失意……

幸好狄玥是个有些乐天派的姑娘，很多事情都没有去钻牛角尖。

但这也只是幸好。

细思往事，草蛇灰线，大概就是那天，在梁桉一的心里埋下伏笔，让他想要给狄玥一个家。

狄玥还捏着她那几根手持烟花，她坐在梁桉一的车子里，一路愁闷，心里仍惦念着房子、婚礼、钻戒的事情。她总觉得很遗憾，没能在预期的时间求婚，且天公也不愿作美，外面雨势那么大，天气预报说，20 日至 25 日，都是阴雨天。就算求婚的计划泡汤了，连“520”想约梁桉一去天台看星星看月亮，也实现不了了。

可梁桉一刚刚说了什么？

他说：“买了一栋房子，请你过目。”

凉城新区有很多新楼盘，眼前的社区格外漂亮，车子停入车库，狄玥被梁桉一拉着手，一路跟随他走进电梯。

她心跳得怦怦的，像是去年 2 月份第一次去梁桉一家时那样。

她有些不知所措地说：“这房子……”狄玥踌躇着，还是问出了口，“你这房子，是不是……很贵啊……”

她没什么底气，梁桉一只需一眼，便看穿了她的心事，他把人往自己这边揽，偏头吻她的额头，安慰着说，他是入行工作早，又年长她几岁，工作时间久了，自然手里宽裕。等她工作久了，也是一样的。

说完，他顺便纠正她：“是我们的房子。”

“叮——”

说话间，电梯抵达，居然同燕城一样，楼层也是 7，依然是一梯一户的户型，电梯外面的一切都很熟悉：

木调香气弥漫，墙壁上有几排黑胡桃木装饰架，那些摆置在上面的陶瓷、矿石、化石标本，狄玥统统都见过。甚至墙角那棵枝叶蒙茸的“千年木”，她也是眼熟的。只不过，它长大了些，添了不少新叶片。

防盗门的样式变了，也刷过漆，是她喜欢的“绀蝶”色。

在燕城生活了那么多年，可每每回忆起那座城市，最令狄玥牵挂的，是梁桉一的 7011。

每次做到令她心情愉快的梦，梦境里的场景，一定是在 7011。

眼前的一切复刻了她的牵挂，狄玥踏上花纹复古的暗色地毯，有那么一瞬间，她的心头涌起某种欣喜，似是归乡。

狄玥攥着那几根派不上用场的手持烟花，不敢相信眼前的一切是真实的，她匆匆地回眸，去看梁桉一。

梁桉一笑问：“喜欢吗？”

其实这房子之前的装修，还真不是这个风格，他和装修公司洽谈的完工时间，也要比现在早。

但装修正在进行的某天，狄玥在出租房里，正拿着小喷壶给她那盆散尾葵浇水，无意间问：“梁桉一，那你这么久不回燕城，家里那些植物怎么办？会不会死掉呀？”

他告诉她，有阿姨在打理。狄玥只是点头，随后嘟囔了一句，说他家的风格很舒服，还说当时她租这间房子时，也想要按照那种风格来，但这里的硬装大多无法改变，最后只能布置成现在这个样子。

她自嘲加玩笑地说："画虎不成反类犬，但狗狗也有狗狗的可爱，对吧，梁桉一？"

"对。"

她说什么都对，于是梁桉一知道了，狄玥喜欢他之前的家。

他叫停施工队，重新规划设计，把这栋新买的房子，尽量做成了和燕城一样的效果。装修是个耗精力的事儿，中间也有过一些麻烦事，但梁桉一统统隐去不谈，只问狄玥，喜欢吗？

狄玥用力地点头："喜欢！"

她真的很喜欢，于是迫不及待地跟着梁桉一进门了。

入户后的格局也和燕城相差无几，有三角钢琴，有壁炉，壁炉旁也摆放了茶几和懒人沙发。还有那幅梁桉一画了她的胎记的画，也摆放在盛开的那盆红玫瑰旁……

"梁桉一，你太厉害了。"

看得出狄玥的确很高兴，她走进客厅，这里摸摸，那里探探，又跑到那些柜格旁，去看梁桉一的藏品。

每一样物什她都熟悉，午夜 12 点会发出蛐蛐虫鸣的钟、卡林巴琴、《深沉的玫瑰》……

只是，那台 60 年代产的老式打字机不见了，倒是有一台新型小机器放在上面。

因为某些相关记忆，狄玥对那台奶白色的打字机，有特别的青睐，她环顾四周，也没在其他柜格上看到它的身影。

她只好有些失落地问梁桉一，那台岁数很大的机器，是不是坏掉了，所以他才没带过来。

问句抛出后，半晌没人回应。

咦，梁桉一人去哪里了？

狄玥疑惑地回眸，发现他就站在身后不远处，垂头摆弄着手机。

她以为他没听见，便又问了一遍："梁桉一，那台打字机你没搬过来吗？"

"搬了。"

"有吗？我怎么没看见……"

话音未落，听见身侧有"滋咔——滋咔——"的声响，她回头去看柜格，代替老式打字机摆放在那里的、素未谋面的小机器，正吭哧吭哧地吐着字条。

与此同时，梁桉一自她身后靠近。

他说："那台也在，不过放在楼上了，今天这个场合，它的任务不是打字。"

梁桉一了解狄玥的喜好，知道她对哪些物品会喜欢、会留意，比如那台老式打字机，如果它不在，她一定会在以前放置它的地方驻足。

他像猎人，默算好她的行为，然后等她触纶。

果然，狄玥站在那里，被声音吸引着，头歪了些，等着那台小机器，一点点地吐露。

那东西有些像超市里的小票打印机，慢吞吞地吐出字条，字条被她好奇地拿起，带着刚打印好的淡淡温度，上面只有一句英文——

Marry Me.

不难看懂的，可狄玥拿着“嫁给我”的字条，像是没反应过来似的，看了良久，才讷讷地转身。

窗外细雨霏霏，茶几上摆放着两颗佛手柑，散发出淡淡的果香。

在静夜中，梁桉一不知何时已经单膝跪地，手中拿着一枚钻戒。

在这个熟悉又舒适的空间里，梁桉一似乎有些许紧张，他舔了一下嘴唇，才开口，他说：“狄玥，嫁给我。”

真的很灵妙。

在狄玥想要嫁给梁桉一的时候、在她为草率的求婚计划泡汤而扼腕叹息的时候，梁桉一像是听到了她的心声，他先她一步，单膝跪地，向她求婚。

惊讶、怔忡、兴奋、幸福……

似乎多少形容词，都无法描摹狄玥此刻的心情，过去他们也有过默契的时候，狄玥只敢用“向下兼容”来形容，可在此刻，很多很多她曾经不敢相信的词汇，统统涌入脑海，她真切地感觉到“灵魂共鸣”“心灵契合”“心有灵犀”……

“梁、梁桉一，你先起来。”

狄玥把梁桉一拉起来，激动到甚至忘记回答他了，也忘记接下那枚戒指。

“你，坐在这里，别动，别动啊”，这样叮嘱过后，她满客厅踝踱，手忙脚乱地搬来沉重的黑胶唱片机，又去翻找出小野丽莎的那张黑胶。

哪怕再激动，播放黑胶唱片时，她的动作也不得不放轻放缓，免得伤到唱针或唱片，在这样的小心翼翼里，狄玥反而逐渐平静下来，将唱针放在相应的位置后，她按下播放键。

黑胶唱片转动，*Fly me to the moon* 舒缓的旋律，自音响中缓缓地流淌出来。

安静的午夜被打破了，染上浪漫的情调。

狄玥抬起眼睛，看见梁桉一正饶有兴趣地看着他，她又开始心慌了，硬着头皮强装淡定，不讲自己要做什么，只说："再等一下，马上好，马上就好的……"

狄玥熟悉梁桉一的那些收藏品。

她曾在柜格上发现过一枚很精致的金属物品，问过梁桉一后，她才知道那是火石钢轮打火机，也是年代久远的产物，产自英国。她当时很新奇地把它拿在手里，边抚摸上面繁复的浮雕花纹，边发问，问他又不抽烟，为什么要买打火机。

梁桉一说是在某间中古店里发现的，看着挺有意思，便和几样其他物品一同收购了回来。

他玩笑着说："万一哪天升值了，我们就赚了。"

狄玥以为他们是暧昧期时，他说"我们"，她着实为了那样温馨的代词而心悸过，却未想到，他们现在真的成了"我们"。

此刻，狄玥拿着她的手持烟花起身，顺利地找到那枚打火机。因为陌生，尝试几次才成功地擦出火焰。

"梁桉一，其实、其实今天，我也想和你求婚的。但我准备的东西太少了，只有一点蜡烛和烟花。你没回来时我认真地计算过的，房子再过几年，我也买得起的，只是可能没有这么大，也不能全款，要先付首付……"

“呲——”一声，她终于生疏地把烟花点燃了。

暖融融亮晶晶的一小团，花火璀璨。

狄玥把它递到梁桉一面前，声音忽然哽咽了：“你……愿意娶我吗？”

烟花迸出灿烂的星火，为安全起见，梁桉一把它举到一旁，才单臂拥她入怀。

燃灼的烟花飞散出淡淡的烟气，可他的怀抱令人安心。

狄玥的指间一凉，感受到金属圈环特有的触感，戒指被戴在她的无名指上。

梁桉一说：“愿意至极。”

后来他们再聊起这天，梁桉一坦言，其实那天他没准备好要求婚，还计划着要订些鲜花，布置布置再行动，可他回到出租房，看见狄玥蜷在沙发上时，忽然就什么都忍不住了，冲动地把她带到新房子。

他说：“那大概是我抑制不住的一往情深吧。”

狄玥那天又哭了，接吻时连嘴唇都是抖的。

事后，她用指尖一下下地戳梁桉一的胸膛，问他，他们要结婚了，怎么他那天一点都不激动？

“冤枉我。”

梁桉一说，自从他父亲离世后，生活若淡若疏，好像也没有什么值得格外开心的事情。但那天她答应他的求婚，确实令他狂喜，谁说他不激动，他整夜未眠。

“真的？”狄玥有些不相信。

梁桉一笑道："真的，3 点钟时你打鼾我也听见了。"

说完，狄玥扑过去，死死地捂住了他的嘴巴："你才打鼾！"片刻后，她又心虚地问，"真的吗？我真的打鼾？一定是姿势不舒服吧……我怎么会打鼾呢……"

"没有，逗你的。"

"哼！"

两个人如孩童般打闹，绕着餐桌追逐，狄玥假意跌倒，捂着脚踝哼唧，梁桉一果然不跑了，过来把人抱起来，动作轻柔得像是在搬一块玻璃。

他问她哪里痛，狄玥说心好痛，梁桉一你居然不让着我，跑那么快，说完便一口咬在他的肩膀上，梁桉一"嘶"了一声，眉心也敛了起来。

狄玥第一次做这么跋扈的举动，见他如此反应，着实吓了一跳，还以为是自己下嘴没轻没重，把人咬坏了，她挣扎着从梁桉一的怀里跳下来，慌了手脚："你没事儿吧？是不是我咬着你筋骨了？"

这姑娘真当自己铁齿钢牙呢？梁桉一憋笑着，学她之前的样子，捂着胸口，也说心好痛，她居然咬得那么用力。

战争升级。

两个人从客厅闹到床上，最后闹到浴室里，打闹变成了缠绵，他们在热水浇淋下热烈地拥吻。

新房子的装修上，梁桉一要求得比较高，环保等级都是 E0 级，又通风过一个月，已经能够入住，于是那阵子，他们两个人经常忙着搬家。

狄玥把她那些小物件放进新家，同梁桉一的物品摆放在一起时，心里有一种说不上来的踏实感。

像水鸟，于汹涌中找到浮憩之处，如此心安。

5月底，最后一次搬运结束。

狄玥倒在客厅的懒人沙发里，藏不住心里那点愉悦，急切地扭头问梁桉一："那我们什么时候结婚呢？"

"知道了。"

"什么知道了？"

梁桉一笑笑："我尽快准备，6月怎么样？你喜欢什么样的婚礼？"

6月很好呀，可是有一点很犯难，狄玥憧憬婚礼，却又没参加过两次，对这方面缺乏浪漫的想象力，确实不知道自己到底喜欢什么样子的。

梁桉一一问她，她也答不上来，绞尽脑汁想了好一会儿，又搜索了一些视频，这才发现婚礼种类繁多，什么中式西式，什么室内室外，越看她越觉得自己不懂，只能寄希望于男朋友。

毕竟梁桉一是作词人，又从事艺术行业，而且他真的很浪漫，让他谋划，总不会有错的。

所以狄玥反问梁桉一："那你呢，你期待的婚礼是什么样子的？"

"有你在的。"

狄玥抱住头："完了，梁桉一，你怎么也没个想法，要不然我们求助求助朱笛或者唐良？"

那天是5月31日，星期日。

凉城难得晴朗，天空湛蓝，浮云朵朵，呈波状流动。

微风拂动窗边的风铃，丁零当啷。

梁桉一凝睇狄玥良久，忽然偏头吻过来。

懒人沙发纵容了一切，只有填充在其中的豆状颗粒，偶尔发出“沙沙”声。

再醒来时已是黄昏，手机振动声接二连三。

狄玥赖在床上，开了扬声器接听电话，朱笛欢快的声音从里面传出来，那人像个八卦小报的记者，扬着调子问她：“你好呀，准梁太太，请问你和梁先生何时开始的同居生活？近期有没有成婚打算？婚后要几个孩子？名字有没有提前取好？……”

狄玥被闺密逗得蒙在被子里笑，让朱笛不要闹了，好好讲话，于是朱笛说，主要是想要问问梁太太，他们什么时候请她吃乔迁宴。

“嗯嗯嗯？什么时候，什么时候哦梁太太？”

朱笛一口一个“梁太太”，叫得狄玥的耳根发烫，她实在难以冷静下来，翻身从床上坐起来：“你想什么时候都行。”

“那就下周末，我要吃鱼！”

这个当然没问题，凉城的江鱼在五六月份最是肥美，鱼籽满腹，吃煮锅时还可以单独加一份鱼籽肠来吃。真是越想越饿，狄玥挂断电话后，重新穿好裙装，下楼去找梁桉一。

他们在楼梯上相遇，他说估摸着她快醒了，所以上来找她，带她出去吃饭。

他身后是他们的家。客厅留了一小块空间，梁桉一还记得她随口的一句喜欢兔子，便说那是留给她以后养兔子用的。

狄玥一时动容，扑进他的怀里。

“听到朱笛和你通话，刚刚她叫你什么？”

狄玥的脸红了：“梁太太。”

梁桉一似乎很满意这个称呼，伸出手，也这样称她：“梁太太，走吧，我们去吃晚饭。”

她伸出戴着钻戒的手，很不好意思地搭上他的手，点点头，小声地答应：“走吧。”

卧室的窗子敞开着，绿植叶片随风摆动。

狄玥脸上的红晕未消，她看向窗外，凉城新城区的街道马咽车阗，街灯一盏盏地亮起，照亮粼粼江水。

她想起 2014 年 2 月那段时间，燕城总是雾霭沉沉，幽霾尽染的天色压得人喘不过气来。

那阵子她的情绪时常失控，落泪次数多到超出想象，但又出于自救的本能，总希望能紧紧地抓住些什么。

走进梁桉一家那天，天气不算好，也是那样阴沉。

霾色中，他所在的那栋大楼，如同海市蜃楼，楼身近半都幻化成虚影，当时她只期望借他一缕东风，在她如同死水的生活中，掀起一丝生机的波澜。

那是一个有可能的夜晚，一切都可能发生。

她以为她会得到短暂、轻浮的欢愉，却没想到，会意外地得到爱、学会爱。

“梁桉一。”

“嗯？”

“我们会永远相爱吗？”

“当然会。”

（正文完）

SOUL MATE

番外一

–

一千次的晚安

2015.6 凉城

回首 2015 年的 6 月份，整整一个月，车马纷沓，周遭异常欢腾，总觉得时间过得很快，与友人们联系得也十分频繁。

而这些热闹，全部都是因为狄玥和梁桉一，婚礼在即。

狄玥记得 5 月 31 日那晚，他们在外面吃过凉城特有的鱼锅，回家的路上，是由她来开车的。发动车子前，她认真如科目三考试，调整了座椅、后视镜，系好安全带后，她紧绷着开口询问："梁桉一，你准备好了吗？我可要开始了……"

梁桉一坐在副驾驶位上，握了握她的手，张嘴全都是能让人宽心的话，他叫她慢慢地开。

"别怕，有我陪你呢。"

"墙头细雨垂纤草，水面风回聚落花"，小雨滴答，街道濡湿，道路两侧的商户燃着灯火，点亮洼涔，也点亮沸滃的江水。

狄玥的车技有限，只将车速维持在二三十迈，行车速度慢，路两侧的景色清晰可见。

不知是谁家店铺门口挂了鸟笼，几只娇俏的小雀在笼内"叽叽喳喳"地叫个不停，搅聒夜辰。

狄玥异常紧张，她一路默念着交规，磕磕绊绊的，好不容易把车驶回小区，倒车入库。

她松了一口气，下车便柔若无骨地倒进梁桉一的怀里，无意识地撒娇："终于到啦！刚才那个路口好窄，转弯时我的掌心都在流汗，还以为会把车剐花，居然能顺利通过，真是幸运……"

他们十指相扣，一路聊着刚才驾驶车子的话题，乘电梯上行。

那天是正式乔迁的第一晚，狄玥当然兴奋，看着液晶屏上跳动的数字，她忽然想到，好像她人生每一段重要的试飞练习，都有梁桉一的参与、陪伴，也许，这就是"伴侣"的意义？

原来"伴侣"是这样温馨浪漫的词汇呀！

也是在她这样幸福地自忖时，梁桉一忽然开口了，他同她说起，方才在店里吃鱼时的一帧画面——

鱼锅店里老风扇在转动，鱼鲜味道弥漫至整个空间，又被风扇吹散了。

在灯光下，狄玥的发丝落了一缕，挂在脸侧晃动，大概是痒，她抬手把它们拢到耳朵后面，随后，又用筷子尖去挑鱼刺。

鱼块刚从滚沸的锅子里捞出来，还冒着热气，细刺在灯光下呈透明状。

她挑得认真，蓦然抬起头，撞上梁桉一的目光，狄玥马上笑得眼睛弯弯的，扬扬手里的筷子，问他："梁桉一，我帮你挑鱼刺呀？"

鱼锅里加了辣椒，她喝了一口冰镇饮料，唇色嫣红，正喋喋不休地推销着自己，说自己是很厉害的，学校的手工老师都说她精细动作做得很好，手很灵巧。

“手工老师说，日后万一她有事情请假，我代课教孩子们手工，都是能做好的呢！”

梁桉一其实已经很久没和别人共同吃鱼了。

小时候一家三口围坐在一起吃鱼，已经是太久远太久远的记忆了。

在店里，隔着热气腾腾的鱼锅看狄玥时，梁桉一说他好像突然懂了一个词，虽然此前在许多歌词中，他不乏听过，甚至他自己也曾运用过，但好像今天晚上，他才刚刚懂得。

狄玥的心跳突然迅疾，怦怦怦怦的，她直觉在刚刚的某一瞬间里，他们一定有过灵魂共鸣。

“是什么？”她问。

果然，梁桉一说是“伴侣”。

“梁桉一，太神奇了，我刚才也在想这个词的，就在刚刚！伴侣！”

“是吗？”

梁桉一垂眸浅笑，在电梯门缓缓地打开后，拉着她的手走出去，他单手去按指纹锁，用另一只手臂揽过狄玥，扳了她的下颌，然后偏头，吻她的嘴唇。

气息交错，心跳与心动，也是共鸣的。

回家后，他们换掉沾染着鱼汤香气的衣服，穿上面料舒适的家居服，倦懒地坐进沙发里，打开电视。

空调风吹散初夏的潮热，梁桉一拨通了唐良的电话。

狄玥捧着脸，很高兴地想：梁桉一之前说，为她答应求婚的事情，他曾整夜未眠，现在想想，一定是真的。

距他们决定6月结婚，才过去了几个小时，尽管梁桉一面色如常，但狄玥已经发觉，他似乎按捺不住了，要把好消息告诉朋友。

越洋电话被接通了，隔着上万公里的距离，梁桉一难得喜形于色，唇角勾着笑意。

他告诉唐良，他和狄玥准备在 6 月结婚。

唐良大概还未睡醒，打了个呵欠，困悴地道着恭喜，随后又是一声呵欠，并在呵欠余音中，问梁桉一："你们说的 6 月，是明年 6 月还是后年 6 月？"

"今年。"

"哈？咳！咳咳咳！咳——"远在西雅图的友人被惊到了，在电话另一端咳得撕心裂肺，半晌才传来一声惊诧的疑问，连声音都是走调的，"今年 6 月份？开什么玩笑，那不就是明天？"

西雅图的时间比国内时间慢 16 个小时，唐良那边才清晨，但他显然已经精神了，揪着这个话题，抛出连环问题，比狄玥这个待嫁的新娘更急切："怎么是 6 月？你俩进展也太神速了吧？已经搬完家了吗？ 6 月就结婚是不是来不及啊？你们还什么都没准备吧？"

"是都还没准备——"梁桉一四两拨千斤，和狄玥对视，"不过，有我，来得及。"

那晚他们真是难掩兴奋，挂断电话后，仍然毫无睡意。

梁桉一喜欢安静，又因为职业的原因，怕扰到邻居，装修时，特意给这栋房子加强了隔音。

在夜色里，他和狄玥坐在窗边。

狄玥拿着卡林巴琴，梁桉一抱了吉他，他随她的水平，慢悠悠地弹了几首简单的入门曲子。

可她的音乐造诣到底有限，弹完入门曲子后，她放下卡林巴琴："我没有会的了，只弹 123 行不行？"

梁桉一拨动琴弦，目光深深同狄玥对视。

他唱《关于我爱你》，反反复复都是那句深情的告白……

蟋蟀虫鸣，挂钟报时 12 点整，5 月份的最后一天过去了。

乐器音调轻快，由此，6 月正式开启。

结婚的各类事宜，都不用狄玥操心，她因过于清闲，于是有些不好意思地问梁桉一，说自己这样的准新娘，会不会显得有些不称职？

梁桉一说他那些朋友，听说他备婚个个都像打了鸡血似的，格外兴奋，也个个都想帮忙："人多到安排不过来，就不劳梁太太费心了。"

他又叫她梁太太，狄玥捂着发烫的脸颊："那好吧，梁太太只能亲自下厨，做顿好吃的，犒劳犒劳你啦！"

被梁桉一问到吃什么，她收敛了笑容，撂下高深莫测的名称，说是要做"菩提玉斋"。

其实只是蛋炒饭。

在厨房里叮叮当当咔咔、剁剁切切炒炒，十几分钟后，蛋炒饭终于出锅了，梁桉一帮她解开围裙，好像她刚做了一桌满汉全席，他夸张地捏她的肩膀："梁太太辛苦了。"

狄玥知道他是在调侃，于是去踩他的拖鞋："讨厌……"

忽然脖颈处一凉，似乎有什么东西，清凉地绕过锁骨。

是一条珍珠项链，梁桉一说，他父母结婚5周年时，买了这条项链作为爱情的见证，后来母亲出国后，便把这串圆润的珍珠项链留了下来。

珍珠项链被梁桉一送去珠宝店重新串过了，还加了红宝石坠子。

梁桉一撩着她的头发，帮她扣好。

他说："老梁不能来参加婚礼，但如果见到你，他一定很欢喜，这是我代他送给准儿媳的礼物。"

狄玥的眼眶红红的，转身拥抱他："可是我还什么都没送你……"

"不是送了吗？"

"没有啊……我什么时候送过？"

见狄玥一头雾水，梁桉一指指炒饭，说："那不是吗？菩提玉斋。"

狄玥那些感动的眼泪，瞬间消失了，她跺着脚说："讨厌！"

6月中旬，狄玥收到一份特别的婚前礼物。

礼物来自大洋洲，以邮件的形式发送至了她的邮箱，发送人的署名是Josefin。

是一份录像，记录了部分狄玥不曾参与的时光。

那时候Josefin、唐良、梁桉一三个年轻人在国外发展，事业算是顺利，赚得盆满钵满，颇为体面。是以，公司十分乐意地出钱，给他们租了地段优良的昂贵房子。

但梁桉一嫌唐良和Josefin吵闹，拒绝和他们同住，打算在外面单独租一间。

录像所记录的，就是那个愉快争执着的午后——

出租房内的空间很大，但很凌乱，到处堆放着东西，有乐器，也有衣物、食物……

看到这里，狄玥想起唐良在双桥岛上的住所，她对着电脑，忽然笑出了声音。唐良还说他是因为是失恋才没心情打理家里，都是借口，明明他早在20岁时，就已经是个不拘小节的作曲人了！

阳光很明媚地自窗口洒落，年轻且凌乱的唐良，抓了抓长发，围在梁桉一的身旁喋喋不休。

他说公司里没有比他们更赚钱的艺人了，他们现在是老板们捧在手心里的红人、铁三角，当然应该住在一起，住在一起，才能体现出团队精神。

梁桉一的耳朵里塞着耳机，也不知是否在听唐良讲话，他靠在椅子上，神色凝重，用指尖轻轻地、有节奏地敲在桌面上，像是在思考什么。

“L你想想，我们三个住在一起多方便啊，我随时都能和你讨论曲子，哪怕只写出零碎片段，Josefin也能唱个demo，对创作多有利啊？况且，你写词写到瓶颈处，我们也能帮你啊……”

梁桉一看上去比现在清瘦了些，他穿了一身很酷的黑色衣服，气质较现在也更加凌厉，神情也更为淡泞，像是会写出“每日都有消亡，所以处处为墓场”“人类是，群居却又难逃孤独的动物”……这类歌词的人。

他抬了一下手，示意唐良先停一下，摘掉耳机后，他才缓缓地回眸：“在我写词写到瓶颈时，就会收获你和Josefin的双簧，一小时起步，想要尽兴，至少得三小时，这会影响我的效率。”

“怎么会？我们超安静的，你要相信我们啊！”

是一个女声，随后烫着一头大波浪长发的Josefin，出现在画面中。

Josefin抱着一把荧光粉色的电音吉他，坐进沙发里，探了半边身子同梁桉一讲话。即使不化妆，她也很美，顾盼间眼波迷人。

大美女开口闲谈时，居然和唐良挺像，滔滔不绝的，动之以情，晓之以理，总之希望梁桉一能留下来，和他们住在一起。唯一与唐良不同的是，她大概有些自己的隐秘心思在，不过她垂了眉眼，借着拨弄耳环的动作，掩饰掉了。

见梁桉一始终不为所动，Josefin和唐良两个人干脆在客厅里开起了演唱会，他们一个弹钢琴，一个拨吉他，大声地唱着：

“一起住吧……吼哦哦……”

“住在一起……一起一起……耶耶耶……”

梁桉一面露无奈，摇摇头，又把耳机拾起，塞进耳朵里。

狄玥对着电脑屏幕笑了，她想，原来唐良做lily时，陶醉着弹钢琴的样子，也挺有派头的嘛；原来Josefin私下里，这么活泼呀；原来梁桉一过去，真的是不太有耐心的样子……

Josefin飙了一个高音，目光一瞥，忽然顿住了。

她走近镜头，小声地嘀咕：“欸？ DV没有关吗？”

两位男士没听见，镜头捕捉到了Josefin打鬼主意的可爱表情，随后DV被她举起，她悄悄、悄悄地走到梁桉一的身后，对准他的方向拍摄。

镜头里横了一张木质办公桌，桌上放着几团废弃的乐谱，不知道是他的还是唐良的；桌子的角落堆着几个凌乱的饮料瓶、外带咖啡纸杯；还有一盆看上去不怎么有活力的盆栽植物。只有梁桉一面前的区域，比较整洁，铺着一沓普通的 A4 纸，那纸张上面勾勒着几个词汇，以及几句英文。

梁桉一的耳郭上别着铅笔，镜头放大了他的轮廓，在阳光的照射下，连汗毛都看得清晰。

DV 收录了 Josefin 因小心翼翼偷拍而加重的呼吸，梁桉一没回头，用后脑勺对着她，却突然开口了："DV 不要对着我，谢谢。"

"哦哦哦，好的好的。"Josefin 这样说着，却并没有转开镜头。

过了一会儿，像是方才的思考有了结果，梁桉一握着铅笔，如行云流水地"唰唰"写下几行字，然后，他转头，对着镜头扬扬下颌，示意拍摄的人，转开或者关掉。

钢琴声停止了，唐良似乎从旁边跑过来，脚步声重重的，由远及近。

紧接着，一张大脸出现在电脑屏幕上，狄玥原本凝神在看，被这一幕吓得下意识地向后仰，像是要闪开袭击。

唐良的那头长发，真的可以去参演惊悚电影了！

"你在拍 L 吗？过来拍我呗，给我拍个钢琴独奏，怎么样？"

"lily，no！走开啦，谁要拍你，走开走开！"

唐良和 Josefin 打闹着，画面剧烈地晃动，模糊不清，最后停止了。

录像到此结束。

她的邮箱地址，大概是唐良给 Josefin 的，邮件里并不只有这段录像，还有 Josefin 写给她的一封信。

那段话的开头用了欢快的招呼语——

嗨，狄玥，素未谋面，打搅啦！

Josefin 在信笺中说，当年她离开公司时，过程不算愉快，很多东西公司都不允许她带走，那时候她年轻气盛，带不走的东西统统被她砸掉、烧掉，她想着大不了赔钱就是了，反正不留给公司，只有这段录像，因为放在属于她私人物品的 DV 里，才得以留存。

很高兴能同你分享 19 岁的 L，你也看到了，他那时候对我和 lily 超冷淡的，是个孤僻的怪家伙！

我想，现在 L 一定和那时不同了。而他如果有所改变，一定是因为——爱。

Josefin 说，2014 年的夏天，她曾在燕城机场见过梁桉一。

那大概是 7 月底的某天，天气闷热异常，航站楼里开着十足的冷气，她端着一杯咖啡，目光穿过人群，竟意外地见到了去送行的梁桉一。

Josefin 形容当时的心情为：震惊与惊喜。

她简直不敢相信，自己会遇见 L，但随后，她发现 L 和一个女孩子站在一起，那女孩主动地上前吻了他，然后攥紧机票，越走越快，最终消失在人群中。

而 L，曾经看起来总是神情寡淡、无牵无挂的 L，却始终站在原地，眉心紧蹙，非要用一个词来形容他当时的神情，大概是“痛失所爱”。

我当时真的很嫉妒哦，嫉妒到久久无法上前，我不敢相信，我见到了热烈爱着的 L。

狄玥读完这句话，抬起眼睛去看梁桉一。

窗外微雨，光线昏暗，屋子里开了落地灯，热烈爱着的 L 坐在阳台上，正在帮她拆快递。

最近备婚，狄玥像个团宠，有很多朋友从四面八方寄了礼物过来，甚至还有来自国外的快递。

用美工刀划开纸箱，狄玥看见他的动作顿了顿，然后问她：“是首饰？你买的？”

“啊！”

狄玥连忙放下鼠标，慌忙跑过去，夺过盒子。

盒子里面是她给梁桉一买的戒指，本来想等新婚前夜再送给他的，可她又忍不住了，在他拆开某个装了饼干的快递盒时，她把戒指摸出来，递到梁桉一面前，换走了他手里的小饼干。

狄玥叼着饼干，顺便往梁桉一的嘴里塞了一片，故作镇静地问：“梁桉一，你喜欢吗？”

梁桉一把戒指套在无名指上，动了动手指，忽而转头，吻走了她唇边的半块饼干:“喜欢。”

后来狄玥把电脑搬到了阳台，她还有几段话没有看完，于是窝在梁桉一身边继续看。

在信笺的最后，Josefin 说——

狄玥，我把我 20 岁时最喜欢的录像分享给你，祝福你们新婚愉快。

很想要参加婚礼的，但 6 月是预产期，随时要准备迎接第二个宝宝的到来，希望以后，能有机会与你们相见。

另外，幸好我现在足够幸福，先生又是比较令我满意的爱人，不然我真的会超——嫉妒你哦!

Josefin 留了一张照片给他们——她和先生抱着女儿，昔日画着猫一样魅惑眼妆的女星，现在素着光洁的面庞，将长发松垮地绾成了一个发髻，美丽又温柔。Josefin 戴着婚戒的手，抚在隆起的腹部，里面有他们的第二个宝贝。

狄玥看完邮件，眼眶红红的。梁桉一以为她是因为祝福而感动，却不想，这姑娘一跃而起，急着找到打印机，说是要把 Josefin 的照片打印出来，裱起来。

她的语气带着兴奋:“这可是 Josefin，女星！她当年在海外很火很火的！”

梁桉一笑起来:“我当年在海外，也挺火的。要不要给你签个名？”

“有什么用，你又不是用的真名。”

“Josefin 也不是吧。”

狄玥愣了愣，小心翼翼地压低了声音，像是怕隔墙有耳，被人听了去：“那，她叫什么呀？”

“忘了。”梁桉一说，“唐良可能知道。”

唐良接电话时，正在气急败坏。

他说 Josefin 发送邮件时，也给他发了一份，但他的那份里只有 Josefin 和先生、孩子的合影，Josefin 还和唐良说，只有你单着了，要加油！

唐良愤愤地在电话里喊：“你们的幸福刺痛了我！后天我飞凉城，要吃鱼锅，多安排几顿才能好！”

2015 年 6 月 22 日，夏至，宜婚嫁。

狄玥与梁桉一的婚礼，如期举行。

尽管准备时间短暂，但梁桉一仍然给了狄玥一个精心且周到的婚礼。

婚礼场地是当年为 Josefin 拍摄 MV 的金牌布景师打造的，是《罗密欧与朱丽叶》的主题，复刻了罗密欧与朱丽叶约会时那个花团锦簇、藤蔓成荫的阳台。

老校区办公室的那位前辈，担任了狄玥娘家长辈的角色，她挽着前辈的手臂，缓缓地走到可升降的阳台旁。

几位友人自发组了临时乐队，为婚礼弹奏乐曲，至于朱笛嘛，她在忙着要前辈家小儿子的联系方式。

阳台缓缓地落下，梁桉一穿着西服，等在下面。

他张开双臂，狄玥便扑进了他的怀抱。

2014 年 2 月 23 日那天夜里，狄玥在梁桉一家喝多了，曾哭哭啼啼地抱怨，说有机会再演，她不想演树了，要当女主角。

于是这天，她成了女主角。

晚上是篝火晚宴，现场欢声笑语的。

温存过后已经是凌晨了，那样开心、那样疲惫后，梁桉一还记得她曾受过的委屈，连说晚安时，都借用了莎翁在《罗密欧与朱丽叶》中安排的台词。

“一千次的晚安。”

梁桉一说，暑假的蜜月旅行，第一站就是意大利北部的维罗纳，他要带她去看朱丽叶的故居。

在舞台剧里演不到主角没关系，在人生里，她已经被梁桉一宠成了女主角。

SOUL MATE

番外二

-

漫漫

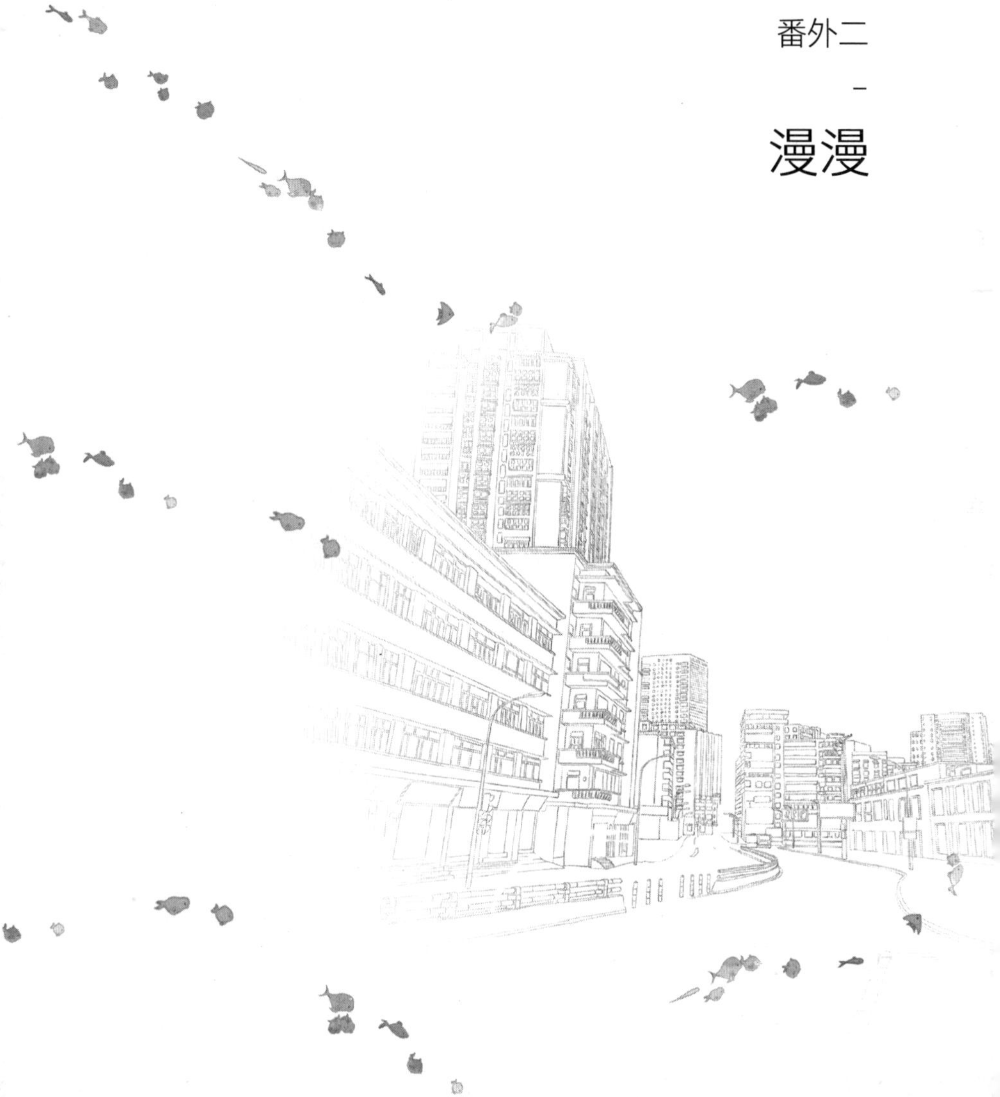

2019.2 凉城

2019 年 2 月 14 日，情人节。

是狄玥与梁桉一相识五周年。

晚上 10 点，凉城的狂风骤雨，摧断了不少树枝，但商场门前巨大的“金猪送福”玻璃钢雕塑，仍屹立不倒，年味音乐与充满情人节元素的广告俱淹没在风雨中。

在夜色里，狄玥同梁桉一看过电影后，自附近的商场里出来。

晚饭前室外还只是阴天，现在早已经换了人间。

雨太大了，不适合驾驶车辆，他们在咖啡厅停留，点了两杯情人节限定款的玫瑰拿铁，顺便讨论电影情节。

半个小时后，他们才等到雨势稍减。

回家的路上，在狄玥的指挥下，梁桉一把车子停在路边。

“你等我啊”，撂下这句话后，狄玥冒着细雨下车，捡了一枝被风吹断的蓝花楹。

真的是很大的一枝，勉强才被她放进后排的空间。

好可惜，它再等几个月就到了可以盛放的花期，却过早地被风雨折断了。

将花带回家后，狄玥爱怜地对它精心修剪，把这枝紫葳科小乔木置入水晶花瓶后，她突发奇想，觉得再到暑假时，她大概可以去学学插花。

“梁桉一……”

狄玥扭头，想把这个想法同梁桉一说说，却发现他就在身后，而她自己，整个人都已经被笼入了他的阴影中。

对上他的目光，狄玥忽然忘记了要说什么，她手里还拿着剪刀，支吾了半晌，困恼地拉着他，从修剪花枝开始回忆，一帧帧地捋顺，这才堪堪想起，自己是要问他学插花的相关事宜：“你说，暑假时我去学学插花，怎么样？”

近几年，狄玥的爱好多了很多，连油画她都抽空学了学，还尝试着为梁桉一画过他弹吉的样子。她自觉画得差强人意，可梁桉一却非常喜欢，很夸张地送去店里装裱，还选了昂贵的画框。

装裱老师傅的年纪很大了，头发花白，估计是没见过这么不上台面的画作，推着眼镜抬起眼睛看狄玥时，狄玥的脸瞬间就红了，她躲到梁桉一的身后，隔着衣服捏了一下对方，小声地埋怨，说她觉得好丢脸。

后来那幅画被梁桉一挂在家里，和 2014 年他自己画的那幅形似鱼的画，放在一起。

唐良有一次来家里，盯着那两幅画看了很久。

单身人士径自嘀咕，说奇了怪了，明明画技也就那样，肉眼可见的不值钱，可他怎么越看越羡慕，觉得很甜蜜？

她做什么，他都是支持的，梁桉一耐心地等狄玥记起他曾赞同过她想学插花的提议，才躬身吻她，抱她上楼。

出于某种莫名的心灵感应，他们默契地温馨相拥，依偎在一起，在雨夜中沉沉入睡，陷入梦乡。

梦里是2015年，婚礼那天的夜里——

玻璃房子外的氛围灯如同萤火，篝火晚宴异常热闹，众人起哄着，要梁桉一上台讲几句，南北方口音和在国外生活多年的口音混在一起，唐良喊得最大声：

“讲两句”“讲两句”“讲两句”……

气氛轻松，梁桉一把西装外套搭在椅背上，衬衫袖口也卷叠在手臂上。拿了香槟走上台去，调调麦克风的高度，怀揣着笑意，对众宾客抬了抬手中的水晶杯，款款而谈。

“有人说，婚姻是恋爱的终点，这句话，我从不敢苟同。”他望向狄玥，眸中温情更甚，“尤其是，在遇见我太太之后，我坚持认为，婚姻是另一种恋爱形式的开始，我愿与她相恋，直至生命尽头。”

“哦——”

那些朋友一大部分都是从事艺术行业，很会搞气氛。有人拢了手放在唇边鬼叫；也有人热烈地鼓掌、吹口哨。

狄玥只是在台下小声地接了一句“我也愿意”，就也被那群朋友起哄着，闹到台上，同梁桉一并肩站着。

她喝了香槟，方才又一直坐在篝火旁，被火光熏染得脸颊微红，她凑到麦克风前，笑得有些腼腆，抿抿嘴唇，才开口：“希望我们能在陪伴与爱里继续成长，变成彼此更好的伴侣，甚至在未来——”她的脸更红了，声音略微降低，她回眸同梁桉一相视一笑，继续说，

“甚至在未来，变成很好很好的那种父母。”

那天狄玥穿着高跟鞋，觉得自己不用踮脚，已经能瞭望到幸福的余生。

为此，她悸动到声音发颤。

在梦里复刻了当年台下的一片沸腾。

朱笛几乎要站到椅子上去，用力地拍手，又忙着抓起手机，想要给狄玥拍照。

她尽心尽力的好闺密忙不过来了，怀里的大号托特包也无处可放，只好去拜托身旁前辈家的小儿子帮忙。随后，朱笛举起手机对准台上，快乐地叫她：“嘿，新娘新郎，看这里，看这里！”

“嗡——嗡——嗡——”

热闹的梦境是被手机振动的声音打破的。狄玥窝在被子里，闭着眼睛摸索，把手机拿入被窝，鼓捣几下，朱笛的声音传来。

朱笛的语调愉悦，同当年参加婚礼时差不多。不过，这次她的愉悦，大概是因为过年期间，她终于带着家人去了心心念念的燕城，昨天才刚回来——

“呼叫玥玥，你睡醒了没？

“今天见面吧？我老公最后一天假期，中午或者晚上，我们四个一起吃饭？

“吃鱼怎么样？

“到燕城几天，尝了不少特色美食，还真是挺想念凉城的江鱼。”

朱笛的老公，就是前辈家的小儿子。

两个人因狄玥与梁桉一的婚礼结缘，去年秋天结为夫妇。

几条语音消息播放完毕，卧室又陷入安静中，狄玥的灵魂被唤醒了，从梦中的婚礼回归到 2019 年的现在。给朱笛回过信息后，她还在想：怎么会忽然梦到婚礼上那段发言呀？

更奇怪的是，起床后她总是觉得胃口缺缺，连朱笛说的鱼锅，好像都唤不起食欲了，刷牙时她还干呕了一下。

8 点钟，狄玥洗漱后穿好衣服下楼。刚好梁桉一从外面买了早餐回来，他抱着牛皮纸袋，先吻她。

他的嘴唇上有 2 月春风的温度，清凉地印在她的额头：“早，睡得好吗？”

“梁桉一，我梦到我们结婚了。”

梁桉一扬起眉毛，笑她睡迷糊了，提醒她，他们结婚已经快要四年了。

“不是的，是梦到婚礼了……”

客厅的壁炉燃着，炉火噼啪，在暖融融的环境里，狄玥打开了电视，随便摸了一根发绳把头发束起来，坐到餐桌旁，托着脸和梁桉一聊起梦境。

讲到“后来他们不是起哄嘛，要我们上去讲话”时，她的话音稍顿，分心地“咦”了一声。

他们在凉城生活了多年，早已经适应了这边的饮食，不再眷恋燕城的豆浆、油条、麻酱烧饼或是肉馅馄饨和大包子。近几年晨起经常吃的，是放了辣椒的豆花、细细的鱼丸汤面、桂花味蒸米糕、煎得金黄的麻团等，诸如此类的凉城早餐。

可梁桉一像是提前预知到她会没胃口，没有买他们常吃的那些东西，而是跑到很远的街上，从北方人开的饭馆里，买了两份白粥、几样清爽小菜，还有放了豆沙馅的小包子。

狄玥问他时，梁桉一说昨晚吃饭时，他留意到她好像总在吃清淡的东西，桌上那份麻辣菜肴，明明就放在离她最近的地方，但她只动过两筷子，就没再碰过了，西芹百合倒是吃了很多。所以他猜她的胃口欠佳，于是买了些清淡的吃食回来。

梁桉一问她，有没有哪里不舒服？

狄玥摇摇头，说也没有。

他买的几样小菜都很合她此刻的胃口，素素的西芹腐竹拌在白粥里，她也能吃下半碗，豆沙包子她也吃了大半个。

旁的事情梁桉一很少计较，但看狄玥半天才吃进去那么点儿东西，不由地皱了眉头，他隔着餐桌，倾身把手背搭在她的额头上，猜测她是昨天出门着凉了。

“没事的，我还和朱笛他们约了中午去吃鱼呢。”

“嗯，顺路去一趟医院，给大夫瞧瞧。”

电视停留在昨天看过的教育频道上，几位孩子的家长坐在荧屏中。那些家长带着他们尚且年幼的孩子，神情凝重地和某位专家讨论是否该要二胎，以及准备要二胎的家庭该怎样和家里的老大沟通……

狄玥和梁桉一无意识地瞥了一眼电视，几秒后，两个人同时放下汤匙，对视片刻，又同时喃喃地，似自问，也似在问对方：

“会不会……”

“会不会？”

会不会什么呢？会不会她食欲减退、早晨刷牙时的那声干呕，其实是，他们可能会拥有一个宝宝的征兆？细思起来，甚至昨晚，她下意识地避开平时喜欢的重口味菜肴……

梁桉一起身："我去一趟药店。"

确实非常可能是怀孕。

2015 年时，狄玥和梁桉一曾有过为期 29 天的蜜月旅行，但旅行结束后，他们才刚回到凉城，正值暑气，校领导已经迫不及待地给狄玥发来了信息，问她是否愿意尝试报考年底的研究生考试。

那时候新校区刚建立不久，凉城又是小县城，人才流失严重，想招入高学历人才实在不易，因而领导们十分支持学校的老师去攻读研究生。

狄玥过去读研读得很是压抑，不堪回首，但这次不同了，她不是被安排、被提线，不是同"工酶性质""PCR 引物""理化性质及分离纯化"这些术语打交道……而是她自己喜欢的职业、人生，她当然也愿意为之努力。

那阵子，她连午休时间上厕所，都让朱笛拿着知识点考问自己，下班回家了更是用功，时常熬夜，这可比过去高考和考研时紧张多了，用句"头悬梁、锥刺股"都不为过。

努力这件事，是会换得一些幸运的。

那年年底的考试，狄玥一击即中，考上了隔壁省会城市某大学的研究生。

这几年的时间里，她一直在忙着向自己所向往的方向努力，梁桉一是鼎力支持她的，会陪她去支教、去参加读书会。直到 2018 年

6 月中旬，狄玥研究生毕业，又回到了工作的学校，生活上才稍有放松。

年底梁桉一去了一趟国外，和唐良以及一位知名歌手合作，共同制作一张唱片。

这算是他们分开较久的一次，过去连狄玥研究生期间，梁桉一都是时常驱车上百公里，仿佛凉城隔壁市区的那所大学，就在家门口似的，和狄玥天天见面。

这次他出国了，小两口有近一个月没见面。

梁桉一回来时，是 1 月，狄玥已经进入了寒假。

她开车去机场接人，黄昏时分，未下雨的凉城一片金黄。回到家里，夫妻俩便亲昵地缠吻在一起。

狄玥读完研究生后，他们确实也做过一些准备，共同商量着，希望近两年为家庭添一位新的小成员。

……

雨水轻舐玻璃窗，路面潮湿，昨夜的凌乱被环卫工人尽责地收走，只剩落花片片，沾着于车窗、广告牌、街道。

家里炉火旺盛，捡回的那枝蓝花楹叶片舒展、嫩绿。

桌面上放着几支刚买回来的验孕棒，形状颜色各异，却都显示着同样的结果：两条红杠。

那天真是满心欢喜，狄玥与梁桉一相拥着，眼眶都是湿润的，声音也颤，狄玥开心地反复说着：“梁桉一，我们有宝宝了。”

去同朱笛他们吃饭的路上，狄玥才稍稍地平静下来，她摸着没有任何隆起的小腹，很憧憬地设想，她希望宝宝像梁桉一，内心坚定、心态从容、多才多艺……

车子快驶到目的地时，梁桉一忽然说：“狄玥，希望宝宝像你。”

狄玥慌乱地回眸，还以为自己听错了，她有什么优点呀？

可梁桉一的神情很认真，一项项列数：“我的梁太太聪明、勇敢、善良、坚强，亲和又有爱心，爱学习又肯上进，勤劳……”

他说了很多，最后笑着说他实在数不过来，末了，他又说：“但如果宝宝像你，一定很好很好。”

那晚梁桉一写了一首词，亲自谱了曲，晚上临睡前，他抱着吉他弹唱给狄玥听。

狄玥还以为，这个男人是因为当了父亲，觉得开怀，才做了这样节奏舒缓的曲子，可她越听越觉得不对劲，歌词里没有丝毫提及宝宝，每一句，都是对她滚烫的告白。

“不是写给宝宝的？”

“写给你的。”梁桉一说。

他先爱狄玥，然后，他们再一起去爱孩子。

这一生漫漫，愿执手相伴。

SOUL MATE

番外三

–

叹息桥与酒馆

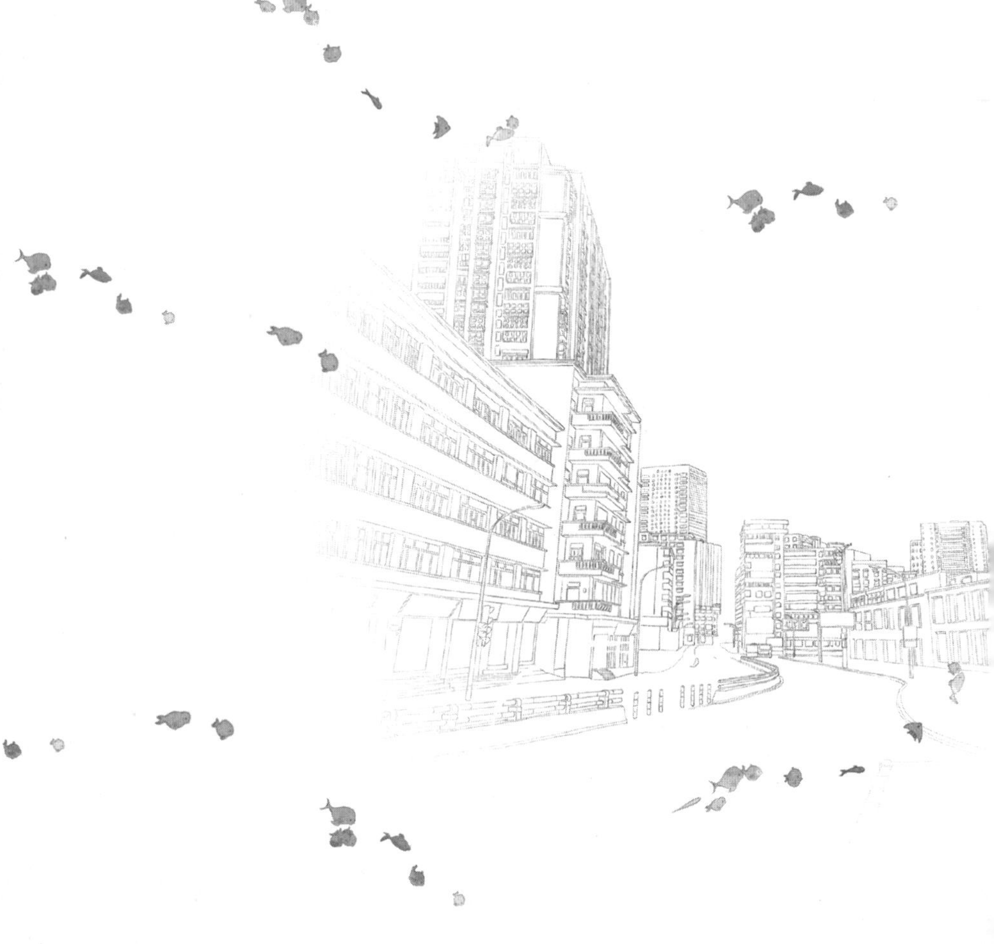

2035.7 威尼斯、凉城

这一年，是狄玥和梁桉一结婚的 20 周年。

水面碧蓝，他们一家四口坐在威尼斯小艇上，偶尔听到几句托斯卡纳大区的方言。

风从亚得里亚海而来，淡淡的海水气息里，裹挟着不知是谁杯中的意式咖啡香气。

微风浮动，狄玥抬起手，压住厄瓜多尔拉菲草编织的宽大帽檐，她转头，还未等开口，梁桉一已经帮她捋顺了草帽上的两条蕾丝飘带，在下颌处给她系了一个蝴蝶结。

默契依旧。

长子梁恰和次女梁初坐在后排。

这趟旅行，是孩子们为他们策划的，也是孩子们用攒下来的压岁钱和奖金安排的。

梁恰指了指不远处的建筑物，给妹妹介绍，讲前面那座巴洛克风格的桥梁，叫“叹息桥”，也讲它名字的来由。

梁初顺着哥哥指着的方向看了看，很纳罕地发问：“这是石桥？怎么看上去像房子一样？”

顺着兄妹两人的聊天内容，狄玥忽然忆起 20 年前的往事：

那时她同梁桉一蜜月旅行，来到了意大利，在维罗纳市北部参观过朱丽叶的故居后，第二站他们便去了威尼斯。

当时他们也曾乘坐小艇，经过这座“叹息桥”。

狄玥盯着桥上雕刻精美的花瓣形窗棂，也是很纳闷地问梁桉一：“怎么这座桥，看着和其他的桥不太一样？”

当时梁桉一对她说：“这是密封式拱桥，很罕见。”

那座桥连接法院与牢房，很多死刑犯被判决后，会通过那座桥。

梁桉一给她讲古老的传说，说某位死囚在桥上竟然看见自己的爱人在同别人接吻，于是愤愤而终，撞死在窗棂上。

彼时新婚燕尔，狄玥靠进梁桉一的怀里。

千百年前的传奇故事听起来有些残忍，但在现代，这座桥有个浪漫的意义。

那天梁桉一放下手中的外文报纸，摘掉金边眼镜，忽然吻了狄玥。

他说：“据说在‘叹息桥’下接吻，爱情会永恒。”

20 年光阴之后，梁恰也给妹妹讲到了这个故事，他明明才 16 岁，却一副大人般的口吻，言辞之间长兄的操心都在其中：“等你长大了遇见自己喜欢的人，让他带你再来。”

梁初才 12 岁，对爱情传说不是很感兴趣。

她耸耸肩膀，问哥哥威尼斯之后，接下来的行程可不可以去南部的西西里区。

这趟旅行，狄玥和梁桉一全权放手，听之任之，也没有主动要求过花钱升舱或者升级酒店、餐饮。

因孩子们的资金有限，吃饭的餐馆简陋，可一家四口对着午餐时的意大利饺子，吃得很开心，他们用中文畅聊、欢笑，引来国外游人善意含笑的目光。

梁初对那种压了花边的面食很感兴趣，也喜欢里面的菠菜、奶酪和整颗松子，她还跑去和厨师聊天，得知西西里区盛产柠檬、迷迭香和月桂树，便对那边的香料十分向往，很想去见见。

狄玥和梁桉一在教育上始终很统一，他们觉得，家长应该成为他自己在童年时希望遇见的那种家长，可能因为教育理念正确，家庭环境宽松，所以两个孩子都很有自己的主见。

梁初喜欢美食，味觉也很敏感，10 岁时便对狄玥和梁桉一说过，以后想要做一名优秀的厨师。而梁恰，则想要学建筑，这会儿他手里正拿着相机，一直在拍威尼斯那些楼阁上的石雕花纹，简直乐不思蜀。

现在两个孩子在行程安排上发生了分歧。

梁初撒着娇：“哥，那我很想去看那些香料怎么办？也想在柠檬树下面照相，你知道的，我对石桥没什么兴趣……”

梁恰是很顾家人的哥哥，他听妹妹这么说了，便立刻收起了相机。

他抬起头看了看“叹息桥”，安慰妹妹：“等我们晚上回去重新查查路线，如果顺利的话，明早就启程去西西里。”话音一转，梁恰忽然说，“不过现在，爸妈该接吻了。”

说完，他捂住自己的眼睛，也不忘捂住妹妹的。

叹息桥遮住了阳光，在小艇上投下一片阴影。

梁桉一偏头凑过去，浅吻狄玥的嘴唇。狄玥宽大的帽檐遮住了他们的亲密，只留给这座水上城市，一对结婚 20 年仍然热恋的倒影。

这趟旅行结束后，回到凉城时，是 7 月底。

Josefin 和唐良也回国了，他们和狄玥、梁桉一在一间酒馆小聚。

酒馆内光线昏暗，桌上烛台造型的灯散发着暖橙色的光，将每个人的轮廓都照得朦朦胧胧的，营造出温馨的氛围。

有人坐在不算宽敞的表演台上，边弹边唱，那歌节奏缓慢悠扬，是一首 90 年代初期的经典老歌。

后来酒馆打烊，在他们起身欲走之际，一对 60 岁左右的老夫妇，发现了 Josefin。

他们是酒馆的经营者，年轻时也是 Josefin 的歌迷，夫妇俩激动万分，小心又礼貌地询问，可否合影。

Josefin 是大咧咧的性子，当即放下挽着老公的手，走过去，钻到那对夫妇中间，一手揽住一位老人，笑容灿烂地同他们拍照留念。

唐良感慨地说："过去同歌迷留影，她也是这样的。"

遇见 Josefin，那对夫妇很高兴，他们关掉店面，一定要留大家再喝一杯，热情到不容婉拒。他们年轻时也是玩过音乐的人，到现在仍有一颗摇滚心，所以和大家也很有话题。

聊到尽兴处，唐良不禁走到电子琴旁，随手弹了一串曲调，然后给梁桉一丢了一把吉他，两个人配合默契地弹奏，Josefin 也在旁边轻声地哼唱。

他们三个很厉害，即兴做出了一小段曲子，说是送给店家。

狄玥的手机在桌面上振动，长子梁恰发来消息，给她睡前汇报，他说他和妹妹已经各自完成了今天的计划，准备睡觉了，还拍了一张照片给她——冰箱上贴着的留言板，字迹是梁初的，那上面写着——

给你们留了夜宵哦，初初自制的意大利饺子。

夸赞过孩子们，狄玥再抬起眸子，对上 Josefin 先生的目光。

这些年他们也聚过几次，算是老朋友了，Josefin 的先生耸耸肩膀，说自己完全没有近朱者赤，和 Josefin 结婚这么多年了，还是音痴。

在音乐方面，狄玥也仍然是门外汉，卡林巴琴之外，她只是在前些年学了一点小手鼓，也是微不足道。

“总比我强。”狄玥摇摇头，笑着说，“半斤八两而已。”

两个人交谈了几句，等狄玥再回头去看梁桉一他们时，发现那对店主夫妇终于认出了短发版的唐良，正好奇又兴奋地欢呼：“你就是 lily！天哪！”

缓了缓，夫妇俩同时看向梁桉一，快乐地猜测：“Josefin 和 lily 都在的话，你该不会……该不会是 L 吧？”

梁桉一笑笑，没有否认。

可别小看 60 岁的人，他们也曾有过肆意的青春，有过崇拜的偶像，夫妻俩一脸快乐到几乎晕厥的表情，激动地说，从未想过能见到“L”的庐山真面目，话题围绕着梁桉一展开，毕竟他过去那样神秘。

唐良举了麦克风，递到梁桉一的面前：“我替他们采访，请问 L，你写过那么多词，最满意的是哪一首？”

“还挺多的。”梁桉一说，“给我太太写的那些，都很满意。”

所有人都看向狄玥，哪怕不再青春年少，哪怕已经是年轻孩子们口中的“老夫老妻”，被梁桉一注视着，狄玥还是有些不好意思，甚至脸颊都开始微微地泛红。

唐良摸了摸自己的短发，继续问，一个问题接着一个问题，势必要满足曾经的歌迷。

到最后，他问梁桉一：“这么多年，做得最满意的事情，是什么？”

方才喝酒聊天时，Josefin 说过，她做得最满意的事情，就是当年肯在那样名声大噪时，毅然离开公司、退出乐坛，正因如此，她才能像现在这样，做自由自在的人。

唐良当时也说过，他们三个离开公司，真的是非常正确的选择，因为在那之后，前公司果然因管理不当，很快销声于后浪之中。

狄玥还以为梁桉一对这个问题的回答，也会是相同的答案。

这大概是 L 面对“采访”，最配合的一次。

梁桉一主动接过麦克风，但他说自己做得最满意的事情，是对狄玥的感情。

唐良和 Josefin 夸张地鬼叫，梁桉一面对友人的起哄，很从容地转着手里的麦克风，大大方方地反问：“怎么，我不能满意自己是个专一的男人吗？”

酒馆里的那些氛围灯，层层叠叠地挂在墙上。

穿过酒精弥漫的空间、友人们欢乐的笑靥，梁桉一注视着狄玥，如同 20 年前，在婚礼殿堂上一样，深情、虔诚。

SOUL MATE

番外四

-

垂丝茉莉

凉城新开了一家餐馆，说是请了国外的厨子来做秘鲁菜。

临下班时，狄玥从朱笛那里看到这家餐厅开业的宣传单，她兴致勃勃地讨要了一张，在校门口拿着那张铜版纸，和朱笛挥手告别，说要带回去给梁桉一看。

梁桉一的车子就停在学校对面。

看着狄玥兴高采烈地拿着宣传单坐进车里，梁桉一帮她系好安全带，听她分享从哪里得来了这张纸，又听她介绍厨师的国籍和履历。

那阵子狄玥工作忙得不行，暑假也在自学其他课程，根本没空出国旅行，见她感兴趣，梁桉一直接改了行程，在绿灯路口掉头。

秘鲁餐厅光线没那么明亮，适合幽会。

狄玥和梁桉一落座在窗边，餐前第一道菜是秘鲁的国家文化遗产——酸橘汁腌鱼（Ceviche）。

在来之前，狄玥当然是兴致勃勃、好奇满满的，但用筷子蘸了点腌鱼汁放进嘴里后，狄玥却退缩了。

还未等她发出疑问，服务生又端上一道菜肴——泥状，堆积在餐盘里。

狄玥：……

梁桉一本来在看餐品介绍卡，用余光瞥见她犹豫了，便笑着放下卡片："怎么了？怕里面有蚂蚁吗？"

被他这样一讲，狄玥瞬间想起梁桉一曾讲过的"Gaeng Kai Mot Daeng"，于是猛地凑近梁桉一，连声音都变调了："这里面也有蚂蚁？"

梁桉一笑起来："没有，逗你呢。"

狄玥仍然心怀疑虑，警惕地望向梁桉一手边的卡片："那……这是我们的哪道菜？"

梁桉一把卡片捻起，翻过来，用拇指和食指夹着，递给她看名称："库斯科蚕豆烩鲜菇，没有蚂蚁，放心食用。"

真正吃起来，菜肴还是好吃的，有一种殊方异域的美味。

席间交谈甚欢，结账时，狄玥站在梁桉一的身旁，好奇地去嗅一盆白色小花朵，那花花形飘逸，带着点点清香。

她说那植物的味道很熟悉，只是一时想不起来。

老板刚好在，也就笑着和顾客们搭话，说那是"垂丝茉莉"，他本人也很喜欢，可惜凉城阴雨连绵的，秋冬室内又不供暖，那盆茉莉怕是养不活了。

车子驶入车库，狄玥忽然"啊"了一声："我想起来了！"

她同梁桉一说，那个味道很像是他们相识那年的6月，他带着她去郊外看萤火虫时，闻到过的某种野花。

那天晚上他们在满是萤火的山坡上跳华尔兹，狄玥的舞步生疏，绊倒了梁桉一，和他一起跌在草丛中。

就是那会儿，梁桉一摘了一朵不知名的野花，送给她。

只是随口一提，但隔天早晨醒来，狄玥先是闻到一阵清香，床头居然多了一盆开得正盛的垂丝茉莉，散发着淡淡的幽香。

难怪梦里满是萤火。

“梁桉一！”

“嗯？”

狄玥细嗅花香，快乐地提高声音问：“你在哪买来的，昨天餐厅的老板不是说，凉城养不活这种花？”

梁桉一人在浴室里，声音隔着门板，模糊地传来：“早晨去了一趟凉城花材交易市场。”

花材交易市场很远，他可能天没亮就出发了。

浴室门被推开了，梁桉一拢着浴袍走来，站定在狄玥的面前，笑问：“喜欢吗？”

被放在心上的感觉实在很好。

狄玥仰起头，想说当然喜欢，但梁桉一已经看出了她的答案，垂下头同她接吻。

两个孩子都上了小学后的某段时间，狄玥常去隔壁城市出差。

出差时间通常是两三天，只有一次例外，那次是各学校骨干教师交流教学经验的会议，会议从早开到晚，进行了10天左右。

出门在外，狄玥心里也惦念孩子们和梁桉一，但经验交流会含金量很大，有很多值得学习的东西，她一时间难以分心，连和梁桉一视频通话也都是匆匆而过。

第三天会议结束后，狄玥回到住处，已经是晚上 8 点钟了。在酒店浴室简单地洗了个澡，将头发吹到半干，她正披着大浴巾研究会议笔记时，房门被敲响了。

她还以为是同事们找她，拉开门，却发现外面站着酒店的一位服务人员，说是要转交快递给她。

一封从凉城寄来的文件落到狄玥的手里。

拆开来看，里面是小小的淡绿色信封，落着梁桉一的笔迹，亲昵地写着“梁太太收”。

狄玥浅笑着，把信封打开，她先闻到了熟悉的清香，是家里养了多年的那盆垂丝茉莉，气味令人亲切，恍如回到了凉城的家里。

没有只言片语，只有一株垂丝茉莉的干花。

狄玥拍了照片发给梁桉一，表示自己收到了，那边很快打了电话过来，夜色深沉，酒店房间里一片寂静，梁桉一的声音清晰入耳：“梁太太，什么时候回家？”

狄玥未来得及回答，他又追加道：“想你了。”

长子梁恰 29 岁那年，已经是业内小有名气的建筑师了。

回凉城时，梁恰刚完成国外的工作项目，打算在老家休息一阵子。

某知名杂志的记者打电话过来约梁恰做访谈时，刚好梁桉一和狄玥在外面旅行，妹妹梁初的学校还没放假。

家中只有梁恰自己，于是采访地点，就约在了他在凉城的住处。

记者和同事们按照约定的时间抵达梁恰的住所时，这位年轻的建筑师早已经等在门外了，他礼貌地把工作人员迎进家中，一点儿不摆架子，让他们先坐，自己去做了几杯咖啡，端给大家。

采访还未正式开始，记者喝了一口咖啡，好奇地打量着梁恰。

梁恰事业有成，只是看起来……不太像已婚的样子。

记者本人是同梁恰年纪相仿的男性，只比梁恰小一岁，同辈人之间，很容易找到话题，聊过几句后，记者自然地放下咖啡杯，扭头看了一眼正在找角度摆放摄影机器的同事们，满怀好奇地问："趁着还没开始，好奇一句，梁哥，你谈恋爱了没？"

梁恰也放下咖啡杯，淡淡地一笑："还没。"

"我家孩子都两岁了。"记者挠挠头，"不过我采访的人里，像你们这些优秀的大佬，都比较有想法，确实结婚都晚，也有不结婚的。梁哥，你也是不婚主义者吗？"

"不是。"

梁恰坦言，自己只是还没遇到好的爱情，被追问到"什么算是好的爱情时"，他刚好又拿起了咖啡杯。

那只端着咖啡杯的手，轻轻地向记者身后的方向一举，记者顺着他的动作回眸。

入眼是一片落地窗，窗边的实木置物架上，摆放着一盆枝干很粗壮的垂丝茉莉，花开得正盛，枝蔓上垂着飘逸的白色小花朵。

能看出来，这花养得不错。

记者不明所以，收回了视线。

梁恰笑着说，他母亲年轻时喜欢垂丝茉莉开花时的香气，明知凉城的气候不适合，他父亲仍然买回一盆，精心照顾，一晃已经三十余年。

“我想，好的爱情应该是我父母那样的吧。”

（全文完）

SOUL MATE

后记

-

灵魂共鸣

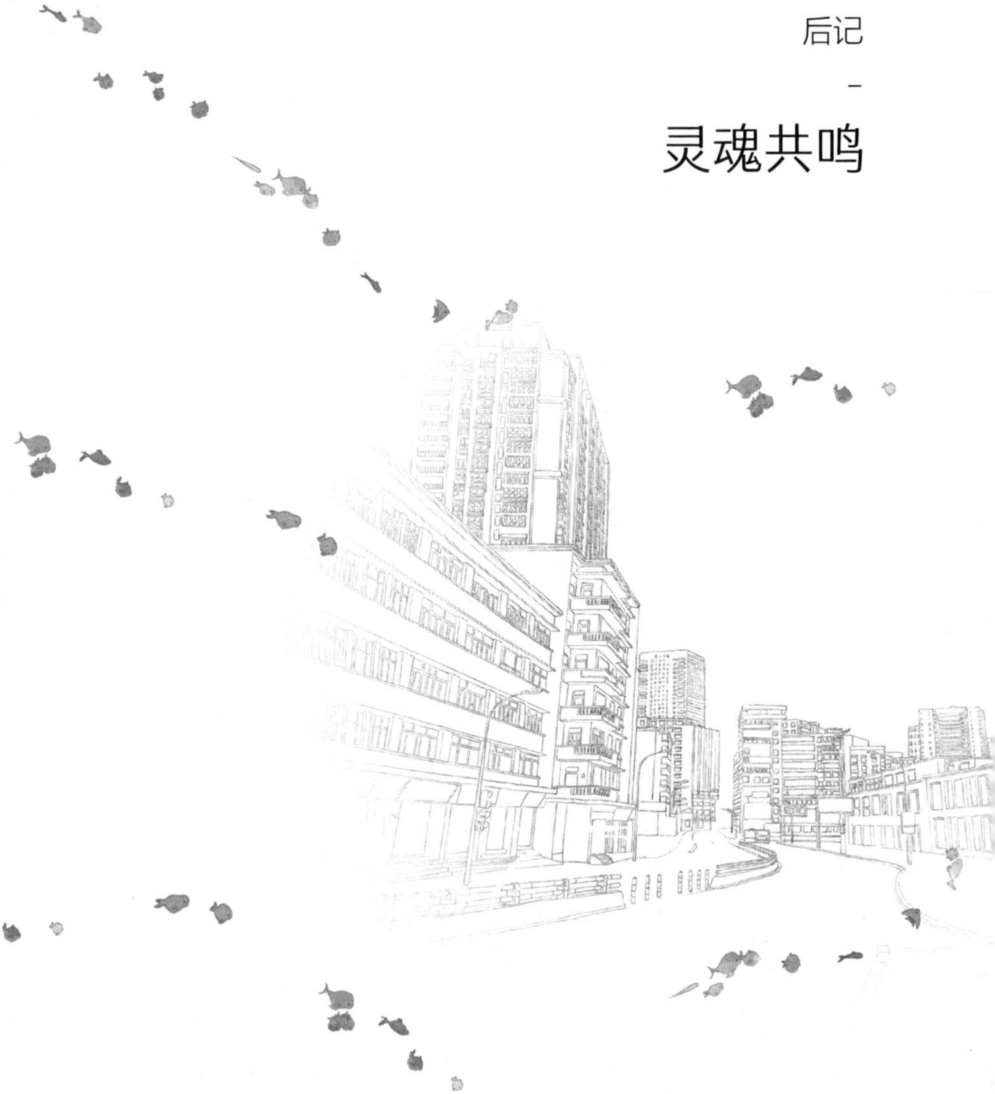

记录一些，《有可能的夜晚》期间的浪漫事情——

最初开始写时，我设想着写一个灵魂伴侣的故事。但因笔力有限，不知道自己能否清晰地表达。

浪漫的是，在10月12日那天，发表第三章时，评论区出现一位读者，那时候故事还未彻底展开，但她/他已经说了“灵魂共鸣”这四个字。

那天夜里南风一级，气温舒适，我想，那大概也是讲故事的人与读故事的人之间的一次“灵魂共鸣”。

11月8日，写到梁桉一隐瞒了自己适应天气的过程，出现在凉城、出现在狄玥面前，细雨蒙蒙，他抱着吉他，弹唱*Fly me to the moon*。

章末那句“您的快递，签收一下”写完，我忽然鼻子发酸，由衷地为狄玥感到高兴，也为梁桉一感到高兴。

窗外悬着一轮淡粉色的月亮，挂在楼宇之间的苍茫夜色中，很美。据说那天是“月食”，新闻都有所报道。

忙忙碌碌地没能看到全过程，但还是觉得，那一刻很浪漫。故事里的人重逢于细雨的街头，而现实中的月缺了又圆，呈现出柔和的淡粉色。

12 月 7 日，打开电脑准备写第二篇的番外，想写一写狄玥与梁桉一初为父母的心情，开机画面是随机的摄影作品：雪山连绵，峰顶白茫茫一片。

忽然想起梁桉一坐在雪山下的民宿外面，在暖阳中，一遍遍地弹奏《关于我爱你》的曲调，引了狄玥放下整理到一半的包包，自窗口探头出去看。

回神时发现，电脑上的时间是：12 月 7 日，13:14。

所有关于《有可能的夜晚》，就讲到这里啦。

愿狄玥与梁桉一在他们的故事里，一生一世，幸福美满；

愿读者朋友们，也能遇到自己的灵魂伴侣。

再见。